edition suhrkamp 2522

»Vergiß die Politik, lies keine Zeitung, geh nicht ins Netz, verweigere deine Stimme« – so beginnt der »Linke Marsch«, ein Kapitel aus Serhij Zhadans zweitem Prosaband, dem ein Song der Sex Pistols, *Anarchy In The U.K.*, als Motto dient. Zhadan ist dabei, sich zur stärksten Stimme der jungen ukrainischen Literatur zu entwickeln – und zum Antipoden von Juri Andruchowytsch. Auch Zhadans Ich-Erzähler ist ständig im Zug oder in bizarren Landschaften unterwegs. Doch es zieht ihn nicht zu den Ruinen der habsburgischen Vergangenheit, sondern in die Industriebrachen des Donbass im Südosten des Landes – an die Orte des von den Sowjets zerschlagenen Anarchokommunismus. Niemand scheint sich an Nestor Machno zu erinnern. Anarchismus, das gab es nie. Bis er im November 2004 in Charkiw, zu Füßen des »Scheiß-Lenin-Denkmals«, wiederaufersteht.

Serhij Zhadan, 1974 in Starobilsk geboren, publizierte acht Lyrikbände (darunter *Geschichte der Kultur zu Anfang des Jahrhunderts* (es 2455)) und schreibt neuerdings Prosa. Zuletzt erschien sein Roman *Depeche Mode* (es 2494).

Serhij Zhadan

Anarchy in the UKR

Aus dem Ukrainischen
von Claudia Dathe

Suhrkamp

Die Originalausgabe erschien 2005 unter dem Titel
Anarchy in the UKR im Verlag Folio, Charkiw.

Die Übersetzung wurde gefördert vom
Literarischen Colloquium Berlin mit Mitteln
des Auswärtigen Amtes und der Senatsverwaltung
für Wissenschaft und Kultur, Berlin

3. Auflage 2022

Erste Auflage 2007
edition suhrkamp 2522
© Serhij Zhadan 2005
© der deutschen Ausgabe
Suhrkamp Verlag Frankfurt am Main 2007
Satz: Jung Crossmedia Publishing, Lahnau
Druck: C. H. Beck, Nördlingen
Dieses Buch wurde klimaneutral produziert:
climatepartner.com/14438-2110-1001.
Umschlag gestaltet nach einem Konzept
von Willy Fleckhaus: Rolf Staudt
Printed in Germany
ISBN 978-3-518-12522-9

www.suhrkamp.de

Anarchy in the UKR

I am an antichrist
I am an anarchist
Don't know what I want
But I know how to get it
I wanna destroy passerby
Cause I
Wanna be anarchy
No dogs body

Sex Pistols: Anarchy In The U.K.

Teil Eins

Wie schwarze Damenunterwäsche

1. Eisenbahnunfälle. Anfang August holte mich Ljoschka in Charkiw ab, und wir haben dann auf dem Bahnhof gleich zwei Fahrkarten für den Nachtzug genommen. Es fing an zu regnen, der Bahnhof war halb leer, der Asphalt auf den Bahnsteigen erwärmte sich den ganzen Tag nicht. Irgendwie haben wir die Zeit bis zum Abend totgeschlagen, die zwölf Stunden in der Stadt rumgebracht, dann offener Schlafwagen dritter Klasse und die tief hängenden Sterne über den Waggons wie Salz auf den Rücken der Fische. Den Zug kannte ich seit meiner Kindheit, mein erster Zug, die erste Eisenbahnerfahrung sozusagen, ich erinnere mich bis heute an die Pritschen, an die sowjetischen Bettlaken, naß wie eingeweichtes Papier, an die verqualmten Tamburen, schwarze, verschneite Felder zogen vorbei, eine Landschaft wie schwarze Damenunterwäsche, es war Vorfrühling, und ich fuhr dieselbe Strecke. Seither ist viel Zeit vergangen, die Schaffner sind alt geworden, mein guter alter »Sumy-Luhansk« zog Abend für Abend an den östlichen Grenzen entlang, manchmal zog ich mit ihm. Wenn es jemanden interessierte, könnte ich eine Menge erzählen über die Morphiumengel aus den Schlafwagenabteilen, die sich an den Bahnübergängen mit den frisch erbeuteten Geldsäckeln und Klunkern aus rotem Zigeunergold aus dem Staub machten, über die Knastis, die sich auf der Heimfahrt einen Schuß setzten und alle Mitreisenden mit gepanschtem polnischen Fusel abfüllten, über die Hilfsschaffner, die sich schon betrunken hatten, bevor wir überhaupt losfuhren, weshalb ich fürs Öffnen der Türen zuständig war, damit die nervösen Mitternachtspassagiere den Ausstieg in ihren namenlosen Bergarbeiterorten nicht verpaßten, kurz, wenn sich jemand für den Alltag und die heldenhafte Arbeit meiner Landsleute interessierte, würde ich natürlich Auskunft geben, aber lassen wir das.

So vor zehn Jahren bin ich oft schwarzgefahren, ich mußte nur im Blick haben, wann im Nachbarwagen die Kontrolle kam, die Schaffner kontrollierten natürlich nie gleichzeitig, irgend jemand hinkte immer hinterher, und so brauchte man nur in den Nachbarwaggon zu gehen und dann zurückzukommen. Seitdem hat sich kaum etwas verändert, dasselbe Publikum, dieselben frustrierten Gesichter, derselbe Trott, so weit ich weiß, haben die Eisenbahner den höchsten Prozentsatz an Geschlechtskrankheiten, kein Wunder, bei dem, was die saufen.

Zurück zu unserem guten alten »Sumy-Luhansk«, Fahrkarten bis Swatowe, Plätze in einem ätzenden offenen Schlafwagen, uns gegenüber ein Mädchen, das gleich ein Gespräch anfängt. Aber worüber kann man mit uns schon reden? Ich weiß schon lange, daß ich Schwachsinn fasele, und wenn mich jemand anspricht, find ich es dann selbst oberpeinlich, also höre ich lieber zu. Das Mädchen sah sportlich aus, das heißt, nein, Trainingsanzug, Muskeln oder so meine ich nicht, was konnte die schon für Muskeln haben! Hatte sie natürlich nicht, sie sah einfach sportlich aus, war echt sympathisch und absolut nicht auf unsere Gesprächsbeteiligung angewiesen, sie redete ohne Punkt und Komma, wir warfen nur ab und zu etwas ein und boten ihr ansonsten Wodka an. Es stellte sich heraus, daß sie an der Polizeihochschule studiert, um Polizistin zu werden, dort geht es zu wie in der Armee, die werden ordentlich geschliffen, mit Privatleben, das heißt Sex, ist da nicht viel, Schminken ist verboten. Ganz in Ordnung, das mit dem Schminken, fand ich, wenn die Polizisten auch noch anfangen sich zu schminken, ist ihr gesellschaftliches Ansehen, das ohnehin ramponierte, vollends im Arsch. Und das mit dem Sex will auch gut überlegt sein, durch Sex entstehen Kinder, und was sollen wir mit den ganzen Polizisten? Ich hing meinen Gedanken nach, sie war wirklich nett, und ich wollte sie nicht beleidigen, obwohl mir das mit dem Sex keine Ruhe ließ. Na ja, dachte ich, vielleicht mischen sie Brom ins Essen, damit die Polizisten in den Kasernen gut schlafen und die Exerzierübungen nicht stören; macht Brom eigentlich abhängig? Wahrscheinlich schon, sicher setzen sie die meisten dieser netten, unverdorbenen Studentinnen auf Brom, und das werden sie dann ihr Leben lang nicht los, sicher ist das für viele ein persönliches Drama, da kommt so ein Polizist vom Dienst nach Hause, läßt im Korridor seine frisch erbeuteten Skalps fallen, geht in die Küche, verspeist ein üppiges Abendbrot, guckt seine Talk-Show, putzt sich ordentlich die Zähne, und ehe er ins Bett fällt, wo seine treue, kinderlose Frau auf ihn wartet, geht er noch mal in die Küche, kippt sein Glas Wasser mit Brom, macht das Licht aus und klappt ab, ohne einen Gedanken an seine Pflichten vor Gott und den Menschen zu verschwenden, an seine Frau schon gar nicht. Halb so tragisch, sagt das Mädchen, kriegen wir schon hin, so ist das Leben, mmh, sag ich, aber was ist das denn für ein Leben, dieses ewige Generve, nein, antwortet sie, ich find das gut, ich hab Ferien und fahr jetzt heim nach Luhansk, und wo wollt ihr hin?

Vor ungefähr einem Jahr habe ich in einem Interview gesagt, ich würde gern ein Buch über Anarchismus schreiben. Jetzt weiß ich nicht mehr, warum ich das eigentlich gesagt habe, damals hatte ich nicht die geringste Lust, ein Buch über Anarchismus zu schreiben, aber das ist ja noch kein Grund, es nicht zu schreiben. Irgend jemand muß schließlich auch darüber schreiben, warum also nicht ich. Mein Ziel war klar und einfach – ich wollte die Orte aufsuchen, an denen die ukrainischen Anarchokommunisten am aktivsten gewirkt hatten, und dann etwas dazu schreiben. Ich nahm meinen Presseausweis und überredete Ljoschka, mitzukommen und Fotos zu machen. Ljoschka nahm die Sache sehr ernst und stellte einen Haufen Fragen, was er denn lesen solle, um sich einzuarbeiten, keine Ahnung, sagte ich, lies Kropotkin. Oder laß es besser. Der Sommer ging zu Ende, das Wetter wurde schlechter, und irgendwann fuhren wir wirklich los. Ljoschka hatte mich, wie gesagt, in Charkiw abgeholt, und nun waren wir schon seit ein paar Stunden schlaflos in diesem Zugabteil mit der rätselhaften Reisenden unterwegs und versuchten ihr zu erklären, wohin wir wollten, aber wir hatten keine Kraft und wußten auch nicht, wie wir es ihr erklären sollten. Ihr die Theorie der anarchistischen Selbstverwaltung darzulegen, traute ich mich nicht, was sollte sie auch damit, bei dem Brom und der Ausbildung, und von meiner Kindheit und den Dämonen zu erzählen, die hin und wieder zum Vorschein kommen, wäre zumindest merkwürdig gewesen, was würde sie schon von meiner Kindheit begreifen, wo sie nicht mal mit ihrer eigenen klarkam.

Manchmal mußt du einfach deinen Phantasien, zumindest den sympathischen, deiner inneren Stimme nachgeben, mußt ihre Ratschläge befolgen, wenn sie dir zum Beispiel zuflüstern: Na los, fahr hin, du hast doch da mal gelebt, bist dort aufgewachsen, na ja, vielleicht nicht ganz genau dort, macht nichts, versuch wieder rauszukommen aus den Niederungen da, und dann sehen wir mal, ob dein Geist, deine Erinnerung all die Wege wiederbeleben kann, die sich auf merkwürdige und unglaubliche Weise über deine persönliche Widerstandserfahrung gelegt haben, ab und zu mußt du deine Dämonen auf Urlaub schicken, sie entsteigen ohnehin Nacht für Nacht deinen Lungen wie Brieftauben ihren Schlägen und fliegen auf Strecken, die nur sie kennen; was hätte ich also dem Mädchen mit seinen Muskeln antworten sollen, he? Daß wir noch ein paar Stunden die gleiche Richtung fahren, wie ich das schon oft getan habe, und daß ich irgendwann nachts, wenn der Zug nicht entgleist und uns alle unter seinen Trümmern begräbt, umsteige und weiterfahre; daß ich in die Stadt will, in der ich aufgewachsen bin und auf die ich in letzter Zeit keinen Bock mehr habe, daß ich Freunde treffen will, die irgendwo da auf mich warten; daß ich absolut nicht scharf bin auf was Neues, daß ich einfach umsteige, von einem Zug in den nächsten, von einem Bus in den nächsten, immer eine andere Strecke, immer eine andere Fahrkarte, und ab und zu aussteige, um wieder einmal festzustellen, daß sich nichts verändert hat, daß alles so ist wie früher, wie immer, in bester Ordnung; daß sich auch nichts verändern konnte, wenn du dich nicht verändert hast. Und auch davon muß ich mich überzeugen. Ich konnte nicht richtig erklären, wohin ich wollte, sie würde das nicht verstehen, denn dort, wo für sie der Zug stehenblieb, blieb für mich die Zeit stehen, und ich konnte nur darauf warten, daß die Zeit sich wieder in Bewegung setzte, mit angehaltenem Atem warten, um sie nicht zu verschrecken, und da ich den Weg nur zu gut kannte, wußte ich genau, wie lange er dauert und wie er enden wird.

An der nächsten Station stiegen wir aus und holten Bier. Es war ein Uhr nachts. Ich glaube, es regnete. Oder nicht? Keine Ahnung. Egal.

2. Die Strapazen des ukrainischen Trampens. Es gibt mehrere Möglichkeiten, halbwegs unbeschadet die 200 Kilometer von Charkiw in die kleine Stadt zurückzulegen, die dafür bekannt ist, daß dort seinerzeit Wolodymyr Mykolajowytsch Sosjura, später ein gefeierter Dichter, nicht festgenommen und in kleine, unansehnliche Stücke zerteilt wurde, wodurch der sowjetukrainischen Literatur bedeutende Werke erhalten geblieben sind, zum Beispiel Sosjuras unsägliche Memoiren. Es gibt also mehrere Möglichkeiten. Man könnte den Bus nehmen, das ist am einfachsten und bequemsten, kommt also für uns nicht in Frage. Weiter. Man könnte den Bummelzug nehmen und mehrmals umsteigen, zum Beispiel nachts auf dem merkwürdigen Bahnhof Hrakowe, wo sich stundenlang keine Menschenseele zeigt, nur irgendwo links riesige Silos in den Himmel ragen, eine graue Multifunktionsanlage, öde Erinnerung an die abgefuckte sowjetukrainische Landwirtschaft, dir bleibt nichts anderes übrig, als mitten in der Nacht auf die Stahlbrücke zu treten, die Gott weiß warum über den Bahnsteigen entlangführt, in den Himmel zu schauen und zu warten, daß die Sonne oder sonst irgendwas auftaucht, und wenn die Sonne dann – so gegen fünf – wirklich auftaucht, siehst du plötzlich, wie sie ihre Strahlen bewegt, ganz vorsichtig, wie eine Flunder, die über eine ferne, von Kadavern und gebrauchten Kondomen gesäumte Schnellstraße rollt, du schaust lange, sehr lange, so lange, bis ein Bummelzug kommt, drei Stunden vielleicht. Doch zur Schnellstraße.

Man könnte auch trampen. Im Sommer ist das ganz praktisch, im Winter gefährlich. Aber auch im Sommer macht es keinen großen Spaß, es fahren kaum Autos, zu Sowjetzeiten, ja, da war hier richtig was los, an den Tankstellen wurde Limonade verkauft, heute ist die Infrastruktur im Arsch, und obwohl man in den Kiosken am Straßenrand alles kaufen kann bis hin zu Waffen und Drogen, ist das Leben abseits der Siedlungen traurig und kümmerlich, das Show Business stirbt aus, die Autofahrer sind nervös, die Bewohner der abgelegenen Dörfer sehen dich an wie einen Downie, hier hält nicht mal eine Nutte, um dich mitzunehmen, bloß weg von den endlosen Sonnenblumenfeldern, den Wartehäuschen am Straßenrand mit Blut- und Spermaspuren an den Wänden, zu den Menschen mit ihren Leben und Lebensmittelläden, aber um die geht es gar nicht, wirklich nicht. Ich kenne diese Schnellstraße gut, unzählige abgespeicherte Erinnerungen an Petting in überhitzten Ikarus-Kabinen, an zerschmetterte Schädel und Blut auf dem Asphalt, direkt an der Geschwindigkeitsbeschränkung, an blondes Frauenhaar auf deinen Schultern, das du sorgfältig abzupfst, als ihr fast schon am Ziel seid und sie gerade eingeschlafen ist; die Pausen unterwegs sind immer hilfreich und willkommen, und wenn du von Charkiw nach Luhansk trampst, sind die Pausen überhaupt das Wichtigste, das Eigentliche, sie sind so lang und wiederkehrend, daß sie alles ausfüllen – dich, deine Hoffnung und deine Hoffnungslosigkeit. Einmal, es war ein heißer Sommer, trampte ich auf dieser Straße, wurde nachts an der merkwürdigen Raststätte Hrakowe abgesetzt und stellte mich am Morgen an die leere Fahrbahn mit Hundekadavern und den Spuren fremder Liebe; ich hatte Glück, irgendein Biker hielt, nahm mich gut hundert Kilometer mit und setzte mich an der Wuslowa-

Trasse ab. Und da fing es an. Ich wartete eine Stunde und ging dann los, in meine Richtung. Die Luft war warm und staubig und roch nach Wolfsmilch, so daß ich einfach loslaufen mußte, in so einer Luft kannst du nicht einfach stehenbleiben und warten, bis jemand kommt, der in deine Richtung will und dich mitnimmt, du mußt einfach los, läufst über alle Kieselsteine dieser Welt, kommst an allen Sonnenblumen dieses Erntejahres vorbei, die sich von dir abwenden, der Sonne zu. Ich muß mich loben, ich bin immerhin fünfzehn Kilometer gelaufen, dann fiel ich ins Gras und schlief bis zum Abend. Ich kam gerade noch so an, wo ich hinwollte, aber, wie soll ich sagen, also, es gibt vieles in meinem Leben, woran ich mich überhaupt nicht mehr erinnere, und anderes, woran ich mich nicht erinnern will, aber die Kieselsteine und die versifften Wartehäuschen, in die ich vor der Sonne flüchtete, die Provinzschönheit, die in einem Häuschen auf den Bus aus der Gegenrichtung wartete und mich ansah – daran werde ich mich immer erinnern. An der Schnellstraße gibt es ein paar Stellen, wo mir gleich einer steht, wenn ich nur dran denke. Kurz hinter Swatowe zum Beispiel ist so eine, an einer Kreuzung, wo mich an einem Septembertag zufällige Fernfahrer abgesetzt haben, sie haben mich rausgeschmissen und sind rechts abgebogen, ich stand zwischen den leeren Septemberfeldern, die eine Wärme verströmten – wie das Blut eines aufgeschlitzten Tiers, die Nächte waren schon kalt, aber tagsüber knallte die Sonne, ich war fast einen Tag lang unterwegs gewesen, und als ich an der Kreuzung ausstieg, hatte ich alles Schwarze und Schwere des zurückgelegten Wegs aufgesogen; ich stand auf dem grauen Asphalt und hörte den Vögeln zu, wie sie über meinem Kopf kreischten, sich zu ihrem Flug nach Süden sammelten, und auf einmal wurde mir klar, daß ich, wenn ich lange, sehr lange stehenbliebe, hören könnte, wie die Stimmen der Vögel leiser und leiser werden, bis sie verstummen, ganz und gar, und an ihre Stelle etwas anderes tritt, Stille zum Beispiel.

Aber irgendwie habe ich es nie lange an einem Ort ausgehalten, egal wie viele überraschende Anblicke sich mir in der Abenddämmerung oder im Morgennebel boten, wie viele verfallene Fabriken und überschwemmte Ortschaften, Mohnplantagen und Wehranlagen, Hafenkräne und herbstliche Gebirgsketten vor mir auftauchten, weder auf Berggipfeln noch auf Mohnplantagen hat es mich lange gehalten, obwohl vielleicht gerade dort mein Platz ist, vielleicht müßte ich genau das Stück Raum ausfüllen, das aufgrund meiner Abwesenheit immer mehr fremden Sauerstoff, immer mehr fremdes Licht einsaugt und damit einen Luftzug in der fest gefügten Weltordnung auslöst, aber trotzdem, ich halte nicht inne, der größte Fehler liegt darin, so tief wie möglich in den Raum eindringen, ihn so genau wie möglich auf den Filmstills der Erinnerung festhalten zu wollen, ihn pausenlos mit eigenen Erfahrungen zu mischen, ohne anzuhalten, denn bei jedem Halt könnte sich eine Falltür unter mir öffnen, eine Geheimluke, von deren Existenz ich die ganze Zeit wußte, mich nur gefürchtet habe, hineinzuschauen. Hielte ich inne, könnte ich feststellen, daß die Besiedlung des Raumes, die Inbesitznahme der damit verbundenen Erinnerung viel interessanter und faszinierender ist als die bloße Anhäufung von Räumen und das endlose Abspulen von Erinnerungen. Je öfter du unterwegs anhältst, je länger deine Pausen sind, desto größer ist die Chance, schließlich all die Details zu entdecken, die dir entgehen, wenn du nicht anhältst, das ist nicht einmal eine Frage des Blickwinkels, sondern der Geschwindigkeit deiner Bewegung, wenn ich anhielte, könnte ich entdecken, daß das nicht einfach die Änderung meiner Vorstellung von der Landschaft ist, sondern eine Änderung der Landschaft und damit auch meiner selbst.

Vor Jahren ist mein Bruder auf dieser Schnellstraße verunglückt. Er stieß mit irgendwelchen Yuppies zusammen, die auf seine Spur geraten waren, er hatte keine Chance, kam aber mit einem gebrochenen Bein davon, dafür war das Auto reif für den Schrottplatz; immer wenn ich an der Stelle vorbeikomme, denke ich, es müßte doch noch Spuren geben, schwarze Reifenspuren auf dem Asphalt, den eingedrückten Metallzaun, die zerfetzte Jeans im Straßengraben, Benzingeruch, Blut, da muß doch auch Blut sein, wenn es der Regen nicht weggewaschen hat, wahrscheinlich hat er es weggewaschen, mit Sicherheit.

Mein Bruder hatte schon etliche Unfälle, er fuhr alle seine Motorräder zu Schrott, es waren einige, er stürzte bei voller Fahrt, holte sich Schürfwunden, riß sich die Klamotten kaputt, stand auf und fuhr weiter, als wäre nichts gewesen, er hat so viele Autos gehabt, daß ich mich gar nicht an alle erinnern kann. Als ich klein war, wollte er mir das Autofahren beibringen, aber was er sich da in den Kopf gesetzt hatte, klappte nicht – Geschwindigkeit hat mir immer schon angst gemacht, bis heute, das kam wahrscheinlich daher, daß mein Freund und ich mal als Kinder betrunken eine schwere Ural mit Seitenwagen geklaut haben und damit über besagte einsame und holprige Schnellstraße bretterten, und als wir so richtig aufgedreht hatten, merkte ich, daß mein Freund, der übrigens am Steuer saß, eingeschlafen war. In einer Kurve flog die Ural von der Fahrbahn und landete zwischen zwei Strommasten. Wir überlebten und waren schlagartig nüchtern, aber ich habe Angst vor Geschwindigkeit, ich habe

Angst zu reisen, nur anzuhalten, davor habe ich noch mehr Angst.

3. **Der schlechte Dichter Sosjura.** Der Bahnhof von Swatowe ist morgens um vier still und schlecht beleuchtet. Soweit ich verstanden habe, hat hier irgendwo Sosjura gekämpft, in seinen Memoiren ist auf diesem Bahnhof entweder jemand gefangengenommen worden oder geflohen, man steigt nicht immer durch, besonders in seiner Biographie, du liest den ganzen Band und kapierst nicht mal, auf welcher Seite der Hauptheld gekämpft hat; Sosjura schreibt nur so allgemeines Zeug, muß man sich mal vorstellen, der Typ hat den ganzen Bürgerkrieg mitgemacht, an verschiedenen Fronten gekämpft, ist heil rausgekommen, was ja die Hauptsache ist, und worüber schreibt er dann in seinen Memoiren? andauernd irgendein Fick mit einer Barmherzigen Schwester oder einem zuständigen Agitator (na gut, mit einer Agitatorin, so was wollen wir Sosjura mal nicht unterstellen), das ewige Gejammer, daß drüben, im sonnigen Donbass, seine schöne Jungfrau Lili Marleen auf ihn warte, keine klare politische Richtung und kein geistiges Programm (daß er für die Weltrevolution eintrat, ist keine Entschuldigung, dafür sein kann jeder), mit einem Wort – ein Schwätzer, keine richtigen Kriegsszenen mit Blut und Gedärm, das an den Reifen der roten Panzerwagen klebt, kein facettenreiches Bild von Soldaten und Sergeanten mit Dienstlisten und vernarbten Gewehrkolben, keine Angaben über die zahlenmäßige Stärke des Gegners, schlimmer noch, kein einziger eigenhändig getöteter Feind der Arbeiterklasse! Und da schreibt er, er sei für die Weltrevolution! Lies mal, möchte man dem Autor sagen, die Memoiren an-

derer Revolutionäre in Südrußland, also in der Ukraine, lies wenigstens Nestor Machno, das ist ein ganz anderer Umgang mit Details und Nuancen, der beschreibt jeden eigenhändig aufgeknüpften Marodeur oder Kommissar mit einer solchen Genauigkeit, als wollte er diese Listen dem heiligen Petrus persönlich überreichen, in der Hoffnung, der Gute möge ihm das anrechnen, wenn er eines Tages selbst an die Paradiespforte klopft. Was aber könnte der heilige Petrus Wolodymyr Mykolajowytsch Sosjura anrechnen? Das Tamtam mit den Barmherzigen Schwestern in den Sanitätszügen? Wohl kaum. Oder ich habe den Sinn des Christentums falsch verstanden. Was hat der heilige Petrus mit den Barmherzigen Schwestern zu schaffen? Der hat auch so genug um die Ohren, nehme ich an. Aber lassen wir mal Pforte und Passierschein da oben beiseite, da ist immerzu was Unausgesprochenes, was ich nicht mag, denn hinter diesen ganzen Sanitätszügen steckt doch etwas viel Interessanteres, etwas, was Wolodymyr Mykolajowytsch entweder tatsächlich vergessen oder aber verdrängt hat. In Wirklichkeit stinken seine Memoiren nach Leichen, stinken nach warmem Blut und Schmutzwäsche, nach Typhus und Ruhr, nur – warum schreibt er nicht darüber? Das Traurige an dieser Literatur ist meiner Meinung nach, daß die Biographien ihrer besten Autoren um vieles interessanter sind als die Werke, aber das gehört nicht hierher.

Wir steigen aus. Der Zug wird von riesigen Lampen angestrahlt, die aussehen wie Scheinwerfer im Stadion, die Wagen setzen sich schwerfällig in Bewegung und beschleunigen bis zum nächsten Haltepunkt, dann nimmt der Zug Kurs auf den Donbass. Hier ist nicht einmal tagsüber was los. Nachts schon gar nicht. Auf dem Bahnhof ist es kalt, trotz Sommer, trotz August, hier ist es kalt, und da liegt schon einer und schläft, los, sage ich, laß uns zum Busbahnhof gehen, dort führt die Schnellstraße vorbei, vielleicht nimmt uns jemand mit, wenn nicht, warten wir auf den ersten Bus, komm schon, ist nicht weit. Das habe ich einfach so gesagt, ist nicht weit, ich bin diese nachtschwarzen Straßen schon öfter gegangen und weiß, daß das nächtliche Herumtappen auf den unbefestigten Straßen der Stadt ohne jede Orientierung ein aussichtsloses Unterfangen ist, aber was soll's. Wir gingen den Bahnsteig entlang und sprangen auf den Weg, der neben den grasüberwachsenen Gleisen verlief, wir wichen Methanolfässern und einem Betonzaun aus und entfernten uns von den Lampen und dem Bahnhof, neben uns kroch der »Sumy-Luhansk« und hüllte uns in betäubenden Rauch von Abteilkohle und brodelndem Samowarwasser, der Zug war der letzte Lichtpunkt. Dann mußten wir im Dunkeln weiter.

Der Busbahnhof war zu. Als ich zuletzt hier war, vor ein paar Jahren, lag er schon in den letzten Zügen, zwei Drittel der Fahrtziele waren bereits gestrichen, das Dorf von der Zivilisation abgeschnitten, wenn man das alles überhaupt Zivilisation nennen konnte; die Sessel und Bänke halb kaputt, die Sitze zerschlissen, der Lautsprecher schwieg vielsagend. Aber damals gab es wenigstens noch ein Café, man konnte dieses gummiartige Gebäck kaufen und Chupa Chups, die in dem grauen Ambiente grell hervorstachen. Irgendwie hatte ich auf das Café gehofft, auf die Chupa Chups, die Chupa Chups gingen mir eigentlich am Arsch vorbei, aber ich dachte mir: Okay, dann ist das Dorf eben von der Zivilisation abgeschnitten, die Sitze zerschlissen, der Lautsprecher kaputt, juckt mich nicht, juckt mich nicht, wenn der Lautsprecher kaputt ist, echt nicht, aber das Café, das Café muß doch verdammt noch mal auf sein, und wo ein

Café ist, gibt es auch so etwas wie kulturelles Leben: Wodka, Bouletten, Nutten, irgendwas, zumindest Strom und Kommunikation.

Aber der Kapitalismus und sein gemästeter Leib haben es nicht bis in die kargen ländlichen Regionen geschafft, Chupa Chups, einfach lächerlich. Der Bahnhof war zu, an der Tür hing ein Schloß, alles vergebens. Wir gingen um das dunkle Gebäude herum und traten auf die Schnellstraße. Neben dem Bahnhofsgebäude stand ein Lieferwagen, da schliefen offenbar Fernfahrer, um sich am Morgen mit neuer Kraft nach Rostow oder in das Kuban aufzumachen, Kohle ranschaffen, das Geschäft aufziehen, ihren Träumen entgegen, ihrem Tod entgegen.

Und so stehen wir nun fast am Ortsausgang, 100 Meter vor uns der Bahnübergang, und die Straße neben uns so schwarz, daß ich, wenn es nicht Schwachsinn wäre, zum Bahnhof zurückkehren würde, zu den Menschen, den Methanolfässern, zum Geist von Wolodymyr Mykolajowytsch, der wohl von Zeit zu Zeit den Bahnhof überfliegt, zu seiner »Dritten Kompanie« abbiegt und da oben in Erinnerung an seine Sanitätszüge und den dritten Bauernaufstand einen tiefen Seufzer tut. Es ist jetzt gegen fünf Uhr morgens, wir haben uns neben einem Zaun auf die Erde fallen lassen, in einem Haus mit geschlossenen Fenstern läuft der Fernseher, komische Typen leben in dem Nest, denke ich so, ohne Café und Lautsprecher, ohne Nutten und Chupa Chups, hocken in ihren Buden, die Arschlöcher, alles verriegelt und verrammelt, und hängen bis in die Puppen vor der Glotze, was die sich wohl reinziehen? Was wollen sie sehen? Die aktuellen Nachrichten? Was wollen sie in den Nachrichten hören? Was erwarten sie von dieser Welt, vor der sie sich hinter verriegelten Türen und verrammelten

Fenstern verstecken? Und was kann die Welt ihnen bieten, womit kann die Welt diesen komischen Typen dienen, die morgens um fünf vor der Glotze hängen? Basketball? Na klar, Basketball wahrscheinlich, was sonst. Auf einmal kommt hinter dem Gebäude eine merkwürdige Gestalt hervor, ein fahler, in Gedanken versunkener Typ, ein schnapsgetränkter Nachtfalter, dem der Lieferwagen ebenfalls aufgefallen ist, genau wie uns, er schleicht um ihn herum, traut sich aber nicht näher heran, und auf einmal hat er uns entdeckt. Oh, denke ich, dem ist nicht so nach Basketball, was den wohl interessiert? Hey, Jungs, ruft er uns zu, wo gibt's denn hier was zu saufen? Wo's hier was zu saufen gibt? fragen wir zurück, ja, zu saufen, wo gibt's denn hier morgens um fünf was zu saufen? der kann doch nicht von hier sein bei der schlechten Ortskenntnis und den normalen Bedürfnissen, auf dem Bahnhof, sage ich zu ihm, und hier? Hier nicht. Hier ist tote Hose, siehst du doch, alles dicht, gucken alle Basketball, und wie komm ich zum Bahnhof? Am besten die Gleise lang, sage ich, da vorn ist der Übergang, dann nach links, ungefähr zwanzig Minuten, dann kommt der Bahnhof. Dort gibt's was zu saufen. Und paß gut auf, nicht nach rechts abkommen, sonst landest du im Donbass.

Als er weg war, fragte ich mich, was dieser Typ um fünf Uhr morgens auf dem Busbahnhof wirklich wollte. Sich was zu saufen besorgen? War es vielleicht ein Wahnsinniger, ein Serientäter, ein Autobahnmörder? Unerforschlich sind deine Wege, o Herr, was für sinnlose Begegnungen bereitest du uns auf unseren nicht weniger sinnlosen Touren. In einer Stunde geht der erste Bus nach Luhansk, wir fallen auf die hintersten Sitze und verschlafen unsere sechzig Kilometer bis in den nächsten Ort, wir verschlafen überhaupt alles, was es zu verschlafen gibt, ohne dabei wirklich etwas zu verpassen.

4. Freimaurer im Alltag. Noch eine Heldenstadt, Zuflucht für Jungsträume und dunkle Leidenschaften, die die Moral und das Gewissen ihrer Bewohner untergraben, rund vierzigtausend Menschen leben hier, vier Mittelschulen, eine davon habe ich besucht, eine mit Blech verkleidete Kirche aus dem 19. Jahrhundert, oder wie beschreibt man das am besten, Teufel noch mal, mit Blech verkleidete Kirche, wie das klingt, ein restauriertes Kloster; als ich Kind war, saß dort eine Armeeeinheit, Ende der Achtziger kam die Familie zweier Klassenkameraden, Zwillinge, aus der DDR zurück, ihr Vater war Offizier und gehörte dieser Einheit an, die Zwillinge gingen in die Musikschule und lernten Akkordeon, sie hatten zu zweit ein Instrument, konnten gut Fußball spielen, rauchten ziemlich viel für ihr Alter, hörten Accept, die sie aus der DDR mitgebracht hatten, und erzählten allen über die Ge-eS-eS-De, die Gruppe der Sowjetischen Streitkräfte in Deutschland, Armeekinder, die totalen Looser, ihr Vater knöpfte sie sich regelmäßig vor, aber das half nicht viel; und jetzt? Wo sind die Offiziere abgeblieben? Und die Kommandozentrale? Die Reservisten und die GSSD? Was ist mit unseren Streitkräften los? Religiöse Vernebelung, verdammt; außer den vier Schulen gibt es noch ein Stadion, eine Bank, Büros und Silos, die gehören einfach dazu, Gott erschuf all diese Orte und errichtete Silos allerorten, er gebot den Menschen, hier habt ihr die Silos, und nun legt los, das ist alles, was ich euch gebiete; ich erinnere mich noch an einen Reiseführer für das Gebiet Luhansk, das damals noch regulär Gebiet Woroschilowgrad hieß, dort war sogar auf dem Umschlag ein mit Weizen beladener LKW vor einem Silo abgebildet, das hat sich mir eingeprägt, Schwarzerdeboden, Kornkammer, ein Paradies für alle faschistischen Eroberer; außerdem gibt es ein paar Kinos, ein Wohnheim für Berufsschüler, einen Reparaturbetrieb, einen Bahnhof. Auf den Straßen jede Menge Sand und Aprikosen, die Aprikosen fallen in den Sand, und niemand liest sie auf, ganze Straßenzüge voll herabgefallener Aprikosen, du mußt aufpassen, daß du nicht drauftrittst und ausrutschst. Von den berühmten Persönlichkeiten der Stadt, die Partei- und Staatsfunktionäre mal ausgenommen, könnte man den verrückten Schriftsteller Harschyn nennen, womit der sich befaßt hat, weiß keiner, wie er endete, weiß jeder. Für kurze Zeit war Starobilsk sogar die Hauptstadt der Sowjetukraine, 1943, als die Russen nach Westen vorrückten, wurde Starobilsk als eine der ersten ukrainischen Städte befreit, und im Gefolge der Armee fielen natürlich auch gleich die Bürokratenärsche ein, und da sie keine wichtigere Ortschaft in ihre Gewalt gebracht hatten, riefen sie kurzerhand Starobilsk zur Hauptstadt aus. Die Befreiung selbst wurde bis zum Exzeß aufgeblasen und verzerrt – Obelisken, Gedenktafeln und Veteranenmedaillen ohne Ende, obwohl die echten Schlachten im Donbass geschlagen wurden, dort stand wirklich was auf dem Spiel: Steinkohle, schwarzes Gold, Bergwerke, die den unbeugsamen Kumpeln auf den Kopf rieselten, das ist was anderes als Silos; in Starobilsk gab es nur einen rumänischen Posten, ein paar Panzerhelden, die die abgerissenen Rumänen überwältigten, aufdringliche Partisanen und massenhaft Kollaborateure, natürlich mußte man daraus etwas machen, was zum Zeitgeist paßte, denn das wäre ja zu peinlich – die Hauptstadt der Ukrainischen Sozialistischen Sowjetrepublik und ein dahergelaufener rumänischer Posten, da ist es imagefördernder, von harten Kämpfen vor den Toren der Stadt zu berichten und uns Grundschülern die noch lebenden, aber von der Liebe des Volkes bereits in die Bewußtlosigkeit getriebenen Medaillenveteranen vorzuführen, denen man nur das Wort zu erteilen brauchte, damit sie loslegten: vom heimatlichen Starobilsk und seiner Umgebung, vor denen sie die Häupter senkten und auf die Knie fielen, vom Sturm auf Berlin, dessen Verlauf sie natürlich entscheidend beeinflußt hatten, wie sie sagten, während sie sich mit dem Ärmel eine einsame Tschekistenträne aus dem Auge wischten und die intimsten Stellen schamlos auswalzten, die Veteranen mochte ich schon als Kind nicht, sie benahmen sich wie Huren beim ersten Treffen, sie wollten Blumen und eine Blaskapelle, stiegen auf die Bühne, und wenn sie über Koba sprachen, fingen sie an zu sabbern, für einen echten Soldaten das Letzte. Aber keiner dieser Ärsche hat mir als Kind auch nur in Andeutungen von den Lagern mit den polnischen Offizieren erzählt, die hier 1939 erschossen wurden, oder von den jüdischen Massengräbern, auf denen man später einen Vergnügungspark errichtete, natürlich – das war kein rumänischer Schmuddelposten und nicht der Sturm auf Berlin. Ich war überrascht, daß in Polen viele Leute Starobilsk als den Ort mit den erschossenen Offizieren kennen, mit deiner Heimatstadt ist kein Staat zu machen, das wäre so ähnlich, als wollte man sich brüsten, aus der Gegend von Buchenwald zu stammen.

In der Nähe der Stadt wurde zu Anfang der zwanziger Jahre eine Kommune gegründet. Die Kommune »Karl Marx«. Soweit ich weiß, entstand sie erst nach der Niederschlagung der hiesigen anarchistischen Bewegung. Zeitzeugen erzählen, daß die Kommunarden unsichere und ängstliche Typen waren und sich bei der einheimischen Bevölkerung keiner besonderen Beliebtheit erfreuten, sie lebten die Promiskuität unter ländlichen Bedingungen, der Landwirtschaft begegneten sie mit offener Verachtung und schlugen sich so durch, sie soffen wie die Löcher und kompromittierten damit in den Augen der Zeitgenossen die Idee des kommunistischen Zusammenlebens oder zumindest das, was diese dafür hielten.

Am Morgen machten wir das Heimatmuseum ausfindig. Es hinterließ einen jämmerlichen Eindruck: die besagten Veteranenporträts, ein Panzermodell, eine Patronenhülse, sicher von der einzigen Patrone, die überhaupt verschossen worden war, im Museum gab man uns die Adresse des örtlichen Heimatforschers und sah uns lange nach, mit einem von Ekel erfüllten und ungläubigen Blick. Auf den Heimatforscher mußten wir etwa eine halbe Stunde warten, er war gerade in die Lokalredaktion gegangen, um ein weiteres Opus über die Geheimnisse der Heimat abzuliefern. Er behandelte uns mit fröhlicher Geringschätzung, ah, sagte er, da rücken wieder die Zeitungsfritzen an, ein älterer Mann mit linken Ansichten über das Leben und die gesellschaftliche Entwicklung, er erzählte bereitwillig über Machnos Aufenthalte in der Stadt und verkaufte uns zwei Exemplare seiner russischen Broschüre »Es war Bürgerkrieg«. Machno ist immer in dem letzten Gebäude abgestiegen, verkündete er, um im Falle eines Falles schnell zu entkommen. Er nannte uns die Adressen, wo Machno sich aufgehalten hatte, bat um Entschuldigung und war auch schon verschwunden, wieder in Richtung Redaktion, um ein neues Opus abzuliefern, vermutlich.

Wir fanden die gewünschten Adressen, gingen die stille Hauptstraße entlang und kamen zum erwähnten Vergnügungspark. Zwischen Schaukeln und Karussells standen zwei merkwürdige Denkmäler: das eine, für das erste Arbeiterregiment, schmückte eine drei Meter hohe Infanteristenfigur, hinter dem Rücken des Infanteristen hatten die Bildhauer den Kampfweg des Regiments nachgezeichnet, der weder lang noch verschlungen war, von einem Weg des Sieges konnte also kaum die Rede sein, eher wirkte es so, als hätten die Aufständischen das Regiment einfach durch die Steppe am linken Dnipro-Ufer gejagt, erst später versuchte man daraus eine Chronik der revolutionären Ereignisse zu machen; hundert Meter weiter, mitten im Park, stand ein Denkmal für die Kämpfer um die Sowjetmacht, das wie eine Vase aussah. Der Sockel trug einen roten Stern und einen merkwürdigen Text: »Ewiger Ruhm den Helden der Revolution – den Steinmetzen der neuen Welt«. So was schreiben nur Freimaurer, dachte ich, wieso gerade den Steinmetzen? Und was soll die Vase symbolisieren? Komisch, da errichtest du, sagen wir mal, die Sowjetmacht, läßt im ungleichen Kampf gegen das Kapital dein Leben, und als Lohn stellt man dir eine halb fertige Vase aufs Grab und bezeichnet dich als Steinmetz, komisches Schicksal für einen Sieger, total unlogisch, das ganze fiese Verschweigen der wirklichen Ereignisse, die Fälschung und Frisierung der Kampfchronik, in der von dem dichten Strom der historischen Ereignisse nur der verworrene und fragmentarische Weg des Arbeiterregiments übrig ist und man nicht einmal weiß, auf welcher Seite es gekämpft hat, und dann noch diese Vase, unter der wahrscheinlich der Regimentsschatz – kleine Goldkrönchen und konfiszierte Geldscheinchen – vergraben liegt, den die drei Meter hohen Gipskämpfer in Feldzügen und Pogromen eifrig zusammengetragen hatten, die Steinmetze der neuen Zeit, die Freimaurer der frühen

Neuen Ökonomischen Politik, die ihren kurzen, aber schweren Weg über die Stätten fremder Kampferfolge absolvierten, siegreich waren und sogar zu ihren heimatlichen Silos zurückkehrten – sie waren die Sieger und die Helden, und was blieb ihnen in dieser absurden Situation anderes übrig, als sich im Vergnügungspark einen Gral aus Gips zu errichten und auf den Endsieg der kommunistischen Ideen und das ehrende Gedenken ihrer Nachkommen zu hoffen, die dich statt dessen mit Steinen bewerfen, nachdem sie alle Denkmäler abgebrochen haben und an deine Vergangenheit nicht glauben, weil sie selbst keine haben.

5. Alles, was spannend ist, spielt sich auf Bahnhöfen ab, und je kleiner der Bahnhof, um so mehr Spannendes. Es ist ein großer Fehler zu glauben, der Staat hätte Einfluß, Einfluß hat der Bahnhofsvorsteher, der in seinem Büro sitzt und den nächsten Güterzug von West nach Ost passieren läßt, sechsunddreißig rote Viehwaggons mit Zement, Brot und Stoffen beladen, verdammt, die – monatelang auf Abstellgleisen und Depots zwischengelagert – schließlich aus dem Frachtbrief gestrichen und aus der schwarzen Kasse bezahlt werden, da ist jeder Staat machtlos; Bahnhöfe funktionieren sogar zu Kriegszeiten, vielleicht sind sie das einzige, was im Krieg überhaupt noch funktioniert, unser Sosjura war mit seinen Barmherzigen Schwestern ja auch vorwiegend auf Bahnhöfen zugange, Krieg tut dem keinen Abbruch, nicht mal Bürgerkrieg. Die Luft über den Bahndämmen ist eigenartig, sie ist dünner von der Durchfahrt Hunderter Waggons mit Tausenden von Menschen, die Luft über einem Zug ist offen wie eine Vene, die Luft reicht nicht lange, deshalb bist du unterwegs von einem nächtlichen Bahnhof zum nächsten, von einem Haltepunkt zum nächsten, um diesen süßen, knappen Sauerstoff zu erhaschen, dessen genaue Dosis dir das Infrastrukturministerium vorschreibt.

Ich hatte schon immer ein intimes Verhältnis zur Eisenbahn, nicht zur Eisenbahn als Fortbewegungsmittel, sondern ganz materiell – zu Schienen, Bahndämmen, Waggons und Signalen, zu den Dingen, die wirklich solide sind, Bahnhöfe mochte ich schon immer, die sommerlichen Bahnhöfe des nördlichen Donbass, wo Krethi und Plethi zusammenkam, Alkoholiker und Huren, Veteranen und alte Kumpel, unsere erschöpften Väter, die sich an lauen Juliabenden auf dem kleinen Bahnhof mit seinen dicken Säulen im Nachkriegsstil trafen, um im Bistro warmen Wodka zu trinken, den Staatssender zu hören, was gibt es Schöneres, manchmal gerieten sie sich in die Haare und gingen mit ihren Taschenmessern aufeinander los, mit denen sie zuvor Grünzeug geschnitten und Ketchupdosen geöffnet hatten; am Bahnhof endete eine der drei Stadtbuslinien, von Zeit zu Zeit kam so ein gelber Bus angezuckelt, die Passagiere sprangen heraus, meine älteren Freunde führten an der Endhaltestelle gern Leibesvisitationen durch, sie blockierten die Türen und nahmen den schockierten Schülern des Agrartechnikums, die am Abend in ihre Dörfer zurück wollten, die letzte Kohle ab, die besonders schockierten wurden hinters Kaufhaus geschleppt, ins frische, warme Juligras gestoßen und so lange traktiert, bis ihre weißen, zerrissenen Hemden voller Blut- und Grasflecken waren; um uns scherten sie sich nicht, wir waren noch zu klein für solche Aktionen, für uns war das Leben ein einziger Bahnhof, ein süßer, aufgebrochener Apfel, saftig, sonnengereift, wurmstichig; gegen sieben kam der Schnellzug aus Moskau, der in den Süden fuhr, auf die Krim, die Kinder liefen auf den Bahnsteig eins, es gab nur eins und zwei, sie liefen auf Bahnsteig eins und schauten zur Brücke, wo über dem hohen Gras die Luft flimmerte und die Signale leuchteten, zwischen denen ab und zu die orange Jacke eines Eisenbahners aufleuchtete, der wie der Teufel persönlich die Weichen und Signale stellte und damit den Strom segnete, der nach Süden ging, ans Meer, verdammt, auf die Krim, die noch keiner von uns gesehen hatte. Der Zug blies die Hitze, den Staub und das Gras auseinander, das unter den Bohlen scharf roch, er hielt etwa fünf Minuten, aus den Wagen strömte ein aufgekratztes hauptstädtisches Publikum, kaufte am Kiosk Zeitungen vom Vortag und im Bistro warmen Wodka, junge Mädchen in Badeanzügen und Sonnenbrillen schauten verwundert in unsere Kindergesichter, in die gegerbten, gebräunten Gesichter unserer Väter, auf die stolzen roten Spruchbänder am Bahnhofsgebäude, die in einer für sie leicht unverständlichen Sprache verfaßt waren, sie schauten sich um, und unser Staub verfing sich in ihren Haaren, unser Unkraut kroch ihnen zwischen die Zehen, sie gingen den Bahnsteig auf und ab und blieben in unserem Gedächtnis, das ohnehin schon mit schönen und heldenhaften Gestalten aus dem Leben, aus Träumen und Filmen bevölkert war.

Am schmerzhaftesten und traurigsten war das Bewußtsein von der Vergänglichkeit, das physische Durchleben dieser wenigen Minuten, wenn die jungen Frauen mit den blonden Haaren und dunklen Augen ängstlich zu dir herabstiegen, dein Territorium betraten, ein Territorium, das rechtmäßig dir gehörte, für das du zuständig warst und das du ernsthaft für dein eigenes hieltest, doch wenn sie es auch nur für ein paar Minuten betraten, spürte deine Haut, wie der Raum ins Wanken geriet und die Zeit zu zerfallen begann, wie sie winzige, fast unsichtbare Risse bekam, die kaum jemand bemerkte, in denen sofort das ganze Unkraut unserer Bahnsteige hängenblieb, der ganze zertrampelte Löwenzahn, er blieb hängen und setzte sich fest wie ein Zeichen, mit dem du die Erinnerung an diesen Tag, diesen Sommer und den dunkelroten Nagellack auf ihren Zehen wachrufen kannst.

In unseren Gesichtern sahen sie nichts, sie nahmen absolut nichts wahr in den Augen des zurückgebliebenen Provinzvolks, das gierig jede ihrer Bewegungen, jeden Atemzug verfolgte, sie kauften sich Eiswaffeln oder Zeitschriften und verschwanden in der Dunkelheit, die sich von unserer Stadt nach Süden, bis ans Meer hinzog, und dort hatten sie den kleinen Bahnhof längst vergessen, er war nur eine von vielen, vielen Stationen in ihrem langen Leben voller Zärtlichkeit, Liebe und etwas, wovon wir damals noch keine Ahnung hatten; aber hätten sie uns aufmerksamer angeschaut, wäre ihnen sicher viel Interessantes aufgefallen, besonders in unseren staunenden und weit aufgerissenen Augen, denn in diesem Alter geht das, was du siehst, nicht spurlos vorüber, und hätten sie in unsere Augen geschaut, einfach nur aufmerksam geschaut, hätten sie die endlosen Erdölzüge entdecken können, die Tag für Tag durch die Stadt rollten, und die Vögel, die auf hallenden, verstaubten Dachböden um uns herum flatterten, die furchtsamen Bewegungen unserer Mitschülerinnen und die braungebrannten Oberkörper unserer älteren Brüder und die erstickte Leidenschaft unserer Väter, die lange in unseren Augen blieb und deren Farbe änderte.

Der Zug setzte sich in Bewegung, im Bistro ging das Trinken weiter, über den Bahnsteig breitete sich die warme

Dämmerung, es wurde dunkel und still, und die Luft war so leer, sicher weil die glühend heißen Waggons fort waren, und du bist heimgegangen oder zum Fußballplatz und hast gespielt, bis die Dunkelheit den Ball vollends verschluckte und du mit der Schuhspitze auf Klumpen von Dunkel zielen mußtest, um doch noch den Sieg davonzutragen, aber wen hättest du besiegen sollen in dieser Dämmerung, in dieser Dunkelheit, wenn der Ball nicht mehr zu erkennen war und der Gegner noch weniger, du hattest einfach keine Gegner in diesem Alter, in dieser Stadt, unter diesem schwarzen Himmel, auf dem dunklen, zertrampelten Platz, deine Gegner kamen später, zu einer Zeit, als die alten Freunde und die meisten Bekannten, die Sonne von den Bahnhöfen und die Spruchbänder von den Nachkriegsfassaden verschwunden waren, als die Fußballmannschaften sich auflösten, in denen du gespielt hattest, und keine neuen mehr zustande kamen, denn richtig siegreiche Mannschaften gibt es selten, wenn überhaupt.

Aber selbst die Leere, die sich plötzlich vor uns auftat wie ein Briefkasten ohne Briefe und Zeitschriften, selbst sie konnte uns die Lust nicht nehmen, jeden Tag über die Bahnsteige zu ziehen, vielleicht war das einfach die Kindereisenbahn ins erwachsene Leben, wenn du am gleichen Ort zur gleichen Zeit alle Muster sehen kannst, nach denen das Leben abläuft, du begegnest dem Geruch des richtigen, erwachsenen Lebens; es riecht nach einer billigen Autoraststätte, nach alten, ölverschmierten Arbeitsklamotten und – für dich völlig überraschend – nach sowjetischem Parfüm und jugoslawischem Kaugummi, es hat überhaupt einen phantastischen Geruch, und selbst wenn die Kulisse, die Macht, das Land wechselt, in dem du lebst, bleibt der Geruch doch der gleiche, das Leben bleibt ja das gleiche, ganz egal, ob du selbst am Leben bleibst. Unsere Bahnhöfe hatten alles, was man brauchte, um sich ruhig und sicher zu fühlen – niedrige Kirschbäume und Schnaps in den umliegenden Bistros und Garküchen, Schmugglerbanden in den Lagerhallen und die schönsten Frauen unseres Städtchens, die mit Fernzügen zu unbekannten Zielen aufbrachen, aber immer alle, hörst du, alle wieder zurückkamen.

6.   Die wahre Biographie des Sängers Kobzon. Versuch erst gar nicht zu verstehen, was da genau passiert ist, in deiner Kindheit, warum die meisten Geschichten, die dir deine Eltern erzählt haben, eine so unerwartete Fortsetzung und einen so traurigen Schluß hatten. Du fängst an, in Kindersachen, Tagebüchern und Fotoalben zu wühlen, bleibst zwangsläufig hängen, zwangsläufig stößt du auf etwas, das dir Schauer über den Rücken jagt und dein Gesicht erstarren läßt vor Ärger und Erregung. Jede Rückkehr in die Kindheit nimmt ein schlimmes Ende, darum sitzen wir hier, trinken bis tief in die Nacht und versuchen zu reden, ist doch cool, cool, daß wir hergefahren sind, obwohl es eigentlich überhaupt nicht cool ist und die ganzen Reste dieser Kommunen in der Steppe und die von Knochen übersäten Felder in uns eine leichte Starre auslösen, so daß wir gar nicht anders können, als weiter zu trinken, vom Wetter zu reden und irgendwann darüber einzuschlafen.

Mitten in der Nacht werden wir geweckt, ins Auto gesetzt und zum Bahnhof gebracht. Gegen ein Uhr kommt der Zug, er steht lange auf dem leeren nächtlichen Bahnhof, dann fährt er los, zuckelt unendlich langsam dahin, hält alle fünf Minuten, als wollte er mit seiner feuchten schwarzen Nase in der Augustnacht erschnüffeln, wo die verfluchten

Schienen hinführen. Eigentlich standen wir mehr, als daß wir fuhren, wir waren in einen merkwürdigen Partisanenzug geraten, er hielt inmitten von Feldern und Ortschaften, ließ unsichtbare Ströme und Wirbel der nächtlichen Luft passieren, bremste an jedem Schacht – diesen dunklen, hohlen Schächten, die immer zahlreicher wurden, unsere Reise verwandelte sich nach und nach in eine gleichförmige Migration von Waggons in südwestlicher Richtung, es kamen immer mehr Passagiere, an jeder Station stiegen ganze Bergarbeiterfamilien zu, die einfach so durch den Donbass reisten und weiß der Himmel wonach suchten, was kannst du hier schon finden, in diesem Donbass, wo kommst du an mit einem Zug, der beinahe nicht fährt, du fährst im Donbass los und kommst im Donbass an, trotzdem wurden die Leute immer mehr, viele von ihnen kannte ich noch aus meiner Kindheit, sie hatten sich kaum verändert, sogar an die kurzärmeligen Hemden und die ausgeleierten T-Shirts konnte ich mich noch erinnern, denn die waren aus den Achtzigern, an die ich mich bestens erinnere. Männerkleidung wird länger getragen und bleibt besser im Gedächtnis, sie hat was Stilvolles, Männer im fortgeschrittenen Alter haben ein asketisches Verhältnis zu ihrer Kleidung, nicht nachlässig, sondern asketisch, sie kultivieren einen gewissen proletarischen Charme, die Kleidung ist einfach ein Teil von dir, und auch die anderen nehmen dich und deine Kleidung als Einheit wahr, sie läßt sich nicht trennen von deiner Erfahrung und Physiologie, selbst wenn du nicht weißt, was das ist.

Jetzt halten wir schon wieder an einem Schacht, verdammt, hinter den Fenstern kosmische Landschaften und die andere Seite des Mondes, seit dem Morgen, als wir in den richtigen Donbass einfuhren, begleiten uns auf beiden Seiten Berge aus Eisenerz, Abraumhalden, Grünstreifen, die Landschaft übertreibt mit ihrer Expressivität, wäre ich mit der Ausgestaltung der umliegenden Territorien betraut, ich würde sparsamer damit umgehen, wozu das ganze Eisen und das Grün, wozu die ganzen Bergwerke und vor allem, wozu an den Bergwerken so ewig halten?

In Donezk holte uns unser Freund Weiß ab, Hauptmann der Miliz und Autor historischer Romane, Dr. phil. In seinen Romanen murkste dauernd einer den anderen ab, es floß viel Blut und Adrenalin, und als negative Helden waren neben realen Tataren, Polen oder Janitscharen auch Vampire, Werwölfe, Kyklopen und andere Feinde des ukrainischen Volkes reichlich vertreten, was mir besonders gefiel. Als ich Weiß vorschlug, zusammen nach Guljaj-Pole zu fahren, sagte er gleich zu, wir wollten ihn in Donezk abholen und dann weitersehen.

Ich war bislang nur einmal in Donezk gewesen, als Kind, im Sommer 1984, wieso ich mich an das Jahr erinnere? Im Jahr davor hatte Schachtjor Donezk den sowjetischen Pokal geholt, an allen Donezker Zeitungskiosken konnte man ein Buch über den Sieg von Schachtjor kaufen, ich kaufte es damals auch. Komisch, daß ich mich an die Stadt überhaupt nicht mehr erinnere, ich erinnere mich noch an das große Autowerk in einer Vorstadt, in dem wir einen neuen Kipper abholen und nach Hause überführen sollten, apropos, fällt mir da gerade ein, wer war eigentlich damals der Direktor des Autowerks? Mein Alter holte immer mal Autos ab, und manchmal nahm er mich mit, in Kindertagen war das ein unglaubliches Privileg – als erster von den Freunden in eine kühle, noch unberührte Kabine zu klettern, ich habe noch den Geruch von neuer Technik, Benzin und Schmieröl in der Nase, den Geruch einer gesunden Sowjetkindheit, es fing an zu regnen und hörte bis nach Hause nicht mehr auf, die ganze Reise in ein und demselben Regen, in ein und demselben Land, wir waren daheim, Schachtjor hatte den Pokal geholt, alles bestens.

Wenn du in eine Stadt kommst, in der du so lange nicht gewesen bist, daß man sagen könnte, du warst nie da, willst du dich an was halten, irgendwelche Zeichen und Spuren finden, aber völlig umsonst, was kann schon von damals übrig sein – nicht einmal die Kioske, deshalb wollten wir einfach nur die Zeit bis zum Morgen überstehen, dann ging die richtige Stadterkundung los, mit Wodka an den Fast-Food-Buden, Gras in den Plattensiedlungen, ein träger Sommertag, der wie üblich in tiefer, schwerer Erinnerungslosigkeit enden wird, und so bleiben anstelle normaler Reiseeindrücke nur ein paar Fetzen und Episoden und vor allem Verwunderung darüber, daß die Stadt mehrere goldene Denkmäler hat und hier in der Nähe das Kobzon-Denkmal steht oder stehen soll, am Morgen hat mich das jedenfalls sehr beschäftigt, stand das Kobzon-Denkmal hier irgendwo oder nicht, und wenn ja, wo? Und war er nun aus Gold, dieser Kobzon, oder aus Gips? Denn woran hätte ich mich sonst erinnern sollen? An die Kantine mit ihrem versifften Klo und den Wachleuten am Eingang, die gab es mit Sicherheit nirgendwo mehr; haufenweise Typen in Trainingsanzügen, die sich in der Stadt sicher und sorglos wähnten, es war eindeutig ihre Stadt, ihre Trainingsanzüge, sie hatten ein Recht auf ihre Sorglosigkeit, im Unterschied zu mir, ich konnte mir die Landschaften draußen einprägen, aber die Landschaften hatten mit der Stadt nichts mehr zu tun. In den Straßen hingen viele Wahlplakate, und am nächsten Morgen brachen wir nach Guljaj-Pole auf.

Morgens im Bus zu fahren, in so einer Stimmung, in unbekannte Richtung, das ist undankbar, aber was soll's, Hauptsache, nicht hier bleiben, Hauptsache losfahren, was wir auch tun. Was es wohl in Guljaj-Pole gibt? Natürlich nichts Sehenswertes, keine amerikanischen Stars und Niagarafälle, Niagarafälle bestimmt nicht, da bin ich mir fast sicher, in unserem Zustand brauchen wir auch keine Wasserfälle. Hauptsache, ankommen, und dann sehen wir weiter, denn diese Jagd nach den Dämonen der glücklichen Kindheit, nach den Geistern aus den stillen Gassen der Erinnerung geht einem langsam auf den Sack, das ist so, als tauchte dich jemand mit der Visage in eine hellrote Blutlache und sagte, hier sind sie, die extra für dich hinterlassenen Spuren, für dich übriggeblieben von früher, los, wasch das ganze Blut ab, das in den Klassenzimmern und Turnhallen geflossen ist, du wolltest es, da hast du, hau jetzt bloß nicht ab; überhaupt ist die Rückkehr an Orte der Kindheit fast dasselbe wie die Rückkehr in ein Krematorium, in dem du schon einmal verbrannt wurdest.

Und wer sind die ganzen Leute, die da mitfahren, diese Tussis in ihren sportlichen Pullovern, die Omas mit ihren Taschen, Männer mit Aktenköfferchen, Pilger, zwischendurch packt mich die Verzweiflung über meine Nutzlosigkeit, alle haben sie etwas vor, die Tussis zum Beispiel wollen in die Berufsschule, die Omas mit dem Selbstgebrannten auf den Markt, die Männer mit den Aktenköfferchen fahren den Selbstgebrannten einkaufen, und wir? In der Berufsschule wartet niemand auf uns, eigentlich wartet nirgends jemand auf uns. Und um Selbstgebrannten zu kaufen, mußt du nicht so weit fahren, den hättest du zum Beispiel auch in Donezk kaufen können oder in Charkiw, aber darum geht es ja nicht, deshalb bleibt uns nichts anderes übrig, als einfach in der letzten Reihe dieses klapprigen LAS-Busses zu sitzen und zu beobachten, wie Sonne auf Regen folgt, der Mittag auf den Morgen, das Gebiet Zaporizhzhja auf das Gebiet Donezk.

Der Bahnhof sah aus, als hätte ihn der Schlag getroffen. Aus der Tür kam ein regennasser Hund gelaufen, der innehielt, als er uns sah. Ich war mir nicht sicher, ob ich wirklich hierher wollte. Es blieb mindestens noch ein halber Tag, um die Stadt kennen zu lernen. Auf dem Asphalt trockneten die Pfützen. Das Leben verharrte reglos, genauso wie der Hund.

7. Ein Hotelzimmer für $ 2,99. Der dritte Tag im Hotel, wir hängen rum, kiffen, draußen hört man eine fröhliche Männerstimme, hier hört man überhaupt alles, daß weiter keine Gäste da sind, zum Beispiel, diese eigenartige Stille leerer Zimmer, wenn du an die Wand trittst und hörst, das Zimmer jenseits der Wand ist leer, und alle anderen sind auch leer, nur eine Tussi im weißen Kittel sitzt an der Rezeption, das Zimmermädchen schleicht durch die Korridore und horcht auf unseren Atem, den Atem von drei bekifften Fremden, die vor drei Tagen hier aufgetaucht sind, die Ruhe der leeren, sonnendurchfluteten Korridore gestört haben, sich als Journalisten ausgeben, den dritten Tag im Hotel hocken, kiffen und mit Wodka oder Selbstgebranntem nachspülen. Ein warmes, ruhiges Städtchen mit verschlafenen Straßen, das ist sie, die Hauptstadt des Anarchokommunismus und ungewöhnlicher sozialpolitischer Experimente; nachdem wir angekommen waren, mieteten wir uns sofort in diesem Hotel ein, im Erdgeschoß war ein Friseur, es roch nach Kölnischwasser, noch nicht mal der übelste Geruch, bei weitem nicht. Die Zimmer waren so billig, daß wir beschlossen, länger zu bleiben. Vielleicht war das der schlimmste Fehler. Wir gingen aufs Zimmer, warfen die Sachen hin, zählten unsere Kohle und gingen in die Stadt.

Ich muß zugeben, Touristen konnte ich noch nie leiden, Touristen sind laut und hektisch, haben etwas Gekünsteltes und Ephemeres, sie tauchen auf in ihren Shorts und Panamas, die Kodak schußbereit, und gleich kommst du dir überflüssig vor, und sie merken das, sie sind sehr empfindlich, diese Touristen, sie tun so, als blickten sie in die Sucher ihrer Kameras, an dir vorbei, auf die historischen Motive, die sich hinter deinem Rücken auftun, aber in Wirklichkeit flüstern sie sich zu, was ist denn das für ein Affe, warum trägt er keine Shorts, wo hat er seinen Panama, verdammt, was will der hier? Und vor allem muß Geschichte für Touristen immer durch äußere Zeichen dokumentiert sein, an allen Häusern sollen Gedenktafeln hängen, hinter jeder Ecke soll sich das Panorama auftun, das in ihren unsäglichen Reiseführern beschrieben ist, sie achten niemals auf die einfachen und unscheinbaren Dinge, Häuserwände zum Beispiel, vernarbt vom Kugeleinschlag, alte, stämmige Ahornbäume im Park, an denen die Feinde des werktätigen Volkes aufgehängt worden sein könnten, sie verstehen die Stille der Straßen nicht, die seinerzeit von durchziehenden Armeen widerhallten, traumatisiert von den Kanonaden und Salutschüssen der Sieger, sie knipsen Fassaden, ohne zu begreifen, daß es viel interessanter ist, die Leere zu fotografieren, besonders wenn in dieser Leere erbitterte Kämpfe mit wechselndem Erfolg geführt wurden. Eigentlich kommen in solche Städte keine Touristen, und wenn doch, ist ihr Programm kurz und trocken – vor der Gedenktafel für den Anarchistenführer Nestor Machno am Haus des ehemaligen Stabes der Aufstandsarmee ein Erinnerungsfoto machen, Machnos Wohnhaus suchen (im Reiseführer steht zwar, daß es schon 1918 von den Österreichern niedergebrannt wurde, aber ein Versuch ist es trotzdem wert) und schließlich ins Museum gehen, den Maschinengewehrwagen aus Pappmaché begutachten und sich dabei ideologisch verbogenen Schwachsinn über die Errichtung der Sowjetmacht und die Erfolge in der Landwirtschaft während der Unabhängigkeit anhören. Bei unserer Suche nach äußeren Zeichen fanden wir außer der Gedenktafel und dem Maschinengewehrwagen noch die Kneipe »Nestor«. Danach gingen wir zurück ins Hotel und kifften weiter.

Die historische Literatur zur Machno-Republik behandelt Guljaj-Pole dermaßen ausführlich, als ließen sich in den Ortsbeschreibungen, den Wirtschaftsdaten und der Sozialanalyse wirklich Hinweise und Vorzeichen auf die spätere Entwicklung der Stadt finden. Unter anderen, besseren Bedingungen hätte aus Guljaj-Pole für alle am Anarchismus als solchem und seinen praktischen Ausformungen im besonderen Interessierten ein Touristen-Mekka werden müssen, das an Jahrestagen und Jubiläen regelmäßig von Massen der oben erwähnten Typen mit Panama und Kamera überrannt wird; so detailliert beschreiben die Historiker die hiesigen Schulen und Fabriken, so exakt halten sie die Zahl der Arbeiter und Mitglieder der jüdischen Gemeinde fest, daß du an einem bestimmten Punkt selbst mitgerissen wirst vom Schicksal dieses kleinen Ortes im August, du schlenderst vom Busbahnhof zur Bibliothek, vom »Nestor« zur halbzerfallenen alten Mühle, erkennst manche von den Archivaufnahmen wieder und andere überhaupt nicht. Wenn du seit, sagen wir mal, drei Tagen in so einer kleinen Stadt unterwegs bist, erkennst du ab dem dritten Tag die Einwohner wieder, und das Schlimmste ist, daß auch sie dich wiedererkennen, denn das wird nach und nach peinlich, in ihren Augen bist du ein Penner, wenn nicht gar ein Tourist mit Kamera, der sie beobachtet wie Eingeborene und in ihren Gesichtern nach Spuren des Anarchosyndikalismus sucht, außer Spuren von Alkoholismus allerdings nichts findet. Irgendwie ist es unfair: Auf der einen Seite du mit deiner hirnrissigen Begeisterung und deiner aufdringlichen Fragerei bei Hinz und Kunz, ob ihr Großvater nicht unter Machno gekämpft hat, auf der anderen Seite sie, erschöpft von dem ganzen Zirkus, aufgefressen vom irdischen Kampf ums Dasein unter den Bedingungen der Marktwirtschaft – was für dich Geschichte und ideologische Überzeugungen sind, ist für die meisten von ihnen der Ursprung privaten Unternehmertums und eines uneingestandenen schlechten Gewissens. Deshalb begegnen euch alle, wenn nicht ablehnend, so doch ohne jeden Enthusiasmus – die zwei abgewrackten Alkis, mit denen wir am Flußufer Selbstgebrannten getrunken haben (die Brücke, die die Aufständischen benutzt hatten, gab es nicht mehr, der Fluß war ganz schmal geworden, die Alkis saßen am Ufer und schwiegen traurig; als wir sie zu einem Schluck einluden, waren sie sofort einverstanden, einer nahm das Geld und verschwand für immer, wie wir dachten, kam aber doch zurück, wir kippten schnell das Zeug hinunter und gingen baden; die Alkis blieben draußen, sahen uns gleichgültig und teilnahmslos zu, jeder sieht im Fluß seine eigenen Ertrunkenen, zu ihren gehörten wir nicht); die Museumsdirektorin, die uns müde etwas erklärte und sich entschuldigte, daß sie ins Büro müsse, um bei der Wahlvorbereitung zu helfen, und sich nicht einmal dafür interessierte, wen wir wählen wollten; die Verkäuferin, die bis fünf Uhr in ihrem Zeitungskiosk schlief und ihn dann mit einem Hängeschloß zusperrte, sogar sie, obwohl wir bei ihr Zeitungen kauften und vielleicht überhaupt die einzigen waren, die ihre Lokalpresse kauften; und sogar der Kellner im Bahnhofsrestaurant, der uns täglich sah, wir kamen jeden Tag zu ihm wie zu einem alten Bekannten, aber auch er sah uns gleichgültig an; in Kleinstädten sind die Leute ruhiger, sie wissen im voraus, was mit dir passieren wird, sie wissen vom ersten Augenblick an, daß du auf diesen staubigen Straßen, zwischen den alten, zerschossenen Häusern sowieso nichts finden wirst, du findest nichts und kannst auch nichts finden, weil du nicht von hier bist, bleibt höchstens die Frage, wie lange du es in deinem Hotel aushältst, wie lange dein Geld, dein Gras, deine Konserven reichen, um in diesem mörderischen Hotel durchzuhalten, das angefüllt ist von schweren Traumbildern und dem Kölnischwassergeruch, das ist die ganze Frage – ob du heute einfach mit dem Abendbus abhaust, weg von den schwarzen Löchern in der Luft, in der deine ganze Geschichte Platz findet, oder ob du weiter durch ihre Straßen streichen willst, im Park sitzen, Fassaden von Häusern knipsen, in denen sich die Verwaltungsorgane der Anarchisten befunden haben, über den städtischen Friedhof schlendern und die Namen auf den Gräbern lesen, die prominentesten erkennen.

Ich glaube, das Entscheidende an ihnen verstehe ich nicht: ihre Teilnahmslosigkeit, ihr kollektives Gedächtnis, klar habe ich hier keine auferstandenen Schatten – verflucht und ohne Sterbesegen – erwartet, ich war vorbereitet auf ihre Distanziertheit, ihr totales Mißtrauen, was hätte ich denn anderes erwarten können? Um etwas anderes zu erwarten, hätte ich zumindest in ihrer im Sommer warmen und im Herbst windigen Stadt zur Welt gekommen sein müssen, ich hätte als Schüler Blumen am Denkmal für die Befreier niederlegen müssen, in dem Wissen, auf wessen Knochen das Denkmal errichtet wurde, ich hätte beobachten müssen, wie alljährlich die Maulbeeren herunterfallen und Straßenstaub die Kirschbäume bedeckt, hätte morgens auf den Markt oder ins Büro gehen, meine eigene Firma haben, Kinder großziehen, die Passanten grüßen, an Sommerabenden, lang wie ein Blues, zum Fluß hinuntergehen, schweigend dasitzen, auf das gegenüberliegende Ufer blicken müssen, an dem es, genau wie an deinem, nichts gibt, weder Vergangenheit noch Gegenwart, um zu begreifen, daß du, selbst wenn die alte Brücke noch existierte, kaum Lust hättest, zum anderen Ufer hinüberzugehen, weil für dich eigentlich – und auch das werde ich nie verstehen – von diesem Ufer, von dieser Brücke, von dieser Erinnerung kein Weg wegführt.

8. Auch diesmal hättest du sterben können. Er hatte ein gutmütiges und tapferes Gesicht, das Gesicht eines dreißigjährigen Mannes, dem man locker vierzig geben würde, weil er die Sonne nicht scheute und keinen Wodka ausließ, heute schon gar nicht. Erschöpft und traurig sah er aus, seine Traurigkeit hatte etwas Bitteres und Zartes, Intimes, man sah ihm an, daß er Probleme mit seiner Alten hatte und daß er sie, seine Alte, liebte, während sie, die Ratte, seine zarte, unverdorbene Seele quälte, die Seele eines dreißigjährigen Mannes, der im Leben mit allem klarkam – mit Blut und Schmutz, Arbeit, Alk, Erniedrigung und Rache, nur nicht mit seiner inneren Zartheit, da konnte er der Welt einfach nichts entgegensetzen, außer sich am Morgen zuzulöten und durch die sommerstarre Stadt zu rasen, auf der Suche nach Trost und mehr Alkohol und dabei natürlich weder das eine noch das andere zu finden.

Gestern nachmittag wurde unser Freund Weiß zurückbeordert, ein dienstlicher Anruf, Weiß sollte früh im Institut sein, einfach nicht zu fahren, wie ich ihm vorschlug, kam für ihn nicht in Frage. Mitten in der Nacht ging er zur Schnellstraße, stand ein paar Stunden, kam dann aber doch irgendwie weg. Am nächsten Morgen beschlossen Ljoschka und ich, auch zu fahren. Alles, was es zu sehen gab, hatten wir uns mehrmals angeschaut, die Friseuse und die Zeitungsverkäuferin grüßten uns, wenn sie uns sahen, die Museumsdirektorin wechselte die Straßenseite, die Kellner wußten im voraus, welchen Wodka wir bestellen würden. Der Überraschungseffekt war vorbei, nach einer durchzechten Woche brach der graue Alltag an, den letzten Tag hatte ich im Hotel gelegen, da ich, wie ich dachte, an einem allergischen Anfall litt. Wir wollten nach Norden, wo sich 1918 die ersten aufständischen Verbände formiert hatten. Dorthin fuhren keine Busse, in dieser Hinsicht hatte sich seit 1918 wenig geändert. Was soll's, dachten wir, dann eben ohne Busse, stellen wir uns an die Schnellstraße und halten irgendwas an. An der Ausfahrt standen zwei Tussis, die sich was zuflüsterten, als sie uns erblickten, aber es sah nicht so aus, als ob sie irgendwohin wollten. Und uns wollte keiner mitnehmen. In der Nähe war ein kleiner Fluß, über uns hingen niedrige Wolken, das Gras war staubig, die Straße leer.

Eigentlich hatte er gar nicht anhalten wollen. Er ertrank in Schwermut und Alkohol, sein gesellschaftlicher Status war ihm egal, sein familiärer Status – wie immer der aussehen mochte – war ihm egal, die Verkehrsregeln waren ihm egal, er raste durch die nachmittägliche Stadt und wollte mit seinem Lada in eine dunkle, entlegene Ecke abtauchen, um der Verzweiflung zu entkommen und auf bessere Zeiten zu warten. Einer Eingebung folgend, bog er schließlich von der

Hauptstraße in Richtung Fabrik ab, am Verkehrskontrollposten vorbei (der ihn merkwürdigerweise nicht anhielt), vorbei an den Lagerhallen, dann noch einmal links und bis zum Ortsausgang, wo er uns sah. Er hatte, wie gesagt, eigentlich gar nicht anhalten wollen. Aber irgendwas rastete im letzten Moment ein in seinem von Bitterkeit vernebelten Hirn, und er stieg in die Eisen. Das hört sich gut an, er stieg in die Eisen, aber er war eigentlich gar nicht imstande, schnell und entschlossen auf die Bremse zu treten, er bremste eher verzweifelt und zögerlich, der Lada kam von der Straße ab, schlitterte gut zwanzig Meter weit und verreckte mit tiefem Blubbern. Wir liefen hin. Nimmst du uns mit? fragten wir. Er dachte nach. Worüber er wohl nachdachte? Weiß der Himmel, worüber Leute in seinem Zustand am Steuer nachdenken, ich kann nur sagen, daß er nicht zweifelte, aus seinen Augen sprach kein Zweifel, es war ein allgemeines Unverständnis – wer wir sind und wer er ist, warum er angehalten hat. Gut, sagte er. Wieviel? fragten wir. Nichts, sagt er. Wie nichts? Eben nichts, zahlt fürs Benzin und ab geht's, wohin ihr wollt. Wir dachten ebenfalls nach. Okay, sagten wir, na los, wir stiegen ein, machten die Türen zu, das Auto fuhr los, und da verstanden wir. Ein Bier hatte er schon ausgetrunken, das zweite gab er mir in die Hand. Halt mal, sagte er. Wie ist es denn mit dem Trinken am Steuer? fragte ich. Ich hab Probleme, sagte er, mir geht's beschissen. Ach so, sagte ich, na, dann. Der Lada klapperte gen Horizont, fuhr zweihundert Meter und verreckte. Was ist das denn? fragte ich. Ihr müßt anschieben, sagte er, der Motor hat Macken. Wir stiegen aus und fingen an zu schieben, witzig, dachte ich, wer bezahlt hier eigentlich wen? Na ja, er würde uns wohl kaum was zahlen.

   An der Tankstelle war eine Schlange. Er wollte sich, wie

es aussah, nicht anstellen, beschimpfte die Autofahrer, beschimpfte den Tankwart, kritisierte die Weltordnung im allgemeinen, was nun? fragte ich, Moment, Moment, rief er nervös, los, sagte er schließlich, denn er hatte offenbar einen Entschluß gefaßt. Was? Anschieben! Wir stiegen aus und schoben die Klapperkiste wieder an, der Motor heulte auf, er trat aufs Gas, wendete und fuhr zurück Richtung Guljaj-Pole. He, rief ich genervt, was soll das? Moment, Moment, wiederholte er nur. Der Lada raste in die Stadt hinein. Die erste Kreuzung schaffte er nicht, geriet auf den Fußweg und fuhr dort weiter. Dann lenkte er doch wieder auf die Straße zurück. Ab und zu schaute er beunruhigt, ob ich die Bierflasche noch hielt. Tat ich. Entschlossen jagten wir durch die Stadt, an unserem Hotel vorbei, davor saß seelenruhig die Zeitungsverkäuferin, verwegen ließen wir Bahnhof und Stadion links liegen, hupten an einem Café und jagten in einen Außenbezirk, ich dachte, der Typ hätte sich verfahren, er durchpflügte die Stadt wie ein Delphin die Wasserfläche und erschreckte die krummbeinig watschelnden Mütterchen, die vom Markt mit dem Rest Selbstgebrannten zurückkamen, er hupte Vögel und Engel an, die nicht schnell genug zur Seite sprangen und ins Motorgetriebe gerieten, wovon sich der Kühler mit Blut füllte, die Kiste aufheulte und verreckte.

Aber am anderen Ende der Stadt gab es auch eine Tankstelle. Wir tankten voll, drehten um, rasten wieder zurück, überquerten die Brücke und fuhren nach Süden. Das Bier hatten wir mit ihm zusammen ausgetrunken. Er war wirklich nicht gut drauf. Von Zeit zu Zeit schlug er sich mit der Hand vor die Stirn, aus Verzweiflung und Selbstmitleid, als wollte er sich sagen, da hast du, weil du deine Probleme nicht in den Griff kriegst, da hast du, außerdem wäre er, wenn er sich nicht selbst geschlagen hätte, mit Sicherheit eingeschlafen, aber so rüttelten ihn die kurzen, kräftigen Schläge aus dem Schlaf und uns aus der Schreckstarre. Ich versuchte, mich mit ihm zu unterhalten, das Radio lauter zu drehen, um den Schlaf von ihm abzuhalten, der sich wie eine schwere Nebelwolke auf sein Bewußtsein legte, aber er hatte das im Griff, er hatte alles im Griff und kriegte alles mit, irgendwann verstand ich ihn – okay, hatte er gedacht, da hab ich normale Typen aufgegabelt (er meinte uns), ich fahre sie an ihr Ziel, wende, bringe das Aas um, repariere den Lada und gehe zum Friseur, okay. Aber das Bier hatten wir schon ausgetrunken, die Musik beruhigte ihn nicht, deshalb war es nicht verwunderlich, daß er in diesen Sonnenstrahlen einschlief, in der Augustsonne, die von Wolken getränkt war wie von Saft, zwischen den zwei Kleinstädten, von denen wir die eine für immer verlassen hatten und in der anderen anzukommen kaum zu hoffen wagten. Wir wären wohl auch eingeschlafen, hätte nicht er am Steuer gesessen.

Es war eine merkwürdige Fahrt, merkwürdig in jeder Hinsicht – die Straße war merkwürdig, sie wurde immer schlechter, und der Tag war merkwürdig, er dauerte so lange, daß ich schon dachte, er geht für uns gleich hier und jetzt zu Ende, unser Fahrer nahm sich seine Schwierigkeiten so merkwürdig tief zu Herzen, daß ich ihm nicht einmal sagen konnte, los, Alter, halt an, laß uns aussteigen aus deiner Kiste, und du steigst am besten gleich mit aus, wo willst du denn in dem Zustand hin? Ich konnte einfach nicht, das hätte ihm den Rest gegeben, fremden Wahnsinn mußt du respektieren, wer weiß, wie du dich in ein paar Jahren in der Öffentlichkeit aufführst. Er fuhr Schlangenlinien, kam auf die Gegenfahrbahn, nickte ein und schlug sich immer wieder mit der Hand vor die Stirn, er war eisern zu sich, ließ nicht locker, bis wir plötzlich unerwartet wohlbehalten in unsere kleine Stadt einfuhren, bei der Gelegenheit eine Schar Pioniere auf Fahrrädern von der Straße jagten und vor dem Busbahnhof anhielten. Schaffst du es denn zurück? fragte ich. Na klar, er wußte nicht recht, was ich wollte. Na, dann, danke, sagte ich. Kein Problem, macht's gut, er verabschiedete sich von uns ohne Bedauern und Hoffnung auf ein Wiedersehen, als hätten wir nicht gerade eine fast vierzig Kilometer lange Todesstrecke mit ihm zurückgelegt. Sein Weg war auf jeden Fall um vieles gefährlicher als unserer.

Über dem Busbahnhof hing ein Jagdflieger. Die Sterne auf den Tragflächen waren vom Regen verwaschen, aus dem Betonsockel quoll trockenes Gras. Unser Fahrer war jetzt auf dem Heimweg und drückte in seiner Klapperkiste aufs Gas, im Motor kochte das Blut, der Kühler war voller Federn. Vielleicht hatte er sich schon überschlagen. Wir liefen um den Jagdflieger herum und ließen uns ins Gras fallen. Busse fuhren keine. Eine bewegende Geschichte ohne jegliche Folgen.

9. Die Geister folgen meinem Haschisch. Da kam Weiß zurück. Wir hatten im Gras gelegen, waren zum Bahnhof gegangen, um Wasser zu trinken, waren in die Stadt gegangen, um Bier zu holen, lümmelten ein paar Stunden unter unserem Jagdflieger mit den verwaschenen Sternen herum, und auf einmal kam Weiß zurück. Dr. phil. hatte wahrscheinlich kapiert, daß man die kleinste sich bietende Gelegenheit nutzen muß, solche bewußtseinserweiternden Orte mit Heldengeschichte aufzusuchen, natürlich kannst du bis zum Abwinken historische Romane schreiben und das Blut unschuldiger Vampire spritzen lassen, trotzdem solltest du dich wenigstens einmal in zehn Jahren aufraffen und in so ein namenloses Steppennest fahren, wo der Staub über den zentralen Platz fegt und die örtlichen Plantagenbesitzer vor dem einzigen Bistro sitzen und himmelklaren Wodka trinken, und dort warten deine Freunde schon seit Stunden unter einem Jagdflieger auf dich, ohne dich wird deinen Freunden immer trauriger zumute, doch dank dem Alkohol bessert sich ihre Laune, und wenn du pünktlich bist, triffst du sie in einer merkwürdig gehobenen Stimmung an, in der es sich gut reden und weiterziehen läßt. Gegen Abend hatten wir uns in den Wald von Dibriwka durchgeschlagen.

Weiß wollte uns die historische Eiche zeigen, unter der Machno »Vater« genannt worden sein soll. Als wir in Dibriwka ankamen, gerieten wir an einen Autofahrer, der sich mit Politik auskannte, er nahm uns mit und erteilte uns einen Kurzen Lehrgang in der Geschichte der örtlichen Kommunistischen Partei, und mit Verwunderung nahmen wir zur Kenntnis, daß die oben erwähnte Eiche vor einigen Jahren von Pionieren abgefackelt worden war; als sie dort irgendein Pionierfest feierten, vielleicht Lenins Geburtstag, keine Ahnung, da haben sie die Eiche abgefackelt, außerdem erfuhren wir, daß das Heimatmuseum vor sich hindümpelt, der Direktor das letzte Arschloch ist, allen mit den Scheißwahlen auf die Nerven geht und sich um Vater Machno mit seinen Eichen einen feuchten Dreck schert, mit einem Wort, die Situation war für uns nicht förderlich, wir verließen Dibriwka und gingen einfach in den Wald, wir dachten uns, na gut, die Eiche haben die Pioniere abgefackelt, was soll's, sind eben Kinder, der Direktor ist ein Arschloch, kann man auch verstehen, nervt mit den Wahlen, ebenfalls nichts Neues, aber auch er, dieser kranke Direktor, der seine Ehre, sein Gewissen und seine historische Aufgabe gegen einen fetten Verwaltungsinventarstempel auf seinem Direktorenarsch verkauft hat, auch er kann nicht verhindern, daß wir uns in den Wald schlagen und so lange dort bleiben, wie wir wollen, und wie lange wir wollen, das ist allein unsere Sache und geht nur uns etwas an, vielleicht noch den Förster.

Ich habe schon an den verschiedensten Orten und unter den verschiedensten Bedingungen genächtigt. Ein paar Nächte lang habe ich auf dem Bahnhof in Lwiw auf Paketen mit Faschozeitungen geschlafen, die ich zum Verteilen mitgebracht hatte, ich habe an der ukrainisch-ungarischen Grenze genächtigt, mit einer Schulklasse, die auf Klassenfahrt war und offenbar dachte, daß auch ich auf Klassenfahrt bin, ich habe betrunken am Strand eines Flusses genächtigt, und Rettungsschwimmer und Badegäste sind um mich herumgelaufen, um herauszufinden, ob ich schon ertrunken bin oder nicht, ich habe auf Parkbänken genächtigt und in winterlichen Bummelzügen auf dem Bahnhof Pjatychatky, ohne Chance, von dort wegzukommen, einmal habe ich in einem Pionierlager auf einer Tischtennisplatte genächtigt, mein Freund und ich waren zum Pädagogikpraktikum hergekommen, aber nachdem sie uns den gesamten Schnaps weggetrunken hatten, teilten uns die Pionierleiterinnen mit, wir müßten nicht unbedingt dableiben, für die Kinder wäre es auch besser, und wir könnten wieder abhauen, wir legten uns also auf die Tischtennisplatte, jeder auf eine Seite des Netzes, und am Morgen sind wir tatsächlich wieder abgehauen, die Aussicht, einen ganzen Monat auf einer Tischtennisplatte zu schlafen, fanden wir nicht so prickelnd; das ist mehr als ein Abenteuer oder eine interessante Geschichte, ein Abenteuer ist es, wenn du nachts dein

Hotelzimmer aufschließt, und in deinem Bett liegen fremde Leute, stimmt, das ist ein Abenteuer, aber wenn du weder Schlüssel noch Hotel, noch fremde Leute hast, wenn du nicht den blassesten Schimmer hast, wie du die Situation, in die du geraten bist, bis zum Morgen überstehen sollst, das ist dann kein Abenteuer und auch keine interessante Geschichte, das ist dein Leben, so wie es ist – ohne Beschönigung und unnötiges Pathos, du setzt einfach den Raum mit deiner Gegenwart unter Druck und reißt dir genau so viel Platz und Wärme heraus, wie du brauchst, um in der Nacht nicht zu erfrieren; wir bogen vom Waldweg ab, liefen lange und fanden schließlich eine Lichtung, trugen Holz zusammen und machten ein Feuer. Zuerst tranken wir alles aus, was wir dabeihatten, doch das kam uns wenig vor, und wir fingen an, unser Gras hervorzukramen, sogar Weiß, Dr. phil., der die ganzen anderen Tage enthaltsam gewesen war und sich mit Selbstgebranntem aus lokaler Herstellung begnügt hatte, ließ sich hier auf einmal gehen, wurde lockerer, rauchte mit uns und fing an, von den Samurai und ihrem Ehrenkodex zu erzählen. Mitten im Ehrenkodex schlief ich ein.

Ich erwachte gegen fünf. Ljoschka fuhr von seinem Schlafsack hoch, Weiß saß am erloschenen Feuer und blickte in den Wald, was ist da? fragte ich, da geht einer, flüsterte er, schon lange, fragte ich? ja, sagte Weiß, die ganze Nacht, gut, sagte ich, hau dich hin, ich halte Wache. Er schlief sofort ein, ich übernahm seinen Platz und fing an zu beobachten, wer da zwischen den Bäumen herumlief. Das dauerte etwa zwei Stunden.

Einmal nachts saß ich bekifft am Meer und schaute auf die Wellen, ich versuchte sie zu erkennen, sah aber nur Dunkelheit, die sich dicht neben mir bewegte und mich jeden Augenblick zufällig streifen, mit ihrem Schweif umwerfen oder mit Tentakeln in ihr dunkles Inneres ziehen konnte, wenn du in der Dunkelheit nichts siehst, heißt das noch lange nicht, daß auch dich in der Dunkelheit niemand sieht, so kam es mir immer vor, denn Dunkelheit ist etwas, das außerhalb von dir existiert, du fällst immer aus ihr heraus, während derjenige, der in ihr bleibt, immer einen guten Beobachterposten hat, denn die Dunkelheit ist nur für dich Dunkelheit, für ihn ist sie etwas anderes, etwas, was du nicht sehen und also auch nicht begreifen kannst. Und jetzt, als ich an dem heruntergebrannten Feuer saß, das erkaltete, seine Wärme abgab wie eine große Pizza, überlegte ich, was in dieser Nacht um uns herumgestrichen sein konnte, ich sah solche Sachen vielleicht nur verschwommen, aber Weiß hatte geraucht und hinter den Kiefern etwas gesehen, was mochte das gewesen sein? Die Seelen der Förster? Vielleicht die Seelen der Förster, aber vielleicht auch die Seelen der Pioniere aus dem Lager nebenan, die vor langer Zeit, vor vielen Jahren aus den idyllischen Pionierzelten in den Wald geflohen waren, sich eine Zeitlang von Wurzeln und Fliegenpilzen ernährt und allmählich ihre Pioniergestalt verloren hatten und zu ruhelosen Geistern geworden waren, die Nacht für Nacht in den Wald zum Feuer kamen, sich aber nicht näher herantrauten, um nicht dem Pionierleiter zu begegnen.

Alle, deren Anwesenheit du spürst, suchen unablässig deine Unterstützung, wollen, daß du mitmachst, fortwährend fängst du ihre Blicke auf, die euch verbinden. Aber wenn du auf einmal an einem fremden Ort aufwachst, einsam und durcheinander, fühlst du plötzlich ganz deutlich

irgend jemandes Anwesenheit dicht neben dir, du könntest
ihn niemals sehen, er aber würde auch nie an dir vorbeigehen, ich sage nur, daß ich wirklich bereit war, die Schatten
zu sehen und die Stimmen von jenseits der Kiefern zu hören, ich habe sie doch nur deshalb nicht gesehen, weil ich
nicht wußte, was ich denn sehen, woran ich sie erkennen
soll. Im Unterschied zu mir wußten sie es genau, sie sahen
mich und meine Freunde, fühlten uns, wir leuchten ihnen
in ihrer Dunkelheit, ohne dazuzugehören, ohne hineinge-
zogen zu werden, wir leuchteten mit unserem ganzen Blut,
das in uns stand wie die Quecksilbersäule im Thermometer,
so orteten sie uns, auf das rosa Leuchten des Blutes kamen
sie hinter den Baumstämmen hervor, blieben in einigem
Abstand stehen und streckten uns die Hände entgegen, als
wollten sie uns etwas wegnehmen, als wollten sie uns etwas
überlassen.

Probier es ruhig, vielleicht gelingt es dir ja, sie an ihrem
Schatten zu erkennen, am Geruch, an der Stille rings um
dich her, die sie mit sich füllen, die ihnen völlig ausreicht,
um die ganze Zeit in der Nähe zu sein, unbemerkt und un-
erkannt zu bleiben, vielleicht gelingt es dir ja, ihren Atem
wahrzunehmen, der gerade jetzt, hör mal, wie das Atmen
der Bäume, das Atmen der Kiefern klingt, so ruhig und
gleichmäßig, ein bißchen wärmer vielleicht, das kommt von
ihrer Stimme, davon, daß sie dir etwas sagen, etwas sehr
Wichtiges, etwas, das du nur im Traum hören kannst oder in
Aufnahmen, die du hörst, nur während der schwarzen Mor-
genstille, denn das, was sie sagen, ist eben Stille, wabernde,
ungeteilte Stille, die im Inneren von ihren Stimmen erfüllt
ist.

10. **Linker Marsch.** Vergiß die Politik, lies keine Zeitung, hör kein Radio, schlag den Fernseher ein, stell ein Farbporträt von Mao oder Fidel hinein, laß dich nicht verarschen, geh nicht ins Netz, geh nicht wählen, sag nein zur Demokratie, geh nicht auf Demos, tritt keiner Partei bei, verkauf deine Stimme nicht den Sozialdemokraten, beteilige dich nicht an der Diskussion über das Parlament, sag nicht »Mein Präsident«, unterstütze nicht die Rechten, unterschreib keine Petitionen an den Präsidenten – das ist nicht dein Präsident, wink nicht dem Gouverneur, wenn du ihn auf der Straße siehst, du wirst ihn sowieso nie auf der Straße sehen, geh nicht auf Kandidatenpartys, du hast keinen Kandidaten, vergiß die Gewerkschaften – sie nutzen dich aus, sag nein zur nationalen Wiedergeburt, dich hängen sie als ersten auf, du bist ihr Feind, ihr Jude, ihr Schwuler, du bist ihr Faschist und Bolschewist, du störst ihren Politbetrieb, störst ihre Absprachen, ihre frisierten Fernsehratings, du störst sie dabei, dich zu verarschen, das Internet zu kontrollieren, Wahlkämpfe zu gewinnen, die Demokratie aufzubauen, Kundgebungen zu veranstalten, das Parteileben zu ordnen, die Sozialdemokraten zu bekämpfen, Gesetze zu blockieren, den Volkspräsidenten an die Macht zu bringen – ein Volk braucht einen Volkspräsidenten! sich mit den Rechten zu einigen, eine Petition an den Präsidenten, an den Volkspräsidenten, auf den Weg zu bringen, den Gouverneur an den Eiern zu packen – ihn auf die Straße zu zerren, vors Volk, an den wichtigen Stellen die eigenen Kandidaten durchzubringen und das eigene Netzwerk aufzubauen! die Gewerkschaften zu untergraben – eh, du Schwein, warum traust du den Gewerkschaften nicht?! der nationalen Wiedergeburt Aufwind zu geben – an den Laternen vor der Oper die Feinde aufzuhängen, allen voran die Juden, dann

die Schwulen, vielleicht auch die Faschisten und die Bolschewisten, die meisten sind sowieso Juden und Schwule, und endlich eine normale Jugend heranzuziehen, die sie an die Macht bringt und in Ruhe läßt, in einem ruhigen Land, wo Politik, Zeitung und Radio allen am Arsch vorbeigehen, wo keiner mehr Mao und Fidel kennt, keiner mehr Bock hat, ins Netz zu gehen, wählen zu gehen, diese schwachsinnige Demokratie zu unterstützen, auf Demos zu gehen, einer Partei beizutreten, nicht mal Bock, die eigene Stimme an die Sozialdemokraten zu verkaufen, ganz zu schweigen von der Diskussion über das Parlament, ganz zu schweigen vom Präsidenten – hast du überhaupt einen Präsidenten? Ganz zu schweigen von den Rechten und den Petitionen – du brauchst keine Petitionen, du brauchst keinen Gouverneur, du kennst deinen Kandidaten nicht, es ist dir schnurz, in welcher Gewerkschaft du bist – Hauptsache, die Gewerkschaft bezahlt; ganz zu schweigen von der nationalen Wiedergeburt – deinen Nachbarn haben sie als ersten aufgehängt, jetzt bist du dran.

Die Politik ist käuflich, Zeitungen und Radio sind käuflich, die Glotze – die Wahrheit über die Glotze kennst du selbst! Mao ist tot, Fidel ist tot, laß dich nicht verarschen! Das Netz wird kontrolliert, die Wahlen sind käuflich, die Demokratie ist tot, das Parlament käuflich, der Präsident käuflich – du hast überhaupt keinen Präsidenten! die Rechten sind käuflich – es gibt hier keine normalen Rechten! die Petitionen sind gekauft, der Gouverneur käuflich, dein Kandidat käuflich – weißt du, an wen sich dein Kandidat verkauft hat? die Gewerkschaften sind käuflich, alle Gewerkschaften sind käuflich, seit langem und ohne Ausnahme, alle Gewerkschaftsbosse sind seit langem gekauft oder tot! eine nationale Wiedergeburt gibt es nicht! die wollen dich nur aufhängen! sie müssen dich aufhängen! an der Laterne vor der Oper aufknüpfen! dir die Schlinge um den Hals legen und den alten Bürokratensessel unter den Füßen wegziehen! daß es jeder sieht! daß keiner an deinem schutzlosen Leib vorbei kann! daß alle beobachten können, wie du im frischen Augustwind baumelst! das ist das einzige, was sie im Kopf haben, diese Verräter! Verräter! sie denken an dich! sie denken nur an dich! denk nicht an Politik, in der Zeitung – alles Verräter! im Radio – Verräter! im Fernsehen – Verräter! Mao – ein Verräter, Fidel ein verdammter Verräter! im Netz – nur Schwule und Verräter! bei den Wahlen – Verräter! Die Demokratie spitzelt, das Parlament spitzelt! der Präsident – ein Verräter, das ist nicht dein Präsident! die Rechten, der Gouverneur, der Kandidat – Verrrääääääter! Welche Petitionen??? Welche Gewerkschaften??? Welche Wiedergeburt??? Verräter!!!!

Wenn du dich da nicht verkaufst.

Ich lese gern Kriegserinnerungen, egal welchen Dienstgrad der Autor hatte und auf welcher Seite er gekämpft hat, ob er ein Wehrmachts-Offizier oder ein Petljura-Feldwebel war, ob er mexikanischer Partisanenführer oder tschetschenischer Feldkommandeur ist, in den Beschreibungen der Kriegshandlungen taucht mitunter eine Erzählform auf, die ich als außerordentlich ehrlich und sympathisch empfinde – wenn du mit deinen eigenen Händen bereits die Konturen der Geschichte und Geographie mitgestaltet hast, fängst du kaum an zu moralisieren und zu belehren, deine ganze Agitation interessiert in dem Fall niemanden, denn hinter dir steht etwas viel Wichtigeres – deine Biographie, deine Verbindung zum wirklichen, unmittelbaren Leben, zur lebendigen Geschichte, zur realen Politik, so wie sie sein soll –

eine Politik der Straße, der Massen und der Ungerechtigkeit. Dann kann man sich wenigstens nicht über sie beschweren.

Ich habe mich nie für Politik interessiert, nur wenn sie unter der Tür hindurch in meine Wohnung gekrochen kam und anfing, in meiner Küche zu stinken, dann habe ich mich für sie interessiert, vielmehr dafür, wie ich sie loswerden kann. Versuch mal, die Politik in deinem Leben loszuwerden, mal sehen, ob es dir gelingt, wieviel Kraft und Geduld du hast, sie ist unglaublich penetrant, diese Hure, sie kriecht in Ritzen und Spalten, wird dich manipulieren, unausweichlich, gegen deinen Willen fängst du an mitzumachen in diesem Spiel, das für dich veranstaltet wird, aber versuch mal, nach deinen eigenen Regeln zu spielen, gleich kriegst du was auf die Pfoten, versuch mal, ihr zu sagen – okay, ich will Politik machen, ich will einer normalen kommunistischen Partei beitreten, wo sind denn in diesem Land die normalen Kommunisten? Warum fahren sie S-Klasse? ich will ein normales Parlament, das Haschisch legalisiert, ich will diese fetten Schweine nicht als Abgeordnete, will nicht, daß ein Bankier mein Gouverneur ist und mein Präsidentschaftskandidat ein Oligarch, dem die Rechte der arbeitenden Bevölkerung am Arsch vorbei gehen, ich möchte Mitglied einer Gewerkschaft sein, aber es soll eine normale Gewerkschaft sein mit Maschinengewehren und Tretminen, Petitionen – nein, danke. Ich möchte mich wirklich für Politik interessieren, ich möchte, daß sich die jungen Leute hier für Politik interessieren, mitmachen, damit die Politik nicht diesen senilen, ängstlichen Idioten überlassen bleibt, die auf Kundgebungen von der nationalen Wiedergeburt anfangen, aber ich will nicht, daß die jungen Leute um die Macht kämpfen, ich will, daß sie gegen die Macht kämpfen,

daß sie Banken besetzen und die Gebietsverwaltung blok-
kieren, daß sie den Staatshaushalt kontrollieren und die Beamten aus den Fenstern ihrer Büros schmeißen, daß sie
samstags mit dem schwarzen Banner zu Arbeitseinsätzen
erscheinen, dem Banner wie schwarze Damenunterwäsche,
einigen wir uns doch auf diese Methoden der nationalen
Wiedergeburt, in einer anderen Form finde ich Politik gänz-
lich uninteressant, und ich bin für sie sicher auch nicht von
großem Interesse. Also lassen wir es gut sein, jeder behält,
was er hat, ihr eure Kohle und ich mein Canabis, ich lebe
wirklich in demselben Land wie ihr, ich liebe dieses Land,
ich reise nicht aus, auch wenn ihr mit Repressalien anfangt,
alles okay, ihr stört mich nicht, auch ich habe Radio und
Fernsehen zu Hause. Nur daß ich andere Sender einstelle.

Am nächsten Morgen lagen wir wieder im Gras neben
der Schnellstraße und warteten auf irgendeinen Bus. Die
Schnellstraße Donezk–Zaporizhzhja erwärmte sich von
der Sonne, der Himmel war niedrig und klar, aber in ihm
schwang schon die Trockenheit des Herbstes, noch ein paar
Wochen, und der richtige Herbst würde beginnen, der Saft
in den Gräsern wurde bitter von dieser Vorahnung, die Erde
war warm und die Luft unbeweglich. Ich lag und wollte
nicht aufstehen, ich wußte, daß es mein letztes Gras, die
letzte warme Luft in diesem Jahr war, ich komme wohl
kaum noch einmal an diese Straße, ich werde wohl kaum
noch einmal hier liegen, zumindest nicht in diesem Leben.
Davon wurde es besonders warm. Eine halbe Stunde später
hielt Weiß ein Auto an und fuhr nach Hause. Noch etwas
später hielten wir einen Bus an und fuhren in die entgegen-
gesetzte Richtung.

Teil Zwei

Meine Achtziger

1981 Kino. Meine Achtziger lassen sich leicht verfilmen.
Wenn hierzulande wieder Kino gemacht wird, würde ich
gern einen Film über meine Achtziger drehen, vielleicht
einfach, um auf der Leinwand darzustellen, wie mein Leben
noch hätte verlaufen können – als ein strenges und klares
Schema, in dem von Anfang an alle notwendigen Ursachen
und möglichen Wirkungen angelegt sind. Der Film hätte ein
bißchen was Didaktisches und ein bißchen Unterhaltung,
möglichst wenig Pathos und nostalgisches Gesülze. Statt
dessen gäbe es Sonne, viel Technik, viel Fabrikarbeit, die
soziale Komponente wäre ausreichend berücksichtigt, alles
wäre an seinem Platz – die Laster, die Eisenbahndepots, das
Gras am Wegesrand, die Kiefern am Sommermorgen, die
Kaufhäuser, die Vorstadtbahnhöfe, die ausgekühlten Kino-
säle, die Zeitungskioske, die Schulturnhallen mit Matten
und Trampolins, die Kohlenzüge, die Linienbusse, die leeren Schnellstraßen, die Tanks mit dem eiskalten Wasser, die
Schallplattenkioske, die Schaschlikbuden, die Schlangen an
den Karussells, die Taschendiebe, die verrückten Alkoholiker, die Kleinstadthuren, die fröhlichen Händler, die Spekulanten und Filmvorführer, die Wanderbibliothekare mit
ihren Bauchläden und die professionellen Zigeunerinnen,
die auf den Straßen und Basaren Steuern eintreiben – in dem
Film gäbe es viele positive Figuren und negative gäbe es
überhaupt nicht, jedenfalls wollte ich sie nicht in dem Film
haben. Mehr noch, in so einem Film würden auch die poten-

tiell negativen Figuren, wie z. B. die genannten Händler oder die nicht genannten Hooligans, auf jeden Fall als Helden dargestellt, vielleicht nicht als positive, aber zumindest mit bestimmten Tugenden, zweierlei Maß, wie heute oft üblich, kommt für meinen Film nicht in Frage, es ist überflüssig und unpassend, weil es überall überflüssig und unpassend ist und beim Film um so mehr. Was noch? Das Wetter sollte gut sein, der Film spielt im Sommer, meine Achtziger, das ist größtenteils Sommer, vielleicht später Frühling, aber doch besser Sommer; viel Wasser müßte es geben, viel Grün, auf keinen Fall Politik, die Politik kam erst später, in den Neunzigern; damals gab es keine Politik, die Welt hielt sich an ihre Grenzen und ging nicht darüber hinaus, das Leben genügte sich selbst, auf das Land konnte man stolz sein, an den Eltern konnte man sich ein Beispiel nehmen, die Propaganda nervte nicht, gesellschaftlichen Druck gab es keinen.

In meinem Film über die Achtziger gäbe es viel Liebe, spontane Liebe, ungeplante Liebe, Straßenliebe, unlogische Liebe, der erste Sex im Klassenzimmer, die ersten Schlägereien hinter dem Fabrikzaun, die ersten Probleme und Brüche, merkwürdige, unglaubliche Geschichten über die Entführung von Verlobten aus dem Elternhaus, über geheime Hochzeiten, illegale Abtreibungen, über zärtlichen und geilen Teenie-Gruppensex – langsame Schwarzweißbilder, das tiefe und lehrreiche Durchleben der eigenen Jahre, das Gleichmaß der Zeit, die dir jemand gewidmet hat; dann sollen viele verschiedene Stimmen zu hören sein – fröhliche, nervöse, frohe, die Hunderten von namenlosen Helden aus diesem Film gehören, die Helden haben himmelblaue Augen, von der Sonne gebleichtes Haar, gebräunte, trockene Haut, sie schlafen wenig, reden und trinken viel, geraten andauernd in idiotische, unausdenkbare Situationen, die Himmel lachen über sie, die Götter verzeihen ihnen eine Menge, denn in ihren Handlungen ist keine Bosheit. Blödheit – ja, alltäglicher Schwachsinn – ohne Ende, Leichtsinn, Naivität, die angeborene Neigung, andere zu verarschen und dabei auch vor den oben erwähnten Göttern nicht haltzumachen – ja, aber keine Bosheit, Bosheit wird es in dem Film keine geben, da muß ich euch enttäuschen.

Außerdem braucht der Film auf jeden Fall ein Verbrechen und viele Banditen und Spekulanten, gemeine Übertreter sozialistischer Rechtsnormen, verrückte Nebenszenen, mit einer Axt hinter dem Penner her, ein Messer im Diplomatenköfferchen, Rosendornen, die in der Kehle stecken, unzählige jugendliche Arschgesichter, die mit kaputten Flaschen aufeinander losgehen, sich die Schädel rasieren, um die Schrammen zu zeigen, sich eigenhändig tätowieren, um die versehrte Haut, die unverständlichen Pentagramme spazierenzutragen, das Gefühl von Stolz und Mut; das Verbrechen soll einen nicht runterziehen; sie hat ja einen Beigeschmack von Bitterkeit und Verzweiflung, die Unmöglichkeit, den Mechanismus des ringsum ablaufenden Lebens zu verstehen, seine barocken Dekorationen, in denen du, wie sehr du dich auch fürchtest und mit deiner kaputten Flasche winkst, doch nur einer der unzähligen Statisten bist, die über den Bildschirm flimmern, von den Augen der Zuschauer für einen Moment fixiert werden und dann für immer in der schwarzen Senke des Abspanns verschwinden. Das Verbrechen soll hier die Bedingungen von Liebe und Geburt plastischer und die Umstände des Todes eher dunkel und geheimnisvoll werden lassen, das Verbrechen ist mehr ein Gewürz, das den sonnigen Feldern beigegeben wird, um alle Details bis ins letzte auszukosten, die nach und nach deine Existenz erfüllen und sich für dich nach und nach aus dem allgemeinen, vorgefertigten Gesamtszenario herausheben.

Wo wir gerade bei den Details sind. Details können die Hauptfiguren betreffen, zum Beispiel ihre Kleidung, diverser Weiberkram vom Schwarzmarkt, über Dritte weiterverkauft, diverser Klimbim, der den Heldinnen dann von den zitternden Händen betrunkener Männer heruntergerissen wird und sich so in deinem Gedächtnis und deinem persönlichen Katalog festsetzt; das können alltägliche Dinge sein – bunte synthetische Teppiche, auf die man die Särge mit den Verblichenen stellt, Fliegerjacken aus Leder, von der Armee mitgebracht und in der ersten nächtlichen Messerstecherei aufgeschlitzt, mechanische Uhren, gelbe Plastikohrclips, Offiziersgürtel, Lippenstifte, selbstgebaute Benzinfeuerzeuge, die funkeln und schweren Erdölgeruch verströmen, schwarze, spitze Spangen, die den Frauen aus dem Haar fallen und unter Autositzen verschwinden, aber niemand macht sich die Mühe, an der Tankstelle in dem dunklen, nächtlichen Fahrzeug zwischen der verstreuten Kleidung und der echten Erwachsenenliebe nach ihnen zu suchen.

Die Filmhandlungen entwickeln sich langsam und folgerichtig, alles ist durchdacht, Zufälle bleiben die Ausnahme. Es muß viel Handlung geben, sie wird all den Raum ausfüllen, den du erhalten hast, um ihn dir untertan zu machen und zu bewohnen; die bewegliche, plastische Struktur der Handlung soll den allmorgendlich erwärmten Himmel stützen, damit er über dir festen und sicheren Halt hat, nicht durchhängt und von permanenten Katastrophen zum Einsturz gebracht wird. Die Handlung wird sich vor deinen Augen abspielen, nicht unbedingt mit deiner direkten Beteiligung, aber immer mit deinem unsichtbaren inneren Einverständnis, mit deiner Einbeziehung in den Kontext, so daß du in den Fingerspitzen fühlst, wie sich deine Lebens-situation ändert, wie sie sich vor deinen Augen entfaltet, die Handlung muß den leeren Raum ausfüllen, der zwischen den Helden und der sie umgebenden Luft entsteht; in dem Film über meine Achtziger gibt es einfach keine Leere, er muß dicht und mit einer großen Zahl an Figuren, Gesten, Handlungen ausgefüllt sein, diese Handlungen erklären vielfach die allgemeine Dichte des Inhalts, sie sind widersin-nig und häufig nicht gerechtfertigt, zeigen übertrieben große Risikofreude und Expression, meine Hauptfiguren verheiraten sich aus Prinzip und erhängen sich aus Protest, sie bringen Kinder zur Welt, weil sie nicht nein sagen kön-nen, und lieben sich, weil sie sich nicht zügeln können, aus Leichtsinn und Abenteuerlust lassen sie sich auf Verbrechen ein, sie lieben ihr Vaterland ohne jeden ideologischen Un-terton, die meisten von ihnen sind jung und selbstbewußt, wissen selbst, daß der Zufall sie an diesem abgefahrenen Ort in dieser seltsamen Zeit zur Welt gebracht hat, und ir-gendwo im Hintergrund tauchen ihre Eltern auf, müde und ausgelaugt, wie ein kaputtes Herz schleppen sie die ganze Geschichte ihres Landes, ihres endlosen Überlebenskamp-fes, der irgendwann doch zu Ende geht, ihnen aber trotz-dem keine Erleichterung verschafft.

Der Film soll Massenszenen enthalten, in denen Blut und Wein fließen, in denen Frauentränen fließen und Tränen be-trunkener Männer, in denen heißer Sommerregen die Fest-tafeln flutet und die Menschen, die ihre Sicherheit und Ruhe feiern, sich umarmen und mit ersterbenden Stimmen Rauschlieder singen, okay, sag ich, genau so soll der Film werden, sehr gut, Kamera aus, während der Aufnahmen zu meinem Film über die Achtziger ist keinem Pisser was pas-siert.

1982 Agitpunkt. Ich bin acht und fange an, mich für das Leben der Erwachsenen zu interessieren. Ihre Unbefangenheit flößt mir Angst ein – die Erwachsenen leben freimütig und unbeschwert, fühlen sich sicher in einem Raum mit mir, kontrollieren ihn, wissen, auf welchen Knopf sie drücken müssen, um die verborgenen Seitentüren zu öffnen, hinter denen die Triebwerke und Projektoren stehen, die Erwachsenen regeln die Beleuchtung und schieben die Kulissen, ihre Beziehungen strotzen vor Leidenschaft und Verlangen, ich verstehe nicht, sie sind in der Lage, sich gleichzeitig zu lieben und zu hassen, und tun das auch. Das reizt mich. Ich möchte nicht erwachsen sein – ich habe Angst, die Distanz zu ihrem Leben zu verlieren; ich habe Angst, ich könnte die phantastischen Vertragsbedingungen nicht mehr schätzen, die sie mir bieten, wenn ich mich darauf einlasse. Schlimmer noch, dank meinem derzeitigen sozialen Status als Achtjähriger genieße ich unsichtbare Vorzüge und Vergünstigungen: die Erwachsenen spüren, daß keinerlei Gefahr von mir ausgeht, und lassen mich deshalb einfach so an sich heran, sie geben mir die Möglichkeit, ungehindert all die unscheinbaren Kleinigkeiten ihres Alltagslebens in Augenschein zu nehmen, in ihren Wäscheschränken zu wühlen, ihre Schreibtische mit den miesen sowjetischen Kondomen zu durchsuchen, die Schubladen mit den Liebesbriefen zu öffnen, in den Kofferraum voller Leichen und Dämonen zu schauen; sie kommen gar nicht auf die Idee, daß ich sie im Visier haben könnte, daß ich schon für jeden von ihnen eine persönliche Akte angelegt und in meinem kindlichen Gedächtnis für jeden eine extra Kamera installiert habe, daß sie keine Chance haben, dieser Kamera, diesem Gefängnis, meinem Gedächtnis zu entkommen, mein Gedächtnis hat Widerhaken und ist anspruchslos wie der wilde Wein an der

Hauswand, ich muß es nicht versorgen, es ernährt sich von seinen eigenen Säften, indem es die fetten, saftigen Brocken der Vergangenheit mit Gift durchtränkt: meine eigene Vergangenheit, die fremde Vergangenheit, die gemeinsame Vergangenheit. Mein Gedächtnis blutet, es hat sich an den scharfen Kanten der Wirklichkeit aufgerissen, es behält Male und Narben zurück, an denen ich diese langsame, aber unaufhaltsame Bewegung vorwärts und aufwärts zurückverfolgen kann, eine Bewegung an der Hauswand empor, festgekrallt an Vorsprüngen und Ziegeln, Antennen und Fensterbrettern, immer nach oben, Blicke in Fenster und trotzdem in sicherer Entfernung, mein Gedächtnis ist eine Einbahnstraße, niemand bemerkt seine Gegenwart, niemand sieht, wie es die Mauern seines Hauses überzieht und in den Ritzen und Spalten scharfe, tiefe Wurzeln schlägt. Es war ein Fehler, mich zu ignorieren, ein Fehler, mich so abweisend zu behandeln, mit mir war immer auch mein Gedächtnis anwesend, es hat sich viel schneller und dynamischer entwickelt als zum Beispiel meine Sexualität oder mein Patriotismus. Zum Teil hat es sie ersetzt – sowohl meine Sexualität als auch meinen Patriotismus; das Wissen um verbotene, geheime, erregende Dinge habe ich lange Zeit fast ausschließlich als Geschlechtstrieb wahrgenommen, auch heute habe ich mehr Spaß an Sex im Plusquamperfekt als im Futur. Ich hätte ein Fetischist werden sollen, und ich bin auch einer geworden, es hat mir nur keiner etwas davon gesagt, und selbst habe ich es erst herausgefunden, als es schon keinen Sinn mehr hatte, noch etwas zu ändern. Mit dem Patriotismus war es dasselbe, wenn mir jemand mit Heimatliebe kam, nickte ich meistens und erzählte jedes Mal eine bestimmte, konkrete Liebesgeschichte. Aus einem so gearteten Gedächtnis auszubrechen ist unheimlich schwer, allzu oft und zu penibel nehme ich Inventuren und Generalüberholungen vor, ängstlich hüte ich selbst die kleinsten Beutestücke, die ich in meinen endlosen Streifzügen durch das mir damals absolut fremde Erwachsenenleben mit Kampf und Verlust ergattert habe. Es war einfach ein Fehler, mich zu ignorieren.

Das, was die Erwachsenen als normal und alltäglich empfinden, abgesehen von den Vorteilen und Vergünstigungen, die mir als Achtjährigem eingeräumt wurden, war für mich eine Offenbarung, etwas völlig Neues, ich erlitt einen wahren Schmerzschock, seit dreißig Jahren erleide ich einen Schmerzschock, wann immer ich mit dem kleinsten Stück Wirklichkeit konfrontiert werde, sie bringt mich einfach um mit ihrer inneren Ordnung, mit ihrer Struktur, die man nicht einfach so künstlich nachbilden kann, ohne heilige Dinge wie Liebe, Eifersucht, Tranquilizer oder Verhütungsmittel einzubeziehen.

Der Schock verfliegt schnell, aber zurück bleibt eine neue Narbe an der Vene, ein neuer Schnitt, den ich in zwanzig Jahren wieder betrachte, mir die kleinsten Details und Umstände in Erinnerung rufend, und trotzdem habe ich mich in den zwanzig Jahren dem Verständnis der verlockenden Einfachheit dieses Sujets kein bißchen angenähert.

Sie treffen sich rein zufällig eines Tages, sagen wir mal, am Agitpunkt, im April finden Wahlen statt, sie müssen wegen irgendwelcher Informationen zum Agitpunkt, sie sollen gesellschaftliche Arbeit leisten, man sieht sofort, daß ihnen das nicht gefällt. Sie tragen die lächerliche und aufgemotzte Kleidung der Achtziger – er eine blaue Jacke, sie einen dünnen Mantel, der Frühling ist kalt, aber sie achtet nicht darauf, sie trägt den Mantel zum ersten Mal nach dem Winter und nimmt von der Kälte keine Notiz. Er hat Probleme beim Studium, wurde ein paar Mal als Zeuge in Prozessen gegen Rowdytum und öffentliche Ruhestörung vorgeladen; sie hat, wie nicht anders zu erwarten, natürlich keinerlei Probleme, weder mit der Ausbildung noch sonst, kein Wunder, daß sie, als sie sich am Agitpunkt treffen, aufein ander aufmerksam werden. Sie gefällt ihm, sie gefällt auch seinen Freunden; obwohl seinen Freunden sonst nie jemand gefällt, aber bei ihr sagen sie plötzlich, sie ist okay, die Schnecke, sie ist okay, na los, geh zu ihr, wovor hast du Schiß? Er weiß selbst nicht, wovor er Schiß hat, er hat eben Schiß, ist nervös und benimmt sich wie ein Downie, aber lassen wir das. Sie weiß nicht, ob er ihr gefällt, er hat einen Haufen Probleme, eine ätzende Jacke und ein Jahr auf Bewährung, ihren Eltern gefällt er nicht, ihren Freundinnen gefällt er auch nicht, ein Downie, sieht man doch sofort. Am Wahltag treffen sie sich wieder, am Agitpunkt flattern die Fahnen, am Imbiß gibt es Mineralwasser, er versucht sie zu übersehen, und sie fängt – für sich selbst überraschend – ein Gespräch mit ihm an. Dann geht sie nach Hause und legt coole Musik auf oder das, was sie für cool hält, vielleicht Police oder Abba, sagen wir mal, Abba, ja, danach sitzt sie im warmen Pullover zu Hause und hört Abba, und er läuft unterwegs in eine Streife, die ihm rein prophylaktisch erst mal eins überzieht. Ihre Beziehung macht sichtbare Fortschritte.

Nach den Gesetzen des Genres wäre jetzt eine Zäsur fällig. Eine andere Frau muß in sein Leben treten – mit weniger Anspruch und mehr Erfahrung. Aber sie kommt nicht, und in solchen Fällen ist die Reinheit des Genres schwer einzuhalten, da macht man es dann, sag ich mir jetzt, schon besser authentisch. Seine Freunde sagen zu ihm, okay, sagen sie, wir wußten, daß du ein Downie bist, du hast es uns noch mal bewiesen, super, los, laßt uns paar Scheiben einschmeißen hier im Viertel, er geht mit. Aber jetzt nimmt die Sache eine unerwartete Wendung – ihrem jüngeren Bruder, der alles still beobachtet, dämmert auf einmal, daß nicht mehr viel fehlt und sie alles verreißen, die zwei, die sich mittlerweile beide wie Downies benehmen, voll daneben. Geht er also zu ihm und sagt, bist du beknackt, Alter, peilst du überhaupt, was da abgeht? Und auch wenn ihr euch morgen trennt, sagt er, wenn ihr euch nicht mehr grüßt oder euch prügelt – komm aus dem Knick, Alter, oder merkst du's nicht mehr? Zuerst will er ihm an die Gurgel, dann muß er sich eingestehen und dem Bruder natürlich gleich mit, daß es stimmt, ja, er will sie, sie gefällt ihm, und seinen Freunden gefällt sie auch (an dieser Stelle unterbricht ihn der Bruder, sagt, daß die Freunde hier nichts zu suchen haben), und überhaupt denkt er nur noch an sie. Na, dann los, sagt ihr Bruder zu ihm, die Erzeuger sind gerade ausgeflogen, nach Prag gefahren, wohin? will er wissen, nach Prag, sagt ihr Bruder, Tschechoslowakei, schon mal gehört? Klar, sagt er, na, dann raff dich auf, geh, hier hast du ein Kondom. Er nimmt es und geht tatsächlich zu ihr. Sie hat ihn natürlich nicht erwartet, aber, wißt ihr, nun passiert folgendes: er bleibt plötzlich über Nacht, und sie schmeißt ihn nicht raus. Sie schmeißt ihn auch am nächsten Tag nicht raus, nur gegen Abend will sie sich ein bißchen ausruhen, sie bringt ihn zur Haltestelle, bleibt lange stehen und läßt ihn nicht weg. Dann trennen sie sich und gehen nach Hause, fallen auf den Rücken, jeder in sein Bett, und beim Einschlafen schauen sie in den Himmel. Der Himmel liegt auf dem Bauch, ist auch gerade am Einschlafen und sieht auf die beiden herunter.

1983 Vergnügungspark. Die sowjetische Propaganda hat mich dazu erzogen, das Leben zu lieben. Die rote Farbe der Fahnen und Transparente hat sich in meine Netzhaut gebrannt wie Jod in eine offene Wunde. Die strengen, funktionalen Messages, die auf den ersten Blick jede Menge Faktenmaterial enthielten, die Diagramme und Graphiken zum Wirtschaftswachstum, die asketischen Porträts und die kommunistische Ornamentalistik erzeugten eine schläfrige Stimmung. Jetzt finde ich sie wieder, die Bruchstücke der großen Alltagsästhetik, und ich verstehe, wozu sie gut sind – sie helfen mir, mich und meine Nächsten zu identifizieren, sie geben mir die Möglichkeit, mich an meine Zeit zu halten, zu spüren, wie sie pulsiert, mir aus den Händen zu springen droht. Ich mag die Farbe Rot, ich mag die roten Fahnen, rot war die erste Fahne, mit der ich ins Stadion ging, in Wirklichkeit war sie nicht ganz rot, sondern rot-weiß, glaube ich, es war die georgische Fahne, alle meine Freunde gingen ins Stadion, und jeder hatte etwas dabei, ich hatte im Kulturhaus in irgendeiner Ecke die Fahnen der Bruderrepubliken gefunden, alle fünfzehn, ich nahm die georgische, mit dem weißen Streifen erinnerte sie mich an die Fahne von Spartak, ich war auf dem Weg ins Stadion und dachte: Mensch, so eine coole Fahne, so eine Fahne hat sonst niemand, Passanten kamen mir entgegen und dachten: was ist denn das für ein Idiot mit einer georgischen Fahne; ich hatte mit der Gesellschaft noch eine Rechnung offen – sie verstand mich nicht, und das vergaß ich ihr nicht.

An Gebäuden und Denkmälern ehemals sowjetischer Städte finde ich Zeichen und Zeugnisse des großen Informationskrieges und verstehe, warum sie mir so gefallen – das sind die Buchstaben meiner Kindheit, die Farben meiner Achtziger, meine erste Liebe, mein wirklicher Stolz, mein privater Sozialismus, den sie mir ohne mein Einverständnis weggenommen haben. Mein Sozialismus war vor allem etwas Äußerliches, Sichtbares, ein Fassadenelement, das ganze Gewese mit der sozialen Sicherheit und der Freude an der kommunistischen Arbeit wurde mir erst viel später wichtig, damals sah ich die weißen Buchstaben auf rotem Fahnentuch, und das Bild fand ich im großen und ganzen in Ordnung. Da war wenig Ideologie, ich verstehe sehr gut, daß die Farbwahl und Bildkomposition von »Ehre und Ruhm der Partei« aus den Achtzigern dem »Always Coca-Cola« der Neunziger gleicht. Jeder findet sein eigenes Pathos, und wer nicht, geht an Depressionen zugrunde.

Im ersten Stock des Busbahnhofs, in der Wartehalle, hing in meinen Kindertagen ein Bild. Erstens war es riesig, so drei mal vier Meter. Zweitens beeindruckte es durch die Anzahl der Figuren – dargestellt war der Kongreß der örtlichen Volksdeputierten, vor denen Iljitsch sprach. Es waren ungefähr fünfzig Abgeordnete, irgend jemand hatte sorgfältig und wirklichkeitsnah ihre verbundenen Köpfe und die über die Schultern geworfenen Gewehrriemen gemalt, in der Ecke stand ein riesiges, schwarzes Maxim-Maschinengewehr, das dem gehorsamen Bernhardiner glich, mit dem Iljitsch abends durch den Smolny spazierte, damit es nicht so einsam war, doch nun hatte er ihn zum Kongreß der Volksdeputierten mitgebracht, und nachdem er ihn an einem Stuhlbein festgemacht hatte, ging er zur Analyse der politischen Lage im Land über; die Deputierten hörten Iljitsch aufmerksam zu, selbst wenn man die ungeheure Bildgröße außer acht ließ, es war nicht zu übersehen, wie ihre üppigen Haarschöpfe zustimmend nickten und sie sich für ihre dreckigen Stiefel schämten, an denen der ganze

Schlamm und die Scheiße der gestürzten Tyrannei klebten. Iljitsch zeigte auf die Karte, sie war mit roten und schwarzen senkrechten Linien bedeckt – das war meiner Meinung nach wenn nicht die Denikin-Front, dann die polnische Front, auf jeden Fall erkannte ich an diesen sparsamen Umrissen, daß es der Künstler für wichtig erachtet hatte, den im Saal anwesenden Abgeordneten der örtlichen Räte das Territorium zu zeigen, das mich umgab, wie hätte es anders sein sollen – alles mußte miteinander verbunden und innerlich stimmig sein, und da die Deputierten mit Iljitsch und dem Bernhardiner hier hingen, mußten sie irgendeinen direkten Bezug zu mir, zu meiner Republik und zu meinem privaten Sozialismus haben. Ich habe mir das Bild gern angeschaut, mir gefielen die Deputierten der örtlichen Räte, sie waren tatkräftig und erregt, man konnte erkennen, daß Iljitsch sie ziemlich irritiert hatte, als er auf die Karte zeigte, äußerlich sah das so aus: die Deputierten der örtlichen Räte hatten zuerst keine Ahnung von der Existenz der Denikin-Front oder der polnischen Front, sie waren zu Iljitsch gekommen, um über die sozialen Sicherheiten und die Freude an der kommunistischen Arbeit zu sprechen, aus allen Gouvernements und Kreisen angereist, nahmen sie lärmend im ehemaligen Adelspalast Platz und blickten mißmutig auf den Schlamm und die Scheiße an ihren Schuhen, einer steckte sich eine Papirossa an, ein anderer hustete nervös, alle warteten auf Iljitsch; da geht die Tür auf, und Iljitsch kommt herein mit dem großen schwarzen Bernhardiner an der Kette, er macht ihn am Stuhlbein fest und betritt die Bühne, also, sagt er, Genossen Deputierte, das Thema unseres heutigen Treffens lautet »Die Zerschlagung der Denikin-Front«. Was für eine Front? raunen die Deputierten, so eine Front gibt es doch gar nicht, sprechen wir lieber über die sozialen Sicherheiten. Soziale Sicherheiten? fragt Iljitsch belustigt zurück, und das hier, was ist das eurer Meinung nach – Schwachsinn? Energisch entrollt er vor ihren Augen die Karte mit den roten und schwarzen Vertikalen. Der Bernhardiner fängt laut an zu bellen. Ein erstauntes Raunen geht durch die Reihen der Deputierten, oh, sagen sie, wirklich, die Denikin-Front, wie konnten wir so danebenhauen, und das vor Lenin? Soviel zum Thema Sicherheiten.

Ende der Achtziger fingen die Leute an, ihre Zigaretten am Lenin-Bild auszudrücken.

Ich bin etwa zehn Jahre nicht mehr auf dem Bahnhof gewesen. Er hat sich verändert – Kioske und ein Computerspielklub sind entstanden, der Friseur ist verschwunden, alles ist verfallen und versandet; im vergangenen Jahr entschloß ich mich doch, vorbeizuschauen. Ich stieg in die erste Etage hinauf. Das Bild war natürlich nicht mehr da, wahrscheinlich hat man es verbrannt. Oder jemand hat es für seine Privatsammlung gekauft und 100 000 US-Dollar dafür hingeblättert. An der Wand waren noch die Umrisse zu erkennen – seit der Zeit war nicht renoviert worden. Wortlos verzieh ich meiner Vergangenheit einen weiteren Verrat und ging zum Ausgang. Plötzlich blieb ich stehen, etwas hatte meine Aufmerksamkeit erregt. Zwischen dem ersten und zweiten Stock stand etwas verdammt Bekanntes. Das kann nicht wahr sein, dachte ich und ging nachschauen. Es war das Bild. Umgedreht, verdeckte es vollständig das Fenster, weshalb die Treppe im Dämmerlicht lag. Aber durch die langen Risse an mehreren Stellen fiel Licht, das die Abbildung in kleine Einzelteile zerlegte. An einer aufgeschlitzten Stelle wies Iljitsch mit seiner Hand die Richtung. Ich trat näher und schaute hindurch – Hochsommer, Sonnenstaub, die weite und unruhige Welt, die die Freude an der kommunistischen Arbeit immer noch nicht begriffen hat.

Am Vergnügungspark gefiel mir, daß er sein eigenes Leben lebte. Und wenig auf die Marotten und Konvulsionen der Zeit hinter dem grünen Zaun gab, der den Park von der Erwachsenenwelt trennte. Mir gefiel das ständige Kommen und Gehen im Park, die allgemeine Stimmung – heiter und gelöst, eine solche Stimmung herrscht wahrscheinlich im Fegefeuer, wenn es zu spät ist, sich zu ändern, und man nur noch das Urteil der Geschworenen abwarten kann, auf schweren Holzschaukeln hin und her schwingend. Im Park arbeitete ein Bekannter meiner Eltern, ein Mensch mit einem weiten Herzen, er war ständig betrunken und schaute den Kindern melancholisch bei ihren Fahrten zu, er verkaufte die Karten, schaltete die Karussells ein, gab die Schaukeln frei, und wenn alles am Laufen war, schloß er sich mit dem Hausmeister in einer kleinen Bude mit der Aufschrift »Kasse« ein und soff weiter. Manchmal vergaß er die Karussells, und die Kinder kreisten stundenlang auf ihren bunten Elefanten – bis zur Hysterie und Übelkeit, das heißt, nicht bis den Kindern schlecht wurde, sondern im Gegenteil, bis ihm übel wurde, dann kam er aus seiner Bude gerannt und sah sich diesen ganzen Zirkus rundherum an, wovon ihm noch übler wurde. Mich ließ er immer kostenlos fahren.

Manchmal frage ich mich, ob es heute noch jemanden gibt, der den Kindern ihre Karussells in Gang setzt, ob sie ihren kleinen Heiligen haben, der mit einer unsicheren, verkaterten Bewegung die Karussells und Fahrgeschäfte ihrer Kindheit bedient, mit Sonnen jongliert und mit Regenbogen schleudert, einen Haufen Klimperkram aus seinen

Taschen schüttet, darunter Sterne und Meteoriten; welche Zeichen bemerken sie um sich herum, mit welchen Buchstaben lernen sie lesen; ob sie später ihren Kindern und Enkeln erzählen können, wie an ihrem ungestörten Himmel, über ihren Köpfen die majestätischen und verlöschenden Funken der Geschichte zu sehen waren? Diese Geschichte war fern und unerreichbar und von blutig-roter Färbung – wie Tulpen, Blut und Coca-Cola.

1984 Garage. Mein Alter hatte seine eigenen Erziehungsmethoden. In der Regel schlug er mir nichts ab, ich bekam alles, worum ich bat, aber wenn er den Eindruck hatte, daß ich zu weit ging, stellte er sich stur, da war es aus, jedes weitere Wort umsonst. Er war ständig auf Tour – neue Autos überführen oder die umliegenden Kfz-Werkstätten nach verschiedenen Ersatzteilen abklappern, ich fand das geil, immer mal wieder hängte ich mich an ihn und nervte ihn, er gab nach und nahm mich mit. Meine ganze Kindheit kurvte ich mit meinem Alten durch die Gegend, war es weit, schlief ich auf dem Rücksitz ein, bekam ich Hunger, hielt er an irgendeiner Raststätte und holte mir eine Portion strenge Fernfahrerkost. Ich erinnere mich noch jetzt an diese Kantinen, vor denen meistens ein paar Lieferwagen standen, daneben ein schrottreifer Lada, irgendwo am Horizont tauchte ein schwarzes Motorrad auf, aber hauptsächlich drängten sich hier Fernfahrer, die über die sommerlichen Schnellstraßen ins Ungewisse jagten, und nur die kurzen Pausen in den Einrichtungen der Gemeinschaftsverpflegung unterbrachen für kurze Zeit ihre monotone Fahrt auf den innerukrainischen und sowjetischen Trassen. In einer Gruppe erkannte man den Fernfahrer sofort, sein Blick war ernst und langsam, der Blick eines Steppentiers, das immer nach irgendwas Ausschau hält, die Fernfahrer hatten sich die Geographie im direkten Kontakt angeeignet, sie fuhren, wohin sie der Auftrag führte, sie erkundeten den Weg, ich habe sie nie gemocht, für mich war es okay, daß mein Alter Autos überführte und als Fernfahrer arbeitete, aber die anderen Fahrer mochte ich alle überhaupt nicht, ich dachte damals und denke es heute noch, daß mein Alter die einzige positive Ausnahme darstellt unter diesem beknackten Publikum, den Fahrern. Mich schätzen die Fahrer übrigens auch nicht. Wie oft die mich schon aus dem Autobus oder Trolleybus geschmissen haben, ich hatte zwar wirklich keine Fahrkarte oder war unzurechnungsfähig oder randalierte, aber das ändert für mich nichts. Rausgeschmissen wurde ich allerdings erst in dem anderen, späteren Leben, damals, in meinen Achtzigern, gab mir mein Vater sozusagen die Gaben der Natur zu essen und sauren Kompott zu trinken, dann kehrten wir zu unserem Auto zurück. Es war sonnig und windig, auf der Straße waren PKWs nach Rußland unterwegs, vereinzelt tauchten Radfahrer auf, sie fuhren langsam und konnten die kleine Rotznase auf Reisen beobachten, die an der Kantinenmauer stand und pinkelte, also mich, wie unschwer zu erraten ist. Wir fuhren weiter und kamen zu einer Autowerkstatt, hier begann der ödeste Teil – der Alte verschwand mit irgendwelchen Lieferscheinen auf grauem Papier im Büro, und ich blieb allein unter dem blauen Himmel, an Garagenmauern aus Schlackestein, neben dem Pförtnerhäuschen, hinter dem sich ein weiterer strategischer Punkt von volkswirtschaftlicher Bedeutung befand.

Ich stieg aus und ging auf den großen Schrottplatz, der gleich hinter den Garagen begann. Das war ein richtiger

Autofriedhof – die mit dem Schneidbrenner zersägten Karossen waren mit dichtem Gras überwuchert, irgendwo lagen Sitze herum, die wie Zähne mitsamt der Wurzel herausgerissen worden waren; durch löchrig gewordene Reifen drang Regenwasser ein, und überall flogen Schmetterlinge, sie flogen in das Innere der Kabinen, setzten sich auf abgewrackte Milchautos, flogen von Schrottkiste zu Schrottkiste, ich versuchte, sie zu fangen, und rannte von einem plattgepreßten Laster zum nächsten. Ich kletterte in die Fahrerkabinen, die halbwegs überlebt hatten, und betrachtete die Reste dessen, was einmal jemandem gehört hatte – Aufkleber mit zerkratzten Frauengesichtern auf der Tür, Knöpfe auf dem Armaturenbrett, mit rotem Nagellack angemalt, auf dem Lenkrad eingeritzte Initialen, die von wer weiß wem stammten – es konnten die Initialen des früheren Besitzers sein, aber genauso gut die seines Mörders. Stundenlang turnte ich im Unfallschrott herum, bis mein Alter mit einer weiteren Kurbelwelle zurückkam und mich mit der Hupe aus meinem Versteck hervorlockte. Ich ging zurück, na, endlich, sagte ich mißmutig, hat ja ewig gedauert, mein Alter sagte nichts, wir stiegen ein und fuhren weiter. Im erstbesten Ort fing ich an zu nerven, der Alte gab nach und kaufte mir, worum ich ihn bat, meistens kaufte er mir auch so etwas, ohne daß ich nervte, ich sage ja, er hatte seine eigenen Erziehungsmethoden.

In meiner gegenwärtigen Erinnerung an diese Jahre hat sich das Leben rund um die Fernstraßen abgespielt, ich weiß, das entspricht nicht der Realität, und wenn mir damals jemand andere Teile dieses Lebens gezeigt hätte, wären meine Vorstellungen nicht so einseitig, aber ich bekam das gezeigt – ich bin unterwegs groß geworden, auf dem Rücksitz hinter meinem Alten, dort spielte ich meine eigenen

Spiele, stopfte alles in mich hinein, was die umliegenden Läden an Eßbarem anboten, dort las ich meine Bücher. Das gefiel mir. Ich mochte es nicht, wenn ein Fremder zu uns ins Auto stieg, ich war ein eifersüchtiges Kind, ich mochte es nicht, wenn jemand anderes mit meinen Eltern plauderte, natürlich mußte ich es dulden, was konnte ich schon machen.

Wir fuhren nach Hause, es war schon spät, wir hielten am Bahnübergang, vor uns ratterte ein Ölzug vorbei, ohne abzubremsen, ich versuchte, die Wagen zu zählen, kam aber immer wieder raus und ärgerte mich, wie viele? fragte mein Alter, vierzig, sagte ich aufs Geratewohl, er nickte ernst.

Ich glaube, daß unsere Art zu sehen, unser Blick auf die Welt sich in der Kindheit hauptsächlich in Abhängigkeit von der Geschwindigkeit herausbildet, mit der wir uns fortbewegen. Ich zum Beispiel war daran gewöhnt, daß die Landschaften schnell wechseln, so nehme ich sie auch wahr – als etwas, was schnell wechselt und in meinen Augen und damit auch in meinem Gedächtnis seinen Platz findet, meine Geographie hat sich bei einer Geschwindigkeit von achtzig bis neunzig Kilometern pro Stunde herausgebildet, wie oft habe ich aus den Fenstern von Bussen oder zufälligen Lieferwagen die Landschaften angeschaut, na also, sagte ich mir, sie ändern sich immer noch, es kann auch nicht anders sein, du mußt es in deinem Leben schaffen, wenn nicht alle, so doch den Großteil zu sehen, vielleicht ist das auch der Sinn des Lebens, wenn es den überhaupt gibt. Der Blick, den du in der Kindheit ausprägst, saugt alles auf – die morgendlichen Fernstraßen, die von Tieren überquert werden, und die nachmittäglichen Schnellstrecken, Kinder, die etwas zum Kauf anbieten, und die nächtlichen Asphaltflecken, die plötzlich vor dir im Scheinwerferlicht auftauchen, kurz vor dem Ziel, wenn ihr endlich nach Hause kommt und du schon tief und ruhig auf deinem Rücksitz schläfst. Ich denke überhaupt, daß eine von Autoscheinwerfern erhellte, nächtliche Chaussee, die du entlangfährst, mit all ihrer Dunkelheit, die um diese Zeit da ist, mit all den Insekten, die gegen die Frontscheibe fliegen, mit den Bäumen, Vögeln und vorüberziehenden Gespenstern, die im Dunkel stehen und keine Kraft haben, ins Licht zu treten, um sich darin aufzulösen, daß so eine Chaussee das Beste ist, was du in deinem Leben zu sehen bekommst. So ein Gesülze.

Zum letzten Mal habe ich unser Auto ein paar Monate nach dem Unfall gesehen. Es stand auf dem Hof, ich betrachtete es und dachte, interessant, hier drin, in diesem Schrotthaufen, habe ich unzählige Tage verbracht, ich hätte unser Auto am Geruch erkennen können, durch Berühren der Innenverkleidung, am Quietschen der Sitze, und jetzt steht es da, als käme es gerade aus der Kaltpresse, und mir ist, als sei auch ich platt gemacht worden, wenn ich daran denke, daß das auch früher, sagen wir, vor zwanzig Jahren hätte passieren können, ob ich dann überlebt hätte? Merkwürdig, aber woran denkt man sonst, wenn man Unfallautos sieht? Das ist überhaupt ein eigenartiger Anblick, irgendwo klebt immer Blut; die Verletzten, sie bekommen so eine besondere Härte und Abgestumpftheit, etwas, was überhaupt nicht zur Kindheit paßt, deshalb hat keiner auf unseren Fahrten auch nur mit einer Silbe daran gedacht, daß jemand unser Auto oder überhaupt irgendeins von den Autos auf unserer Fernstraße nehmen und zu Schrott fahren könnte, es sei denn, es sollte abgeschrieben und dann auf den großen Autofriedhof geschleppt werden. Unfallautos sehen überhaupt merkwürdig aus, ich spreche nicht von den Menschen, von ihnen will ich nicht sprechen, und die Autos, sie werden nicht begraben und auch nicht verbrannt, die werden einfach auf eine Halde geschleppt und Wolfsmilch und wildem Knoblauch überlassen, und da bleiben sie, nachdem sie ihren eigenen Tod überlebt haben; woran erinnern sie? an etwas Bitteres und Unpassendes, zum Beispiel an Äpfel, große, überreife Äpfel, die auf einem harten Boden aufschlagen und auseinanderbrechen, so daß sie niemand mehr aufliest; oder an Coladosen, die in Berliner oder Budapester Imbißbuden oder irgendwo anders verkauft werden, wo jemand für die ununterbrochene Colazufuhr und das hundertprozentige Recycling der Verpackungsmaterialien sorgt, oder an Seiten aus Gottes Notizbuch, die er, ohne sie zu Ende zu schreiben, irgendwann endgültig verwirft und entnervt herausreißt, zusammenknüllt und in den Mülleimer schmeißt.

1985 Krankenhaus. In meinen Achtzigern gab es kaum Ärzte. Sie wurden nicht gebraucht, die Erwachsenen hatten in meinen Achtzigern keine Zeit, krank zu sein, das Leben war so ausgefüllt und dicht, alles war so miteinander verflochten und abgestimmt, daß ein Arztbesuch darin einfach nicht vorkam. Wenn jemand starb, dann tat er das schnell und unaufdringlich. Ich erinnere mich noch an einige Begräbnisse in meiner Kindheit, ich kann nicht sagen, daß sie besonders traurig gewesen wären. Das Tragische der Begräbnisse in meinen Achtzigern hielt sich in Grenzen, es war unaufgeregt, nicht exaltiert, niemand kam auf die Idee, sich die Haare auszureißen oder dem Verstorbenen ins Grab hinterher zu springen, natürlich haben manche geweint, andere gingen mit gesenktem Kopf hinter dem Sarg her, aber unsere Erde war warm und die Erinnerung leicht und beständig, unsere Verstorbenen sollten sanft und friedlich ruhen. Die Totengedenkfeiern habe ich eher als etwas Optimistisches in Erinnerung, bis heute assoziiere ich sie mit dem erregenden Geruch einer Menschenmenge, mit Stimmen in der Küche, mit Fett, das über die Teller der Gäste läuft, mit Staatswodka und hausgemachten Likören, mit strengen, selbstbewußten Männern und ihren jungen Frauen, die immer alles aufs beste vorbereiteten, damit der Verstorbene sich nicht für eine trostlose Feier zu schämen brauchte. Ärzte waren hier überflüssig. Alle Ereignisse in meiner Kindheit, ob Trauerfall oder Jubiläum, sind für mich in erster Linie Tische, riesige, unglaubliche Tische, vollgestellt mit Speisen und Getränken, Tische, von denen man tagelang nicht aufstand, meine ganzen Achtziger sind ein einziges Tafeln, für das es jeden Tag einen Anlaß gab – wenn nicht eine Totenfeier, dann eine Hochzeit, wenn nicht Erntedank, dann Tag der Verfassung, ein gleichförmiges, unbekümmertes Leben, Probleme rein praktischer Art, du kennst deinen Platz unter dem Himmel, hältst dich gut und sicher an ihm fest, niemand zieht dir den Boden unter den Füßen weg, niemand reißt dir den Schnapskrug aus der Hand, das Leben ist lang und der Tod sanft, und niemand versucht dir das Gegenteil zu beweisen. Alle hatten wichtige Aufgaben zu erledigen, aus der Perspektive eines Acht- oder Neunjährigen kam mir das Leben wie eine extrem genau und absolut durchschaubar projektierte Konstruktion vor, alles war auf mich zugeschnitten, auf mein Hineinwachsen ins Leben und auf meine Lust an ihm.

Meine Eltern waren mit dem Hausarzt und seiner Familie befreundet, er war ein älterer Herr, ehrbar und ernst, bei ihm zu Hause stand ein Klavier, und er konnte es sich erlauben, meine Eltern mit gutmütiger Herablassung zu behandeln, dafür verzieh er ihnen kleine menschliche Schwächen wie etwa das Fehlen eines Klaviers bei uns zu Hause. Meine Eltern nahmen mich oft mit, wenn sie ihn besuchten, sie betraten den Hof, wo ein großer Tisch unter Bäumen stand, an langen Sommerabenden saßen sie da und unterhielten sich über ihre Dinge, aber über Krankheiten, daran kann ich mich gut erinnern, sprach niemand, die Gespräche waren laut, der Wein rot und schwer, die Abende endlos, über dem Tisch brannte eine helle Lampe, unter der Nachtfalter flogen, das Abendlicht verschwamm merkwürdig in der Luft – ich brauchte nur ein paar Schritte zur Seite zu treten, weg von der Lampe, und schon fiel ich in eine weiche Dämmerung wie in einen abgestandenen Tümpel, barg mich vollkommen darin und konnte auf den hell erleuchteten Tisch sehen, an dem meine Eltern mit dem Arzt saßen, ich flüchtete ins Haus, trat ans Klavier, öffnete den Deckel und betrachtete die Tasten, ich war unmusikalisch, meine ganze musikalische Erfahrung bestand ausschließlich im Betrachten der Tasten, zumindest weiß ich, daß es verschiedene gibt, weiße und schwarze, wenigstens das.

Als ich schon etwas größer war und lesen konnte, lesen habe ich früh gelernt, und besonders viel zu lesen gab es nicht, da mußte mein Bruder ins Krankenhaus. Er hatte irgendeine Entzündung und wurde operiert. Meine Eltern besuchten ihn jeden Tag, und manchmal nahmen sie mich mit. Mein Bruder langweilte sich im Krankenhaus, er fand es öde, meine Eltern schleppten ständig einen Haufen zu essen und neue Bücher an. Während sie bei ihm saßen, schnappte ich mir die mitgebrachten Bücher, setzte mich auf das leere Nachbarbett und las sie schnell durch. Mein Bruder las nicht gern, er interessierte sich für Technik.

Ich erinnere mich noch gut an unsere Kinderärztin, sie

kam hin und wieder in die Schule, um uns zu impfen. Der Unterricht fiel aus, alles wurde für die Impfung vorbereitet, jeder versuchte sich irgendwie besonders hervorzutun, soll sie doch spritzen, so oft und wohin sie will, juckt mich doch nicht. Es juckte wirklich keinen, ich mochte die Ärztin nicht, ich verachtete sie offen, obwohl sie mich überaus freundlich behandelte, wie ich heute weiß. Einige Jahre später stritt sich ihr Sohn, ein totaler Lahmarsch, mit seinen Freunden, stahl seiner Mutter die Praxisschlüssel, ging in die Praxis und fraß einen Haufen verschiedener Pillen. Ihm wurde der Magen ausgepumpt, obwohl er nicht darum gebeten hatte. Ein anderes Mal hatte sich ihr Cousin mit jemandem gestritten und Insektenspray getrunken. Bei dem haben sie das Auspumpen gleich sein gelassen, die Rettungssanitäter fuhren vor, luden ihn ein und ab ins Leichenschauhaus. Da habe ich erst begriffen, warum ich Ärzte nicht mag, sie haben ständig den Tod an ihrer Seite, direkt neben sich, deshalb hält man sich besser von ihnen fern.

Als Kind war ich selten krank, ich hatte auch keine Zeit dafür, ich war viel zu stark beansprucht von meinen Sachen, den Beziehungen zur mich umgebenden Welt und fand es einfach schade, die kostbare Zeit auf irgendwelchen Schwachsinn zu verschwenden. Aber in einem Winter fing ich mir eine schlimme Erkältung und wälzte mich einige Tage mit Fieber im Bett. In einem bestimmten Moment war das Fieber sogar kritisch, ich fing an zu phantasieren. Es war das erste Mal, daß ich phantasierte, vielleicht erinnere ich mich deshalb so gut daran. Von Zeit zu Zeit fiel ich in Schlaf und fiel von dort nach draußen, plötzlich sah ich meine eigene Welt vor mir, wie ich sie mir damals vorstellte, das Bild war grell und deutlich, später habe ich das Leben niemals mehr in dieser Deutlichkeit gesehen, später verschwamm es immer vor meinen Augen, aber damals sah ich plötzlich alles: Zu meiner Welt gehörten von der Sonne erleuchtete Städte, helle, mehrstöckige Häuser, Straßen, durch die gerade der Sprühwagen gefahren war, warmes Brot in den Geschäften, frische Milch und kaltes Grünzeug, feuchter Sand auf den Bahnübergängen, Pfützen auf den unbefestigten Straßen, auf denen die Laster unterwegs sind; ich sah die Städte von oben, ihre Fabriken und Bergwerke, die Rangierbahnhöfe mit den roten Güterwaggons und den ausgekühlten Dienstzimmern am Morgen, meine Städte waren durch Alleen verbunden, der Asphalt schmolz in der Sonne, und zu beiden Seiten wuchsen feuchte Kiefernwälder; weiter nach Süden nahmen die Bergwerke zu, das Leben wurde lauter, ich sah meine Freunde, wie sie morgens aus den Häusern kamen und in die Schule liefen, ich sah Fußballfelder, Taubenschwärme über den Fußballfeldern, noch weiter südlich begann das Meer, dort gab es viel Sand und Wasser, die Sonne blendete meine Augen, hinter dem Meer, ganz weit weg, sah ich die Silhouette der Berge, das war der Balkan, ich wußte genau, das mußte der Balkan sein, mein Alter war irgendwann in Jugoslawien gewesen und hatte mir Ansichtskarten mitgebracht, ich hatte ein sehr genaues Bild von den Bergen, diese unglaubliche Menge Farbe und Sonne, hinter dem Balkan kam nichts mehr, da war die Welt zu Ende, aber das reichte völlig, so viel Gras, Blätter, Kirschbäume, flache und glühende Weizenfelder, grüne Lastwagen, schweigsame Schlosser, weiße Wände und gelbe Limonade konnte ich in meinem Körper gerade noch unterbringen; ich wandte mich von den Bergen ab und sah nach Osten, im Osten waren Felder, endlose Felder, an denen ich mit meinem Alten häufig entlang gefahren war, wenn er eine mehrtägige Tour vor sich hatte und mich mitnahm, die Felder waren von gleichmäßigem Sonnenlicht beschienen, und wie sehr ich mich auch bemühte, ich konnte nicht erkennen, was dahinter kam, hinter diesen Feldern, da mußte doch etwas sein, aber ich sah nichts, dann war dort also nichts, daneben standen meine Städte, arbeiteten meine Fabriken, meine Freunde warteten auf mich, die Erwachsenen waren freundlich und nett zu mir, fremde Fahrer hupten mir im Vorbeifahren zu, auf dem Meer lagen Schiffe, Fische schwammen darin, sie reckten sich aus den Wellen wie Reisende aus Busfenstern und sahen mich an, als wollten sie sagen – was hast du? Was denkst du dir bloß? Wie kannst du krank sein, wo du doch so ein Meer, wo du doch uns hast?

Und da dachte ich, stimmt, was denke ich mir, wie kann ich krank sein, wenn es solche Schiffe und solche Fische gibt, wenn ich so viel Luft und so viele Bäume habe, wenn ich meinen Alten habe, der mich auf jeden Fall wieder mit auf Tour nimmt, wenn ich zu guter Letzt den Balkan habe, den außer mir im sommerlichen Nachmittagsdunst keiner bemerkt. Doch, dachte ich, für so eine Welt lohnt es sich, weiterzuleben. Um so mehr, als ich noch nie am Meer war. Wirklich, was bildest du dir ein, dachte ich und kam wieder zu mir. Kam zu mir und blieb fürs erste, es ging mir besser, ich kehrte ins Leben zurück, das Leben kehrte zu mir zurück.

1986 Stadion. Bis zur fünften Klasse hatte ich mit Sport nichts am Hut. Sport rauschte an mir vorbei. Alle meine Freunde rannten von früh bis spät einem Gummiball hinterher – einen Lederball hatten sie natürlich nicht – und forderten mich andauernd auf, ins Tor zu gehen, wenn ich schon nicht richtig mitspielen wolle, aber ich fand immer einen Grund, nicht mitzumachen, manchmal machte ich einfach so nicht mit, grundlos. Sie hielten mich natürlich für einen Idioten, womit sie nicht ganz Unrecht hatten, aber trotzdem hatte ich mit Sport nun mal nichts am Hut. Es juckte mich nicht, was die anderen über mich dachten, es juckt mich eigentlich auch jetzt nicht, was andere uber mich denken, das ist sozusagen ein Charakterzug von mir geworden. Aber 1986, genauer im Juni '86, fand sich alles an seinem Platz. Wir schalteten alle unsere Fernseher ein und sahen Maradona, den alten Gauner, der das Team von Kaiser Franz zur Schnecke machte, die Bälle mit der Hand versenkte und Kokain schnupfte (das weiß ich jetzt, daß er schnupfte, damals wäre ich nie auf so eine Idee gekommen), er weinte in den bewegendsten Momenten und schämte sich nicht einmal. Maradona war wirklich ein fescher Typ, den man einfach mögen und nachahmen mußte. Also ging ich ins Tor.

Einer der größten Helden in meinem Leben war mein Trainer. Er ist etwas später und vollkommen zufällig aufgetaucht, das örtliche Sportkomitee hatte entschieden, ihm eine Arbeit zu verschaffen, und schlug ihn unserer Schule zu, als Sportlehrer. Außerdem sollte er auch die Herrenmannschaft trainieren, in der unsere älteren Kumpels spielten. Er selbst war Profifußballer gewesen und hatte mehrere Jahre in der ersten oder zweiten Liga gespielt, jetzt trat er für unsere Stadtmannschaft an, so ein halbprofessioneller Verein, in dem lauter abgetakelte Outsider spielten, die meisten hatten wirklich Erst- oder zumindest Zweitliganiveau, waren aber alle die letzten Looser, unser Ortsverein war ihr Schwanengesang, ein Müllhaufen für Abgewrackte, was uns nicht daran hinderte, zu jedem Heimspiel zu gehen und unseren Trainer anzufeuern. Der Trainer trank immer mehr und pöbelte auf dem Platz, aber das machte uns nichts aus, er war unser Trainer, er trainierte uns, er stellte eine Amateurmannschaft aus unseren älteren Kumpels zusammen, und sie spielten alle Werkmannschaften der Stadt in Grund und Boden. Ohne Profisport konnten wir auskommen, aber unter den Amateuren waren wir die Kings.

Mit Unterricht hatte der Trainer nichts am Hut, er hatte keinen Bock, das Klassenbuch zu führen, Programme auszuarbeiten und für jeden Schuljahresabschnitt einen Plan zu machen, zum Unterricht erschien er mit einem Ball (einem aus Leder, einem richtigen Lederball!), den warf er uns hin wie einem Straßenköter ein Stück rohes Fleisch, und wir droschen den Ball über den ausgetretenen Platz, knallten ihn dabei in die Schulfenster im Erdgeschoß, rissen uns gegenseitig die Dresse vom Leib und schossen ihn – diesen Ball – in den endlosen Sonnenhimmel der Achtziger. Der Schuldirektorin war der Trainer nicht geheuer, und sie ließ ihn in Ruhe, er war Anwärter auf den Titel »Meister des Sports«, die Kreisoberen schätzten ihn, weil er die erste Stadtmannschaft so gut es ging unter seine Fittiche genommen hatte, außerdem war der Trainer ständig blau und gab nicht viel auf Ordnung und Disziplin, die Direktorin seufzte bloß nachdenklich und ließ den Werklehrer eine neue Scheibe einsetzen. Der Trainer hatte seine eigene Vorstellung von Lernerfolgen und Lehrplänen, er ließ uns gegen alle umliegenden Schulen antreten, wir gewannen, nach dem Sieg kam er mit einer Tasche voll Sportabzeichen »Bereit zur Arbeit und Verteidigung der Heimat« in Silber und Bronze zum Unterricht und verteilte sie an uns anstelle von Noten. Wir waren genauso abgedreht wie er und steckten uns diese Abzeichen auch noch an, nicht daß sie uns viel bedeutet hätten, sie waren für uns wie Sterne von einem abgeschossenen Flugzeug. Ich erinnere mich, daß ich zeitweise zehn solcher Sportabzeichen an meiner Schuluniform trug. Dann hatte ich genug davon und schmiß sie weg. Die Uniform übrigens auch.

Nach und nach führte uns der Trainer in die Herrenmannschaft ein, außer ihm spielten dort noch einige ernstzunehmende Fußballer aus dem örtlichen Verein, seine Outsiderkumpels, das war eigentlich gegen die Regeln, sie hätten nicht für unsere Amateurmannschaft spielen dürfen, aber wen kratzte das. Unsere fuhren mit dem Bus zu Auswärtsspielen in irgendwelche Kolchosenstadien, wo sie arme Traktorfahrer platt machten, die verzweifelt versuchten, gegen unsere anzukommen, nicht mal die Knochen konnten sie ihnen brechen, statt dessen brachen sie sich ihre eigenen. Unsere führten meist haushoch, so daß der Trainer gegen Spielende sogar uns Junge bringen konnte, gegen uns gaben die Traktorfahrer das Letzte, aber die verbleibende Zeit reichte nicht, um das Resultat zu verbessern, wir hatten gewonnen und fühlten unseren unmittelbaren Anteil am Gesamterfolg. Die erwachsenen Männer konnten sich nicht beherrschen, sie sahen uns haßerfüllt an und konnten es nicht fassen, warum gerade wir gewonnen hatten, das war etwas Größeres als Sport, der Trainer kam und holte uns vom Platz, los, sagte er, hier habt ihr nichts verloren, bei diesen Knochenbrechern. Wir stiegen in den Bus, der kurz darauf vom Gestank nach nassen Stutzen, durchgeschwitzten Trikots, dem Geruch von Haut und Alkoholausdünstungen erfüllt war, Fußball roch bei uns immer nach Schnaps, der Trainer hatte die Kasse – die Gewerkschaften zahlten jedem Spielteilnehmer so um die drei Sowjetrubel, das war schon ein nettes Sümmchen; der Trainer setzte möglichst viele von uns auf die Liste, denn für jeden gab es, unabhängig vom

Spielbeitrag, gemäß dem gerechten sowjetischen Verteilungssystem auch die drei Rubel, das Geld zahlte der Trainer natürlich nicht aus, er nahm die gesamte Summe und kaufte zwei Eimer Selbstgebrannten, sechs Liter hochexplosiven Rachenkiller, den er verteilte und den wir noch im Bus zusammen mit unseren älteren Ballkollegen weghauten, mit den Legionären vom Ortsverein und unserem Trainer und Lehrer.

Wir wankten nach Hause, aber nicht einmal in diesem Zustand hatten wir was zu befürchten, unsere Erzeuger hatten nichts zu melden, schließlich machten wir Sport und waren auch noch richtig erfolgreich. Irgendwann war uns alles scheißegal – Schule, Kino, Fernsehen, Eltern und Familie, sogar Sex war uns scheißegal, bis dato hatten wir eigentlich noch gar keinen gehabt, und jetzt war er uns scheißegal, jeden Tag rannten wir bis zur Verblödung, bis uns schwarz wurde vor Augen, bis zur Trance, bis zum Abwinken dieser Lederkugel hinterher. Wir trampelten unseren Platz runter, bis nur noch schwarzer, trockener Staub übrig war, die Stollen an unseren Fußballschuhen waren runter, unsere Trikots voller Schweißflecken, so daß man die Nummern nicht mehr erkennen konnte, aber wir wußten alle Nummern auswendig, und das war in dem Moment das wichtigste Wissen überhaupt. Das konnte nicht ewig so weitergehen.

Irgendwann bat der Trainer einige von uns, für eine der Werkmannschaften zu spielen, und versprach, daß außer uns noch ein paar von seinen Legionärsfreunden kämen. Wir waren einverstanden. Von den Legionären kam nur ein einziger. Es wurde eine wirklich starke gegnerische Mannschaft aufgestellt. Sie machten uns einfach platt. Ich stand im Tor, bis zum Ende des Spiels hatten sie mich fast umgebracht. Zu guter Letzt war der Legionär auch noch sauer auf uns, Kumpels, sagte er, ihr habt's nicht drauf. Wir gingen nach Hause und versuchten einander nicht anzusehen. So mies hatte ich mich noch nie gefühlt. Danach war meine Liebe zum Trainer etwas abgekühlt.

Aber das war nicht die Hauptsache. Wißt ihr, was mit ihm passiert ist? Kaum zu fassen. Schon als ich die Schule verließ, spielte er kaum noch. Er fickte die Reinemachefrau von unserer Schule. Ehrenwort. Direkt auf den Matten in der Turnhalle. Zusammen mit dem Werklehrer (natürlich fickte er nicht den Werklehrer, sondern sie beide zusammen die Reinemachefrau). Sie gingen zusammen zur Prophylaxe gegen Geschlechtskrankheiten und wurden zusammen gefeuert. Ich denke, das hat ihn nicht so wahnsinnig gekratzt; was mit der Reinemachefrau war, keine Ahnung, aber für ihn war das wohl kein großes Ding, er machte sein Ding auf dem Platz, schickte uns auf das harte, stachelige Spielfeld zerfallener Stadien und zog uns hinter sich her in unsere Zukunft, er gab uns zum ersten Mal in unserem Leben das Gefühl, Sieger zu sein; dieses irre Gefühl, wenn der Ball im Tor ist, auch wenn du noch nichts in deinem Leben gesehen hast – im Gegensatz zum Trainer weißt du ja noch nicht, wie gemein und undankbar dieses Leben sein kann –, weißt du aber immerhin, was nötig ist, um es – dieses Leben – von vorn bis hinten durchzuficken, ihm zuzuwinken, soweit die Kraft reicht – du kommst über die Flügel, spielst ihren Rechtsverteidiger aus, schmeißt dich in den Strafraum und haust das Ding am Torwart vorbei in den Dreiangel!

Würde ich übrigens bei Gelegenheit mal ausprobieren.

1987 Post. Die Poststelle löste bei mir Nervenzusammenbrüche aus. Ich war schon ziemlich selbständig in meinen Äußerungen und meinem Verhalten, erlaubte mir eine eigene Meinung, und ich hatte ein Hobby. Ich war Fußballfan. Ich schrieb mich mit Dutzenden ebenso unausgegorener Typen, die sich für Fußballfans hielten und deren Adressen ich in der Zeitung gefunden hatte. Sicher wollt ihr wissen, was sich Fußballfans wohl so schreiben. Das wußte ich am Anfang auch nicht, meinen ersten Brief schickte ich mehr aus Protest ab, und auf einmal hatte ich eine Antwort im Kasten. Mir öffnete sich die merkwürdige, abgedrehte Welt der Fußballfans. Ein Fußballfan sammelte allen möglichen Scheiß – Spielprogramme, Vereinswimpel, Handbücher, Abzeichen, Kalender, anderen Schreibwarenschrott – die Gesamtmenge bestimmte den Grad des Fanseins, es gab eine richtige Dealerkaste, die den ganzen Mist aufkaufte und dreimal so teuer an Downies wie mich weiter verkloppte und dabei die Tatsache, daß, sagen wir mal, ich mir diese Programme und Wimpel nicht selbst beschaffen konnte, schamlos ausnutzte. Ich war gerne Fan, ich spürte, wie mein Leben mit jedem neuen Wimpel und jedem neuen Abzeichen an Wert und innerer Erfüllung gewann. Sehr schnell nahm meine Leidenschaft bedrohliche Formen an. Den Morgen brachte ich mit irgendeiner Beschäftigung rum, schlug die verdammte Zeit tot und wartete, bis der Briefträger kam. Er kam am Nachmittag um vier. Wenn er keinen Brief hatte, war der Tag hoffnungslos im Arsch, ich versuchte, meine Enttäuschung runterzuschlucken, indem ich meine bereits erhaltenen Wimpel und Programme ordnete, sie sorgfältig von einem Stapel auf einen anderen legte, sie abstaubte und auf den nächsten Tag wartete. Am nächsten Tag wieder nichts. Ich war mit den Nerven am Ende und wurde wütend. Wenn auch am dritten Tag kein Brief kam, ging ich zur Post. Dort kannten sie mich schon. Ich merkte mir, wann die neuen Zeitungen und Briefe kamen, wie lange sie geordnet und sortiert wurden, wann unser Briefträger losging, wie schnell er auf seinem Fahrrad die umliegenden Straßen abfuhr und wann er an unserem Briefkasten zu erwarten war. Der Briefträger hatte Angst vor mir, ich war ein komischer Knabe, der seiner Ansicht nach über Gebühr ungeduldig auf die Post wartete, über Gebühr enttäuscht auf nicht vorhandene Briefe reagierte und die ausgehändigten Umschläge über Gebühr gespannt aufriß. Der Briefträger wurde nervös, wenn er mich sah. Wenn ich ihn sah, wurde ich auch nervös. Wir mochten uns nicht, das Jahr, seit ich aktiver Fan geworden war, hatte uns ausgelaugt und innerlich erschöpft, der Briefträger konnte nicht verstehen, wie man so dämlich sein kann, dasselbe dachte ich von ihm. Manchmal bekam ich eine Benachrichtigung und ging zur Post, um das Wimpelpäckchen direkt dort abzuholen. Der Briefträger saß in der Falle. Es gab kein Entrinnen. Am Abend hatte er mir eine Benachrichtigung gebracht und war schnell davon geradelt. Ich ging zu ihm nach Hause und forderte ihn auf, mir das Päckchen sofort auszuhändigen, denn es sei noch nicht spät, und gegen elf Uhr abends könne er wohl zur Post gehen und mir das Päckchen herausgeben. Der Briefträger freute sich klammheimlich, blieb aber äußerlich höflich und ruhig, als er mir mitteilte, die Post sei bis sechs Uhr geöffnet und nichts auf der Welt werde ihn dazu bringen, um elf Uhr abends zur Post zu gehen, und wenn man ihn erschießen sollte. Das hätte ich nur zu gern getan. Statt dessen ging ich nach Hause, und der Briefträger schloß blitzschnell die Tür hinter mir, rannte zum Fenster und sah mir verschreckt nach. Am nächsten Morgen traf ich ihn an der Post, er bemerkte mich schon im Heranfahren, machte einen Bogen und wollte kehrtmachen, er riß sich aber zusammen, grüßte beherrscht, schob das Fahrrad auf den Treppenabsatz und öffnete das Vorhängeschloß. Ich trat hinter ihm ein und bekam gleich Herzklopfen – der Postgeruch stieg mir in die Nase, das war der echte Poststellengeruch, ein besonderer Geruch, ich erinnere mich daran und bekomme gleich wieder Herzklopfen, das ist mein Kindheitstrauma: jemand hat seine Eltern beim Sex erwischt, ein anderer ist ins Bad gekommen und hat dort seine ältere Schwester oben ohne stehen sehen, jemand ist in seiner Kindheit von grausamen Pionierleitern vergewaltigt worden, und ich kam auf die Post, und das war's – mein Leben brach zusammen und ging zum Teufel, gierig atmete ich den Geruch nach Silikatleim, frischen Zeitungen und Siegellack ein, die dunkelroten Lackklumpen leuchteten auf den Päckchen wie Sonnen; ich stand verzaubert in dem kleinen Postraum, hinter dem Ladentisch sah mich der Briefträger erschrocken an, er wollte, daß ich so schnell wie möglich verschwand und ihn mit seinen Neurosen allein ließ, aber ich hatte es nicht eilig, ich stand da und wußte, daß das Leben phantastisch war und eine glückliche Zukunft vor mir lag, daß ich einen Plan und ein Ziel für mein Leben hatte, daß ich das Ziel auf jeden Fall irgendwann erreichen würde und niemand, überhaupt niemand, nicht einmal dieser Briefträger, mich daran hindern konnte. Ich nahm mein Päckchen und ging nach Hause, noch eine Weile rochen meine Hände nach Siegellack. So riecht Freude.

Ein Jahr später hatte ich vom Fußballfansein genug und verbrannte alle meine Programme und Wimpel.

Ein weiteres Jahr später lernte ich einen interessanten Typen kennen, Schura. Schura hatte, soweit das unter unseren ländlichen Bedingungen möglich war, die dicke Kohle und alle Voraussetzungen, um Alkoholiker zu werden, was unter unseren Bedingungen weitaus häufiger ist. Mich fand er sympathisch, nannte mich Lenin, weil ich, sagte er, so gescheit sei wie Lenin, ich wehrte mich nicht, wir hatten nichts gegen Lenin. Und mit diesem Schura hängt folgende Postgeschichte zusammen.

Als mein Fanfieber erloschen war, ließ auch mein Interesse an der Post als solcher, an der Post als Gegenstand, als Nervenzentrum meiner kindlichen Angst und Anspannung merklich nach. Schura wiederum erhielt dort ab und zu Überweisungen, er hatte einen Großvater in Kiew, der ihn verwöhnte, ihn sich aber vom Leibe halten wollte. Gelegentlich schickte er Schura ein paar Scheinchen. Seine Eltern erfuhren davon nichts, und Schura brachte das Geld in der ersten privat geführten Grillbude der Stadt durch, hin und wieder nahm er mich mit. Und als er mal wieder die Mitteilung von einer Überweisung erhalten hatte, machte er sich fertig, zog seinen protzigen neuen Trainingsanzug von Adidas an, die waren damals in Mode, nahm seinen Kassettenrecorder, schlüpfte in sein teures Jackett und wollte los. Schura, rief seine Mutter aus der Küche, nimm Stjopa mit. Stjopa war ihr Hund, ein Boxer. Der einzige Boxer in der ganzen Stadt. Er hatte eine Stange Geld gekostet, wurde verwöhnt und war total verzogen. Stjopa war doof wie alle Boxer, aber außerdem noch aggressiv wie im Grunde auch alle Boxer. Einmal, als Schura ihn im nahegelegenen Park ausführte, fing sich Stjopa einen Dackel und erwürgte ihn. Schura zog Stjopa eins drüber, den Dackel steckte er in einen Spaghetti-Karton und stellte ihn neben den Hauseingang. Als Schura seine Mutter rufen hörte, schnappte er sich widerwillig den Hund und zog los. Unterwegs machte er in der Grillbude halt und trank einen. Kurz vor der Post ging er in einen Laden und trank noch einen. Er band Stjopa vor der Eingangstür der Poststelle fest und holte die Überweisung ab. Nachdem er die Knete in Empfang genommen hatte, lief er schnell zurück zur Grillbude und trank noch einen, dann ging er nach Hause und fiel ins Bett. Gegen sechs Uhr abends wollten die Postangestellten das Gebäude verlassen. Vor der Tür tobte der festgebundene Stjopa und hatte Schaum vorm Maul. Keiner traute sich vorbei, und Stjopa hatte nicht die geringste Absicht, jemanden durchzulassen. Eine Angestellte rief ihren Mann an, einen Hobbyjäger, der kam mit seiner Flinte gerannt, sah den außer sich geratenen Hund und legte an. Er war ein erbärmlicher Schütze, die ersten Schüsse gingen daneben, zerschmetterten allerdings die Eingangstür. Der Hund setzte vor Schreck einen Haufen, direkt vor den Eingang zur Post. Er jaulte herzzerreißend, die Frauen in der Post desgleichen. Ein Nachbar, der die Schüsse gehört und den Kerl mit der Doppelflinte gesehen hatte, rief die Polizei. Die Polizei kam, und ihr bot sich etwa folgendes Bild: steht ein Kerl in Trainingshosen und hält mit seiner Flinte auf die Poststelle, aus deren Fenster ein paar Frauen blicken und vor Angst ein Jaulkonzert geben. Die Polizei überwältigt den Kerl, stopft ihn in ihren Sowjetjeep und bringt ihn aufs Revier. Die Ehefrau des Jägers sieht alles und fällt in Ohnmacht. Stjopa knirscht mit den Zähnen, stürzt sich von der Treppe und erdrosselt sich an seiner Leine. Am nächsten Morgen kommt Schura zu sich, sieht, daß der Hund nicht da ist, und langsam dämmert ihm was, er geht zur Post und findet dort den erstarrten Körper. Schura macht die Leine los, wickelt den Hund in seine Jacke und bringt ihn nach Hause, er wartet, bis seine Eltern zur Arbeit gegangen sind, dann steckt er den Hund

in einen Spaghetti-Karton und stellt ihn neben den Hauseingang.

1988 Bierbrauerei. Mein Freund Dschochar sitzt auf dem
Busbahnhof und hält eine Plastiktüte mit Bier in der Hand.
In die Tüte paßt ein Liter. Den ersten Liter hat er schon ausgetrunken, gleich hier, auf dem Bahnhof, und den zweiten
nimmt er sich für unterwegs mit. Er muß in eine Kleinstadt,
zwanzig Kilometer nach Osten, endlose Kolchosfelder, fast
schon Rußland. Dschochar ist von unserer Schule geflogen
und überlegt, wo er den Kurs des Lernens und der Selbst-
erkenntnis fortsetzen könnte. Hier will er nicht bleiben,
hier ist er auf alle sauer, besonders auf uns, seine Freunde
und Klassenkameraden, jemand hat ihm das mit Rußland
empfohlen und behauptet, daß es dort eine normale Mittel-
schule gebe, wo er sogar Neger in der Latrine aufhängen
könnte, ohne daß einer was sagt. Dschochar war einverstanden. Für heute hatte man ihn zu einem Gespräch bestellt, in
einigen Tagen sollte das neue Schuljahr beginnen.

Ich sehe ihn von weitem, was sitzt denn da für ein Idiot
mit einer Biertüte, denke ich, doch nicht etwa Dschochar,
frage ich mich beim Näherkommen, wir haben uns seit
April nicht gesehen, eben seit er von der Schule geflogen ist,
er bemerkt mich auch und grüßt zögernd. Was machst du?
frage ich, nichts, sagt er, Bier trinken. Wo geht's denn hin?
bohre ich weiter, nirgendshin, sagt er, ich trink einfach Bier.
Willst du? fragt er und hält mir die Tüte hin. Ich brauch paar
Schuhe für die Schule, sage ich. Kaufst du dir dann, sagt
Dschochar, erst trinken und dann die Schuhe – vorsichtig
beißt er von unten ein Loch in die Tüte, hält sie mit beiden
Händen fest und reicht sie mir. Ich trinke, mache kurz

Pause, hole Luft und weiter. Wir haben seinen Liter schnell ausgetrunken, los, noch was, sagt er, und der Bus? frage ich, was denn für ein Bus? fragt er mit gespieltem Ernst, na gut, sag ich, los. Wir gehen zum Bierstand, stellen uns in die kurze Morgenschlange und lassen uns noch eine Plastiktüte füllen. Wir setzen uns auf die Bank vorm Bahnhof und trinken in Ruhe. Langsam erwärmt die Sonne den Bahnhofsvorplatz, es wird heiß, das Bier steigt in den Kopf, wir haben noch nicht so viel Übung, heiß hier, sagt Dschochar, gehen wir lieber ins Café. Ins Café? frage ich, ich muß Schuhe kaufen, nun bleib mal locker, unterbricht mich Dschochar, schaffst du noch. Und wir gehen in das Café am Stadion, das ist eigentlich kein Café, sondern eine Kantine, sie nennen das in der letzten Zeit Café, die fahren hier voll die Privatisierungsschiene, wir gehen hinein und nehmen jeder einen Liter trübes Flaschenbier, mit einer dicken Schicht Bodensatz. Schaffst du deinen Bus noch? frage ich, schaff ich, sagt Dschochar, schaff ich noch. Ich weiß nicht, ob er mich verstanden hat.

Nach einer halben Stunde kippte Dschochar unseren Tisch um, damals fehlte uns noch die Übung im Trinken, die Flaschen rollten auf den Boden und gingen kaputt, vom Flur kam so ein frischgebackener Privatbesitzer hereingelaufen und wollte sich Dschochar vorknöpfen, der näher stand, aber Dschochar wich aus und warf ihn um, einfach auf die zerbrochenen Flaschen, der Privatisierungsaktivist brüllte los, wir hauten ab, Sonne erfüllte die Straßen, der Herbst war noch weit weg, ich schlug mich nach links, Dschochar nach rechts. Ich lief über die Straße, sprang in den Park, rannte bis zum Videoklub, zahlte einen Rubel und setzte mich auf einen freien Platz. Es lief gerade ein Film mit Bruce Lee.

Mein Alter hatte eine merkwürdige Thermosflasche – groß und mit lauter Glitzerzeug beklebt, der Verschluß hatte eine Gummidichtung, solche Thermosflaschen waren eigentlich für Tee oder Suppe. Aber mein Alter hatte Bier drin, er kaufte immer welches, wenn er eine Tour machte, und wenn er sich vergewissert hatte, daß keine Verkehrspolizei in der Nähe war, hielt er an und trank, was ihm, wie ich verstand, offenkundiges Vergnügen bereitete. Am meisten gefielen mir am Leben der Erwachsenen ihre materiellen Gegenstände, über Verhältnisse oder Beziehungen und wie diese Beziehungen und Verhältnisse funktionierten, konnte ich noch nichts sagen, die Ursache-Wirkungs-Komponente der Wirklichkeit konnte ich mir noch nicht so richtig vorstellen, ich nahm sie überwiegend auf der gegenständlichen Ebene wahr, auf der Ebene unerreichbarer und unausgesprochener Dinge und Gegenstände, die ihr Leben ausfüllten. Da ich die ganze Zeit mit meinem Alten unterwegs war, hatte ich in meiner Kindheit hauptsächlich erwachsene Männer um mich, Frauen gab es fast keine, mit Frauen war es langweilig, mit meinen acht, neun Jahren ignorierte ich sie. Ich kam in richtige Männerrunden, und meine Aufmerksamkeit konzentrierte sich völlig auf Klappmesser, auf Springmesser, die jemand aus dem Knast geschleust hatte und die am Schaft mit aufgelöteten Glasrosen verziert waren, auf Lederportemonnaies voller Geldscheine – in meinen Achtzigern hat Geld überhaupt keine Rolle gespielt, Geld hatten alle irgendwie ausreichend –, ich konzentrierte mich auf schwere Metallmünzen, die die Hosentaschen nach unten zogen, auf Füller und Zigarettenetuis, schließlich auf Taschenlampen, es ist merkwürdig, aber jetzt, wo ich ein paar Jahre jünger bin als mein Vater damals, denke ich, okay, ich bin also erwachsen, ich kann mir Bier kaufen und komme an all die

Dinge ran, von denen ich als Kind geträumt habe, und nun entpuppt sich alles als Illusion, die Dinge, die mir mit sieben als absolut lebensnotwendig erschienen, sind mir mit dreißig total egal, wirklich – ich habe auch jetzt kein Klappmesser, ich hatte mal ein Schweizermesser, aber das habe ich meinem Neffen geschenkt, ganz zu schweigen vom Springmesser, bei meinem Verhältnis zur Polizei, ich habe kein Portemonnaie, ich hatte mal eins, aber das habe ich dem Schriftsteller Kokotjucha geschenkt, die Münzen gebe ich meinem Sohn, mit Füller schreibe ich nicht, sonst könnte ich meine Handschrift nicht mehr entziffern, Zigarettenetui, wo denkt ihr hin, ich habe nicht mal eine Taschenlampe, nicht mal eine lausige Taschenlampe! Das Leben mit seinen Verlockungen erwies sich als Fiktion, die gegenständliche Welt als trügerisch und ihre Vorzüge als relativ. Mit wachsender Begeisterung erinnere ich mich heute weniger an die Sachen, die mich umgaben, als an die Menschen, denen sie gehörten, aus meiner jetzigen Perspektive finde ich sie viel wertvoller und ihre Taten viel abgedrehter. Bier zum Beispiel, ich erinnere mich, wie die Männer aus einer Brauerei, sie hatten irgendwelche Beziehungen, zwei volle Säcke Bier abholten, wirklich Säcke, keine Eimer oder Fässer, sondern Säcke, nicht diese widerlichen Winzdinger, in die später Dschochar und mir das Bier eingefüllt wurde, unsere Eltern bekamen noch große Zwanzig-Liter-Säcke, zwanzig Liter ungefiltertes Bier! Noch jetzt stockt mir der Atem, der plastische Alltag in den frühen Achtzigern, die überquellende Vitalität der dreißig- bis vierzigjährigen Männer, die dann, nur ein paar Jahre später, mit dem Sowjetbürger zugrunde gehen würden, verwundert und verzaubert mich immer noch; sie trugen Tierleiber auf ihren Rücken, besorgten kistenweise Wodka und Portwein, und wenn ein Auto aus dem Schlamm gezogen werden mußte, machten sie das mit den bloßen Händen, ihre Hände hatten Kraft, ihr Leben hatte eine Folgerichtigkeit, ihre eiserne Stärke strahlte Rechtschaffenheit aus, sie konnten zeigen, wie man das Leben liebt, zeigen, wie sie das Leben liebten, obwohl sie sicher nicht hätten sagen können, wofür.

Ich weiß natürlich um die ganze Naivität solcher Verallgemeinerungen, aber es gefällt mir, meine Vergangenheit genau so zu betrachten – mit vor Begeisterung weit aufgerissenen Augen, Augen, die feucht sind von einem plötzlichen grellen Sonnenstrahl, der die Männer in ihrem siegreichen Kampf ums Dasein blendet, dann wird alles anders, und sie werden natürlich ganz schnell alt, es gibt keine Biersäcke mehr, kein Blut an den Händen, keine Sonne auf den Handflächen, alles wird anders, schlechter, das kommt vor – dort, wo du es angenehm und ruhig hattest, wird der nächste einfach von einem zufälligen Balken zerquetscht, der irgendwann herunterkommen mußte, bloß daß keiner wußte, wann genau.

Vor ein paar Jahren bin ich die Straße entlanggegangen, war gerade nach Hause gekommen, da raste so ein verrückter Typ auf einem Moped an mir vorbei, plötzlich hielt er an, drehte um und kam zu mir. Das war Dschochar, keine Frage. Er hatte einen Husarenbart und war betrunken. Am Lenkrad hing ein Beutel, aus dem ein Flaschenhals ragte. Du? fragte er. Mmh, ich, sagte ich. Nach Hause? Ja. Wie geht's? fragte er. Gut, antwortete ich, und dir? Ich hab jetzt einen Bauernhof, sagte er. Einen Hof? Ja, einen Hof. Und wie ist es? Wie soll es sein, sagte er und überlegte, schlecht – der Schwanz steht steif (so sagte er »steht steif«), aber die Gesundheit ist hin. Ich dachte, für einen Bauern ist das wahrscheinlich ziemlich übel. Erinnerst du dich noch, wie wir den Privatisierungsaktivisten umgelegt haben? fragte ich. Nein, antwortete er, kann mich nicht erinnern. Willst du? er holte die Flasche raus. Nein, sagte ich, ich will nicht. Er trank selbst, würgte, gab aber nicht auf. Komm doch mal vorbei, sagte er, nachdem er sich den Wodka reingewürgt hatte. Komm lieber du vorbei, sagte ich. Schenk mir deine Mütze, sagte er. Fick dich ins Knie, sagte ich. So gingen wir wieder als Freunde auseinander.

1989 Wehrlager. Hauptmann Kobylko. Das war Hauptmann Kobylko. Groß und dürr, seine Hauptmannsuniform schlackerte an einigen Stellen, die viel zu große Mütze auf seinem Kopf verrutschte dauernd, in Filmen über den Bürgerkrieg trugen die Weißen solche Mützen. Der Hauptmann hatte zu den Liquidatoren von Tschernobyl gehört, dort hatte es ihn offenbar ziemlich erwischt, er trug eine dicke Brille mit dunklen Gläsern, und für einen Hauptmann sah er einfach fürchterlich aus. Er haßte uns, wir riefen bei ihm irgendwelche unangenehmen Assoziationen hervor, das war nicht zu übersehen. Er brachte uns bei, wie wir die Gasmasken anzulegen hatten, und verlangte, daß wir das Morsealphabet kannten. Bei mir persönlich hat das mit dem Morsealphabet trotzdem nicht funktioniert. Mit den Gasmasken auch nicht. Am meisten nervte, daß wir in Uniform zum Unterricht kommen mußten, wir sahen total bekloppt aus, in normalen Sachen sahen wir auch bekloppt aus, wir waren fünfzehn, von Adrenalinstößen gepeinigt, bei den Mädchen in unserer Klasse fingen die Brüste an zu wachsen, wir versuchten, auf Lunge zu rauchen, und mit Uniformen hatten wir damals absolut nichts am Hut. Einmal hatte ich zu Kobylkos Stunde Omas Orden des Großen Vaterländischen Krieges dritter Klasse angelegt. Der Hauptmann war niedergeschmettert. Offensichtlich war ihm das Glück nicht hold gewesen, und Gott, der Herr, sprach zu ihm nur über das Morsealphabet. Im Sommer mußten wir mit ihm ins Wehrlager.

Bevor es losging, versuchten wir, uns zu drücken. Wir kannten einen Laboranten in der Poliklinik, und der schrieb uns allen Bescheinigungen, in denen er von Hand festhielt, daß wir für die Teilnahme an einem Militärlager nicht geeignet seien und deshalb einer Generalamnestie unterlägen, irgendwie so, mit anderen Worten, nicht vollkommen aus der Luft gegriffen, das Ganze wurde mit dem dreieckigen Stempel der Poliklinik und seiner Unterschrift bekräftigt – »Laborant Zhukow« unterschrieb er kalligraphisch in der rechten unteren Ecke. Wir legten dem Hauptmann unsere Bescheinigungen vor, der sich erst mal klarmachen mußte, daß die Klasse zur Hälfte aus Invaliden bestand, schweigend sammelte er die Papiere ein, und nachdem er uns erklärt hatte, was er damit zu tun gedachte, erteilte er uns den Befehl, uns für das Wehrlager fertig zu machen. In diesem Sommer fielen wir nicht unter die Amnestie.

Wir wurden in Autos verfrachtet und in das Lager gebracht. Es befand sich außerhalb der Stadt, in den Feldern, auf dem Gelände einer Berufsschule, es war eine richtige kleine Stadt, mit einem Traktorenpark, einem Fußballplatz, Lehrgebäuden, einer Mensa und einem Wohnheim. Im Sommer wurden die Berufsschüler hier rausgesetzt, sie verschwanden in der Steppe und kamen erst im September zurück. Die Wohnheime waren leer, der Fußballplatz wucherte zu, aus dem Traktorenpark klauten die Kolchosbauern den Sprit.

Wir wurden abgeladen und auf den Asphaltplatz gekippt. Hauptmann Kobylko befahl uns, die Quartiere zu beziehen, funkelte düster mit seiner dicken Brille und verschwand im Stab.

Als er am Abend aus dem Stab zurückkehrte, war er total zu und blieb es für den Rest der Zeit, er bekam dadurch eine besondere Entschlossenheit als Kommandeur und wir zusätzliche Probleme mit unserem Arsch. Gleich in der ersten Nacht nahmen wir uns einen Klassenkameraden vor. Er war Einser-Schüler, in der Schule fanden wir ihn im Prinzip okay, aber merkwürdig, kaum fanden wir uns in diesen ungewohnten Verhältnissen wieder, kam uns unvermittelt das letzte bißchen Anstand abhanden, das man in Friedenszeiten nicht aufgeben sollte. Zuerst erledigten wir den Streber, dann war das Mobiliar an der Reihe, wir dachten gar nicht daran, aufzuhören. Da erschien der Hauptmann, nahm verschwommen wahr, was abging, und jagte uns alle, bis auf den verprügelten Streber natürlich, raus auf den Platz. So, ihr Idioten, sagte er schneidend, wir wollen also nicht schlafen? Gut, sagte er, obwohl daran überhaupt nichts gut war. Dann werden wir also unter Kampfbedingungen trainieren. Gasmasken holen! Mißmutig gingen wir die Gasmasken holen. Hauptmann Kobylko stand in der Mitte des Platzes, entschlossen und besoffen, die Wrangel-Mütze war zur Seite gerutscht, deshalb hatte auch er Schlagseite. Gasmasken auf, Arschlöcher! befahl er mit Liquidatorenstimme. Gehorsam begannen wir, die Gasmasken anzulegen. Atompilz von rechts! rief der Hauptmann, und wir warfen uns auf den Asphalt. Entwarnung, sagte er zufrieden, und wir standen auf. Atompilz von rechts! wiederholte er, und wir schmissen uns wieder auf den Asphalt, klirrend, wie Kugeln aus dem Lager rollen. Was soll ich sagen? Dieser Arsch malträtierte uns eine gute Stunde lang auf dem dunklen, nächtlichen Platz, wo außer ihm und uns niemand war, nur unser verprügelter Mitschüler stand verängstigt hinter dem Wohnheimfenster und schaute zu.

Schließlich kriegte sich der Hauptmann ein, wie ist es, fragte er, wollen wir schlafen? Wir gaben keine Antwort – wir hatten die Gasmasken auf. Gut, lenkte er ein, wir rennen zwanzig Runden um den Platz, mit Gasmaske, mit Gasmaske, hab ich gesagt! und dann ab aufs Zimmer. Wir rannten los. Er stand in der Mitte, und wir rannten mit den Gasmasken um ihn herum wie die Kriegselefanten von Karthago. Irgendwann fiel ich hin und schraubte unbemerkt den Filter vom Schlauch ab. Es atmete sich gleich viel leichter.

Der Juni war in diesem Jahr warm und sonnig. Jeden Tag wurden wir auf dem Platz geschliffen, dann aßen wir in der Kantine stinkende Pampe, nahmen uns den Streber vor, am Nachmittag wieder Schinderei auf dem Platz; wir trampelten das Gras auf dem Fußballplatz runter und lernten, den Kraftstoff aus den Traktoren abzulassen, um ihn an die Kolchosbauern weiterzuverkaufen. Für das Geld besorgten wir uns Konserven und Tabak. Neun Uhr abends war Politinformation, wir sahen die Nachrichten, danach jagte uns der Hauptmann ins Quartier, er selbst ging in den Stab saufen. Er wurde noch dürrer und verlor irgendwo seine Mütze. Einmal brachte er einen richtigen KGB-Typen an, für die politische Bildung. Den Typen vom KGB fanden alle zum Kotzen – er protzte rum, erzählte was vom Kampf gegen den inneren Feind, und anstatt von dem uns allen bekannten »Amerika« zu sprechen, sagte er mit so einer beknackten Aussprache »Junajted Stejts«. Der Hauptmann fand ihn ebenfalls zum Kotzen, er behandelte ihn betont kühl, verdammt, ich habe mir in Tschernobyl den Arsch aufgerissen, und du Wichser hast hier gegen den inneren Feind gekämpft, Junajted Stejts dich ins Knie. Zum ersten Mal empfand ich Achtung für den Hauptmann.

In dieser Nacht hatte ich Wachdienst. Ich sollte in ein paar Stunden abgelöst werden. Auf einmal ging die Tür zum Stab auf, und Hauptmann Kobylko trat heraus. Stehst du Wache? fragte er und kam näher. Ja, sagte ich und dachte, verdammt, was will der denn. Mitkommen, sagte er kurz und ging zurück in den Stab. Hilflos trabte ich hinter ihm her. Im Stab lag der total zugelötete KGB-Typ. Auf dem Tisch stand Wodka. Der Hauptmann nahm einen Alubecher und goß ein. Hier, Kumpel, trink. Ich trank. Fertig? fragte er, fertig, sagte ich, dann scher dich weg. Ich haute ab. Okay, dachte ich, der Typ, Hauptmann Kobylko, ist in Ordnung, wenn auch durchgeknallt.

Am letzten Tag des Wehrlagers führte uns der Hauptmann auf den Truppenübungsplatz. Achtung, sagte er, hier, ihr Idioten, jeder hat eine Kalaschnikow und zwei Magazine mit scharfer Munition, verdammt. Los geht's. Wir schmissen uns ins Gras und fingen an, auf die Zielscheiben zu schießen, die in fünfzig Meter Entfernung standen. Ich zielte und gab mir Mühe, keine Patronen zu verschwenden. Der Hauptmann stand über mir und beobachtete mit dem Fernglas meine Treffer. Nicht schlecht, rief er mir zu, nicht schlecht, und jetzt Dauerfeuer, los! Schade um die Patronen, antwortete ich ihm, ich glaub, ich schieß daneben. Ach komm, der Hauptmann wurde wütend, los, Dauerfeuer, hau drauf! Ich blickte ihn von unten an – er stand entschlossen und erwartungsvoll, plötzlich verstand ich, was er von mir wollte, schweigend schaltete ich das Gewehr von Einzelschuß auf Dauerfeuer und gab den ersten Feuerstoß ab. Los, rief der Hauptmann mir zu, los, schieß! Ich preßte den Kolben an die Brust und verschoß den Rest des Magazins, legte das nächste ein und verschoß das zweite ebenso schnell, ich hielt auf die Scheibe, beinahe ohne zu zielen, ich wollte ihm einen Gefallen tun, ich haute einfach die Patronen raus – in die Luft, in den Sand, auf die Zielscheibe und traf alle hundert, ich erschoß alle Geister meiner Jugend, die vor mir in der Juniluft standen, schoß mit langen Feuerstößen für jeden einzelnen dieser im Wehrlager verlorenen Tage, für meine Bilder und Gewissensbisse, für meinen Hauptmann, der über mir stand und wie gebannt auf die kugeldurchlöcherten Zielscheiben blickte. Ringsum wucherte Wolfsmilch, die Vögel kreisten verschreckt am bleichen Himmel, die Patronen gingen zu Ende, die Hülsen waren heiß, die Lippen trocken, der Sommer endlos.

1990 **Dächer.** Ich bekam einen Ast zu fassen und zog mich hoch. Der Stamm war hart und kalt. Als ich den Ast umklammert hatte, kletterte ich hinauf. Ich griff nach dem nächsten Ast, schwang mein Bein darüber und zog mich wieder hoch, mit der Hand reichte ich schon an das Dach heran. Vorsichtig stellte ich mich hin, ich spürte, wie sich der Ast unter meinen Beinen bog, er bog sich, aber er hielt, ich stützte mich mit den Armen auf das Dach, zog mich noch einmal hoch und rollte über die gerade Flache. Vorsichtig stand ich auf und lief geradeaus, fast ohne hinzusehen. Der Himmel war bewölkt, genau so, wie ich es brauchte. Hauptsache daran denken, daß ich nicht ganz nüchtern bin und mich auf einem Dach befinde, daß ich vorsichtig und leise auftreten muß, denn wenn mich unten jemand hört, holen sie mich runter und nehmen mich gleich mit aufs Revier. Dann kam eine Mauer, ich sprang hoch und versuchte mich am oberen Ende festzuklammern, rutschte aber ab und fiel auf den Rücken, Scheiße, dachte ich, das fehlte gerade noch, hier im Suff den Abgang zu machen. Ich stand auf, das Knie brannte, ich sprang noch einmal hoch. Zog mich mit den Armen hinauf und kroch auf den Dachvorsprung. Langsam kletterte ich nach oben, stand auf und trat vorsichtig an den Rand, ich mußte ungefähr zwanzig Meter zurücklegen, gut, daß es so dunkel war, von unten konnte mich niemand sehen, ich konnte auch nichts sehen, Hauptsache rechtzeitig stehenbleiben. Ein paar Meter weiter war das Dach zu Ende. Ich setzte mich auf die Schieferplatten und schob mich langsam an den Rand vor. Sah nach unten. Auf dem Platz brannten ein paar Laternen, keiner da, wie's aussah, jedenfalls hätte ich sowieso keinen gesehen, auch wenn jemand dagewesen wäre. Vor mir lag die Augustdunkelheit und hing eine Fahne. Ich zog daran. Die Fahne war am Dach festgemacht. Ich zog stärker. Die Fahne erschlaffte. Ich zog sie mitsamt der Stange heraus und fing an, das Fahnentuch abzureißen. Als ich fertig war, steckte ich es in die Tasche, holte aus der anderen Tasche meine Fahne heraus und befestigte sie an der Fahnenstange. Es sah nicht gerade elegant aus, aber unten, dachte ich, merkt das keiner. Ich machte die Fahne fest. Nicht sehr fest, aber sie hielt, muß auch gar nicht so fest sein, dachte ich, morgen wird sie sowieso runtergerissen. Ich drehte mich vorsichtig um und kroch zurück, kletterte zur Mauer und hangelte mich hinunter. Ich rannte über das Dach, fand meinen Baum und begann, vorsichtig hinunterzuklettern. Ich trat auf einen Ast, der hielt nicht und brach durch. Ich stürzte ab, schlug auf die Erde, drehte mich ein paar Mal, stand schnell auf und rannte in die nächste Seitenstraße. Als ich ein paar Straßenzüge geschafft hatte, stellte ich mich unter eine Laterne. Die Jeans waren am Knie aufgerissen, aus der Wunde floß Blut. Ich holte die Fahnentrophäe aus meiner Tasche, riß ein Stück ab und versuchte, mir einen Verband zu machen. Es klappte nicht so richtig, die Fahne saugte sich voll, die Konstruktion am Bein hielt nicht. Scheiße, dachte ich und schmiß den blutverschmierten Fetzen ins Gras. Mußte das nun sein, dachte ich, die Jeans zerrissen, ein Schwachsinn, im Suff da hochzuklettern; ich verfluchte mich, verfluchte meine Freunde, die mich dazu gedrängt hatten, was sind das für tolle Junggardisten, Komsomolzen vom Amur, verdammt.

Das Erwachsenenleben war anziehend und abstoßend zugleich. Eines Tages verstand ich plötzlich, daß die Welt doch nicht so durchdacht war, wie es mir mit sieben vorgekommen war, ich verstand, daß es jemanden gibt, der den Raum zuteilt, und daß ich, genauso wie der Rest, nach Regeln spielen muß, die sich ein anderer ausgedacht hat. Das Erwachsenenleben schnitt Fratzen, und diese Fratzen verhießen nichts Gutes. Alles, was zuverlässig, eingespielt und praktisch war wie meine Torwarthandschuhe, erwies sich im Erwachsenenleben als nicht wirklich brauchbar und völlig nebensächlich. Es öffnete sich etwas Großes, Dunkles und überaus Reizvolles, als würde das Licht im Kino ausgehen und eine unheimliche Vorführung bevorstehen, auf die ich überhaupt nicht vorbereitet war, die ich aber um nichts in der Welt versäumen wollte. Die Vergangenheit blieb in den Schubladen der alten Tische und in den Bücherregalen zurück, bedeckte als warmes Pulver Fotoalben und zerlesene Zeitschriften, wurde mit Hockeyschlägern in Schrankaufsätzen und Garagen verstaut, legte sich in Kleiderschränken als Staub auf Pullover und Shirts, aus denen ich herausgewachsen war, man konnte sie noch berühren, ihren groben Stoff fühlen, aber wer machte das schon, wahrscheinlich niemand. Durch das Aufeinandertreffen eigenartiger Umstände fiel der Beginn unseres Erwachsenenlebens mit merkwürdigen und schmerzhaften Dingen zusammen, die sich ringsum abspielten und die, so schien es auf den ersten Blick, mit unserem Erwachsenwerden nichts zu tun hatten. Aber gerade in dieser bitteren und empfindlichen Zeit, wenn in dir alles auseinanderbricht und neu zusammenwächst, ist in unserer Umgebung etwas Ähnliches passiert, wir mußten mit ansehen, wie das Erwachsenenleben unser Land zerstörte, unsere Eltern zerbrach, wie es alle Überflüssigen und Nutzlosen ausspuckte, alle, die nicht verstehen konnten, was da vor sich ging. Ob diese Erfahrung nützlich war, frage ich mich heute. Ich weiß nicht, bin nicht sicher, ich bin generell nicht einverstanden, daß jede Erfahrung nützlich ist, das ist meiner Meinung nach eine Übertreibung, denn man kann schließlich das ganze Leben lang an der Küste wohnen und kein einziges Mal einen Ertrunkenen sehen. In unseren Hoheitsgewässern gab es aber immer mehr Leichen.

Im letzten Schuljahr brach ich mit ein paar Freunden die Tür auf und stieg im Schuldachboden ein. Aus verständlichen Gründen war der Zugang immer versperrt, was uns nicht paßte. Wir fanden eine Brandschutzaxt, knackten das Vorhängeschloß, die Tür sprang auf, und wir traten der Reihe nach ein. Auf dem Dachboden hausten Vögel. Viele Vögel. Sie saßen auf den Querbalken, der ganze Boden war mit Federn und Nestern bedeckt. Sie saßen in langen Reihen, eng aneinandergeschmiegt, und beobachteten uns. Wir bewegten uns vorsichtig, um nicht auf ein Nest zu treten, trampelten mit unseren Turnschuhen und Profilschuhen die trockene Vogelscheiße breit und wischten uns die Spinnenweben vom Gesicht. Plötzlich trat jemand auf eine alte Tafel, die unter seinen Füßen trocken krachte, es klang wie eine Explosion. Die Vögel flogen auf, sie flatterten zwischen uns in einem dichten Schwarm, wichen uns aus, streiften uns nur hin und wieder mit ihren Flügeln, sie suchten fieberhaft nach einem Fluchtweg und warfen sich dabei von einer Ecke in die andere, die Luft erfüllte sich mit ihrer Bewegung, es waren so viele, daß wir verwundert innehielten und von unten auf diesen Raum sahen, der randvoll war mit Vögeln, und wir ahnten, daß es solche Zeitklumpen und Raumstücke, in denen so viele Vögel, so viele Freunde, so viel Bewegung und Ruhe zusammenkommen, nicht so oft gibt.

Ein Jahr später, in Charkiw, war ich zufällig auf einem sonderbaren Konzert. Ein Bekannter von mir kandidierte für die Wahlen, mietete im Stadtzentrum eine große Konzerthalle, hängte auf der Bühne sein Porträt auf und veranstaltete eine kostenlose Show. Nach dem Konzert sind wir in sein Parteibüro gegangen, um die erfolgreiche Aktion zu würdigen. Das Büro war in der Sumska-Straße, die Fenster gingen zum Theater hinaus. Wir tranken die ganze Nacht hindurch, irgend jemand schlief ein, ein anderer wachte wieder auf, irgendwann gegen Morgen wachte ich ebenfalls auf und wollte nach Hause. Aber die Tür war verschlossen. Wer die Schlüssel hatte, wußte ich nicht, alle schliefen. Da sah ich eine andere Tür, öffnete sie und stieg auf den Dachboden. Ich lief den Boden entlang, fand eine Dachluke, stieg hinaus und stand unter dem Charkiwer Aprilhimmel. Es war so gegen fünf, sechs Uhr morgens, auf den Dächern lag frischer Nebel, alles war leer, still, und das Dach schepperte unter den Füßen mit seinem ganzen Blech. Ich überlegte und ging Richtung Opernhaus. Als ich das Dach des ersten Gebäudes geschafft hatte, stieg ich aufs nächste, weiter war es gefährlicher, das Dach war nebelnaß, ich rutschte aus und segelte in die Tiefe. Doch es gelang mir, mich an einen Vorsprung zu klammern, das Blech bohrte sich in meine Hand, ich spürte, wie Blut austrat, doch was sollte ich tun, ich zog mich hoch und schob meinen Körper über das feuchte Metall. Das erinnert mich an etwas, dachte ich. Als ich an einer sicheren Stelle angekommen war, ging ich vorsichtig weiter. Vor mir war eine Mauer, jemand hatte eine rostige Leiter angelehnt, ich stieg hinauf, lief bis ans Ende und hielt Ausschau – das nächste Dach lag unter mir und glänzte feucht. Ich schwang mich hinab und ließ los. Unten aufgekommen, versuchte ich mich auf den Beinen zu halten, glitt aber wieder aus und fing an zu rutschen. Die Dachrinne hat mich gerettet, ich geriet mit einem Bein in das Rohr, drehte mich vorsichtig auf den Bauch und kletterte wieder hoch. Gegen sechs kam ich am letzten Gebäude der Häuserzeile an, kroch an den Rand des Daches und sah zum Himmel. Der Himmel lag über mir, ich lag auf dem Dach und bemühte mich nach Kräften, die Balance zu halten. Sechs Uhr morgens, Frühjahr '92. Ich sah nach unten, aber dort hatte bereits eine ganz andere Straße, hatte eine ganz andere Zeit begonnen.

Teil Drei

Red Down Town

1. **Das Hotel »Charkiw«** mit seinen langen Korridoren und gelben Laken, seinen unzähligen leeren Zimmern und Kellern, mit seiner verwirrenden, ziemlich heruntergekommenen Infrastruktur, erwacht jeden Abend zum Leben, man kann hier wohnen, ohne jemals die Rezeption zu passieren, irgendwann kam es jemandem in den Sinn, dieses traumhafte Hotel mitten in die Stadt zu pflanzen, es ist gut, der Besitzer des »Charkiw« zu sein, jeden Morgen ein neues Zimmer zu beziehen, jede Mahlzeit in einem anderen Bistro einzunehmen, Bistros gibt es nämlich auf jeder Etage, einen tragbaren Fernseher mitzuschleppen und sich abends auf einem russischen Sender eine Talk-Show reinzuziehen, sich kostenlos Nutten kommen zu lassen, sich mit ihnen anzufreunden und in den Kajüten und Laderäumen dieses gigantischen Klotzes zu überwintern, an Spielautomaten zu sitzen und Bargeld zu verzocken, sich mit billigem Kognak aus dem Spätverkauf im Erdgeschoß die Kante zu geben, Freunde anzuschleppen, mit ihnen die Sauna im Innenhof oder die Nutten zu besuchen, langsam alt zu werden und eines Tages zu sterben, den Körper nach dem letzten Willen im alten Hotelbau, Zimmer 710, begraben, in die Wand einmauern und die Kleidung verbrennen zu lassen, die Wertsachen an die Nutten zu verteilen, den Fernseher an die Rezeption zurückzuschicken, und das war's dann, Schluß, aus.

Der Tod im Hotel läßt sich auf eine einfache und asketische Formel bringen: Du bist nicht an einen bestimmten

Ort gebunden, du hängst im Leben fest und tauschst unverzichtbare Informationen mit ihm aus, du hinterläßt ihm deine Kontaktdaten, die es nicht überprüfen kann, es hinterläßt dir den Schlüssel und frische Handtücher in der Dusche. Niemand ist irgendwem etwas schuldig.

In den Hotelzimmern lassen sich Leichen gut verstecken, hier, im Altbau, gibt es so viele Zimmer, und sie sehen alle so gleich aus, daß die Direktion sich mächtig Mühe geben muß, um die Spuren der Verbrecher und Brudermörder zu erschnüffeln, einen abgerissenen Finger neben der Fernbedienung oder kleine Goldkronen im Toilettenbecken ausfindig zu machen. Außerdem kann man sich hier auch gut vor Feinden in Sicherheit bringen, sie geben es einfach auf, dich hinter dieser irrsinnigen Menge von Türen, in all den Bistros und Büros, in dem kalten Hotelkorpus zu suchen, der an die fernen Fünfziger erinnert, rote Fahnentücher und Porträts von Koba an der Fassade, Panzer, die am Tag des Sieges (das war doch der Tag des Sieges, oder nicht?) über den Platz rollten, noch gar nicht lange her, in den Neunzigern, dann hinter dem Gosprom verschwanden und sich in den Fenstern der Rezeption spiegelten. Kurz, ich mag dieses Hotel sehr. Einmal habe ich die total zugedröhnten Braty Hadjukiny durch den Hintereingang geschleust, ein andermal nachts die Wache überredet, ein paar deutsche Dichter, die ich nur flüchtig kannte, zum Übernachten reinzulassen, einmal habe ich auch ein Fernsehinterview zum Jahrestag der Befreiung Charkiws von den deutschen Truppen gegeben, wir gingen den Bistroangestellten damals ziemlich auf den Geist, wir hatten uns auf dem Balkon niedergelassen, direkt über dem Haupteingang, mit Blick auf die Universität, und fingen an, über die Befreiung zu sprechen, Befreiung, was für ein Schwachsinn, hab ich gesagt, was für eine Befreiung denn, viel interessanter wäre es, über die Okkupation zu sprechen, darüber, daß genau hier, auf diesem Platz, wo gerade die lächerliche Landwirtschaftsausstellung läuft, seinerzeit ein Flugzeug landete, mit Hitler persönlich, warum redet darüber keiner? Gegen Morgen, so zwischen vier und fünf Uhr, sitzen an der Bar im Erdgeschoß die schläfrigen Nutten und lassen sich traurig mit Wodka vollaufen.

Seit ein paar Tagen tummeln sich die Volksmassen im Hotel, die der revolutionäre Ausbruch übermütig gemacht hat, ein merkwürdiges, meist angetrunkenes Publikum, das sich vom Morgen an auf dem Majdan herumtreibt, entweder für die Orangen ist oder für die Blauen, aber schnell anfängt zu frieren und ins Hotel kommt, sich aufwärmen, in den Bistros was bestellt oder an den Spielautomaten sitzt. Die Bullen schauen unbeteiligt zu. Wenn du den Altbau betrittst, stolperst du über die erschöpften, durchgefrorenen Gestalten, eine Revolution, selbst eine *soft version* wie die hier, versammelt unter ihren verschiedenfarbigen Bannern trotzdem den interessantesten Teil der Gesellschaft, man könnte meinen, ganze Heerscharen von Verrückten und Aussätzigen, Erniedrigten und Beleidigten hätten nur auf diesen denkwürdigen Tag gewartet, um endlich auf den gigantischen, einige Hektar großen Platz zu ziehen und sich gegenseitig von Kopf bis Fuß zu vermöbeln. Der revolutionäre Ausbruch hindert dieses Publikum im übrigen nicht daran, sich zuerst vor unseren Zelten heiser zu schreien, um sich dann hierher ins Hotel zu schleppen, in die Foyer-Sessel zu fallen, auf den Treppen zwischen Erdgeschoß und zweitem Stock herumzulümmeln, die Barhocker in Beschlag zu nehmen und mit dem Fahrstuhl spazierenzufahren, so daß das

Personal Probleme bekommt und die ohnehin spärlichen Gäste des Altbaus Schiß kriegen.

Wie in einer richtigen revolutionären Situation kommen die Leute erstaunlich gut miteinander aus, sogar die Schlägereien haben etwas Hysterisch-Verkatertes, wie man es von Prügeleien in Kommunalkaküchen kennt, auf Revolutionsbarrikaden weniger. Irgendwelche Streitigkeiten unter Rentnern, Demokratiegelaber, durchgeknallte Kirchenheinis vom Moskauer Patriarchat, die um uns herumlaufen und Dämonen austreiben – wie bei einer richtigen Revolution fehlt es an Waffen, also habe ich mir eine Gaspistole gekauft und sie dem Chef der Wachtruppe gegeben, aber was nützt schon so eine Gaspistole, das ist so, als würde man ein Einmalfeuerzeug kaufen. Der Kreuzer Aurora fehlt, um ein paar Gebäude am Platz wegzuputzen, vielleicht nicht alle, die Universität könnte man stehen lassen, das Hotel auch, man müßte einfach nur das linke Publikum vertreiben, an der Rezeption die Kasse konfiszieren und die Nutten freilassen. Ich persönlich würde mir ganz gern ein paar Salven auf die Kulturverwaltung von Charkiw genehmigen.

Daraus ließe sich ein Film machen. Sagen wir, über einen jungen Investor aus dem Westen, der in das kalte, fremde Land kommt, um sein Business aufzuziehen. Seine Freunde, Investoren aus dem Westen, junge, imperialistische Haifische wie er, raten ihm ab – wo willst du hin, ein ätzendes Land, total perspektivlos, Korruption und Syphilis auf Schritt und Tritt. Ganz zu schweigen vom Namen ihres Präsidenten. Aber selbst dieses letzte, überzeugendste Argument kann ihn nicht aufhalten. Er hat keine Ahnung, wie es da läuft, kommt in diese Stadt im äußersten Osten des Landes, mietet sich in dem alten Hotel ein, in einem Zimmer, dessen Fenster auf den Platz hinausgehen. Er wählt bewußt den heruntergekommenen Altbau mit seinen kahlen Wänden und den maroden Türen, mich führt ihr nicht hinters Licht, denkt er, ich kenne diese verfluchten Slawen, ich lass' mich nicht verarschen, keinen Cent zuviel, knappes Trinkgeld, bescheidene Unterkunft, keine Zwischenhändler, alles so einfach wie möglich – ein normales Zimmer im siebten Stock (vom Fenster aus sieht man das Lenin-Denkmal, dahinter die Universität, und dann verschwindet alles im Morgennebel), ein kurzer Besuch beim Gouverneur (ein Schlitzohr, er schenkt ihm warum auch immer sein Buch, auch so ein schreibender Nehru), ein bescheidenes Frühstück in einem irischen Pub, nur wenig Alkohol und dann zurück ins Hotel, ausruhen vor dem Treffen mit den Geschäftspartnern. Er spürt die angespannte Atmosphäre in der Stadt, alle sprechen über die Wahlen, aber das juckt ihn eigentlich nicht. Nachdem er ins Hotel zurückgekehrt ist, fällt er ins Bett, wickelt sich in die an einigen Stellen angesengte Decke und schläft schnell ein.

Er erwacht am Nachmittag vom aufgeregten tausendfachen Atmen draußen. Als er ans Fenster tritt, sieht er unten 80 000 Menschen. Da hast du's, denkt er, während ich geschlafen habe, hat die Revolution begonnen.

Ein paar Mal versucht er, in seinem Büro anzurufen, aber dort machen sie sich gar keinen Begriff davon, wo er jetzt steckt, er zappt sich durch die drei Sender, die die Hotelglotze hergibt, aber die zeigen keinen Furz, sogar bei der Sekretärin des Schlitzohrs ruft er an, aber dort herrscht Grabesstille, dann rennt er wieder zum Fenster, schaut auf die Menge da unten, blickt nach links, zum Fenster der Gebietsverwaltung, und sieht dort Dutzende von Angestellten ebenfalls aus dem Fenster schauen, die haben wahrscheinlich auch alles verpennt.

Da hast du's, denkt er wieder, meine Freunde haben's gleich gesagt. Und was nun, überlegt er, da hilft auch kein Anruf bei ihrem Präsidenten. Wie war noch gleich sein Name?

2. Das Scheiß-Lenin-Denkmal. Was könnte weiter mit ihm passieren? Er bleibt bis zum Abend auf seinem Zimmer, die Geschäftspartner, mit denen er verabredet war, hat er nicht erreicht, dann zieht er los und stößt schon im Flur auf Revolutionäre, die an den Wänden lehnen wie gefangene islamische Terroristen aus den CNN-News, er rennt die Treppe nach unten, ohne auf den Fahrstuhl zu warten, und drängelt sich durch die Menschenmassen im Foyer auf den Platz. Es ist kalt, irgendwer rennt kreuz und quer in der Gegend herum, der Platz ist auch nur schwach erleuchtet, deshalb geht er zu diesem gräßlichen Lenin-Denkmal, wo die Polizisten stehen. Er glaubt irgendwie, daß ihn in dem Land nur die Polizei schützen kann, dabei ist es gerade umgekehrt. Er steht am Lenin-Denkmal, Lenin schwebt über ihm und zeigt mit seiner Hand irgendwohin zur Seite, dahin, wo er hergekommen ist, *fucking yankee*, deutet Lenin ihm an, *go home*, er ist scheiße drauf, das heißt, nicht Lenin, sondern der Investor, Wladimir Iljitsch ist gerade super drauf, die große bürgerliche Revolution hat endlich begonnen, die Leute machen richtig einen los, für Lenin gibt's was zu sehen, aber er, der Investor, der scharfzähnige Raubfisch auf dem Wertpapiermarkt, hat gar keinen Bock, traurig schaut er sich den revolutionären Ausbruch der Volksmassen an, und nun hat er die Wahl...

Praktisch kann er sich jetzt aussuchen, wie die Handlung weitergehen soll – als echtes Kind der westlichen Sozialdemokratie kann er vorübergehend auf seine Pflichten gegenüber der Geschäftsführung pfeifen, eine Woche Urlaub nehmen und sich kopfüber in die revolutionäre Romantik stürzen, auf dem Platz campieren, sich (nach Maßgabe der Vernunft) mit den Polizisten verbrüdern, um schließlich den Sieg davonzutragen und guten Gewissens sein Geld in irgendeinem miesen Energiegeschäft in der Region anzulegen. Genausogut kann er sich, wie ein typischer feiger Liberaler, auf die Seite der Machthaber schlagen, die moralisch verkommenen Volksmassen für ihre ganzen unmotivierten Aktionen verurteilen und seine Investitionen auf bessere Zeiten verschieben. Schließlich könnte er, als echter Anhänger der Globalisierung, auf das alles pfeifen, trotzdem eine Woche Urlaub nehmen, sich auf eine Urlaubsinsel verpissen, wo dann hoffentlich die eiskalte Welle eines gerechten indonesischen Tsunami über ihm zusammenschlägt. Jetzt steht er am Lenin-Denkmal und trifft seine Wahl. Und neben ihm stehen Hunderte frierender Bürger dieses merkwürdigen, kalten Landes und treffen ebenfalls ihre Wahl. In meinen Augen ist das ein Melodrama.

Was habe ich im vergangenen halben Jahr gemacht? Ich kann mich nicht mal mehr an alle erinnern, die ich kennengelernt habe – eine lange, endlose Liste neuer Personen, neuer Helden, die aus dem schwarzen Schlamm dieses Herbstes aufgetaucht und genauso schmerzlos wieder darin untergegangen sind, sie kamen hinter dicken Septemberbäumen hervor, stiegen in der Oktoberdämmerung in Züge, warteten argwöhnisch ab, standen den ganzen November hindurch; plötzlich wurden es unheimlich viele, dicht an dicht drängten sie sich auf dem Marktplatz meiner Privatgespräche, was soll's, ich stand vor ihnen, genau wie dieses Scheiß-Lenin-Denkmal, sie standen vor mir, ohne mich wahrzunehmen, ohne wirklich zu begreifen, wer ich bin, und in Letzterem waren wir uns sehr ähnlich.

Vielleicht wird es irgendwann abgetragen, dieses Denkmal, sie schicken einen Kran und demontieren es einfach, und an seiner Stelle wird irgendeine allegorische Figur installiert, die in den Augen der Nachkommen die Vollendung der nationalen Befreiungsbewegung symbolisiert. Mir ist es eigentlich egal, ich hatte noch nie was für Denkmäler übrig, schon gar nicht für Politikerdenkmäler, Politikern sollte man meiner Meinung nach eins drüber ziehen und keine Denkmäler errichten, aber diesem Denkmal, dem Lenin-Denkmal, werde ich nachtrauern, wenn die Nachkommen es doch abreißen sollten. Übermäßig viel Positives ist nicht von ihm geblieben. Ich verabrede mich zum Beispiel oft hier, sitze gern unterm Lenin und warte, bis mein Kleiner Schulschluß hat, mit meinem Cousin kurve ich hier auf dem Fahrrad herum und erschrecke die Rentner, schließlich habe ich hier, am Fuße des Denkmals, volle zwei Wochen gelebt, und auch wenn das keine Nostalgie in mir weckt, es wäre doch schade drum.

An einem dieser lustigen Tage am Lenin-Denkmal tauchte plötzlich ein alter Bekannter von mir auf, ein etwas schräger, ziemlich abstruser Typ, zu dem ich seit langem guten Kontakt hatte. Obwohl, was heißt guten Kontakt, ich war mir schon seit zwei Jahren sicher, daß er tot sei, verschwunden war er schon früher, aber anfangs hörte man noch ab und zu was von ihm, dann war auch das vorbei, bis mir jemand sagte, er sei gestorben. Ich kann nicht sagen, daß er mir übermäßig fehlte, ein schräger Typ, aber wieder gab es einen Verrückten weniger, er war ganz nett gewesen, wir hatten uns ein paar Mal zusammen besoffen, und überhaupt – wenn jemand mit dreißig stirbt, ist das niemals angenehm, da geht dir die Sicherheit flöten. Und da tauchte er plötzlich auf, begrüßte mich freudig, verwickelte mich in ein Gespräch, fing an, über Politik zu reden, klar – in dem Herbst hatten alle einen Knall und redeten nur noch über Politik, sie haben es geschafft, uns alle für ihre Ziele einzuspannen und uns dazu zu bringen, ihre Politik zu machen, und so fing also mein verblichener, aber ungebrochen lebensfroher Bekannter dort auf dem Platz auch von Politik an, er erzählte Dinge, die mich im Grunde genommen nicht interessierten, die zweite Woche ging das nun schon so, von früh bis spät, manchmal sogar nachts. Wir unterhielten uns, und ich war mir unsicher – sollte ich ihm davon erzählen oder nicht? Vielleicht würde er dann wirklich sterben. Aber wenn ich es ihm nicht sagte – wer weiß, was dann mit ihm passieren würde. Wer weiß, was in zwei Jahren wäre. Vielleicht war er seinerzeit wirklich gestorben, und dann hat sich herausgestellt, daß das nicht tödlich ist. Als wir über alles geredet hatten, wünschte er mir viel Glück, ich sagte ihm, er solle nicht so rumtönen, und er wollte los. Eh, faßte ich mir schließlich ein Herz, warte mal. Was gibt's? er blieb stehen. Weißt du, eigentlich wollte ich's dir nicht sagen … Was denn? horchte er auf. Aber nicht, daß du gleich beleidigt bist, ich dachte, du seist tot. Hast du sie noch alle? fragte er verständnislos. Echt, sagte ich, irgend jemand hat mir erzählt, du seist gestorben, vor zwei Jahren. Ach wo, fing er an sich zu rechtfertigen, das ist ein Irrtum. Na, das dachte ich mir, sagte ich, dann machst du's bestimmt lange. Keine Ahnung, ob er mich verstanden hatte.

Komisch, meistens verschwinden meine Kumpel von der

Liste der Lebenden. Und hier war es genau umgekehrt – mein Bekannter konnte offenbar die Himmelskanzlei da oben austricksen und hat sich aus der Parteiliste der Leichen wieder ausgetragen. Ein gutes Zeichen.

Wo ist er denn nun die ganze Zeit über gewesen? Irgendwer hat mir doch von seinem Tod erzählt. Er konnte unmöglich einfach so auftauchen, in unserem durchdachten und planmäßigen Leben tauchte nicht einfach etwas auf und verschwand wieder, das kann auch Genosse Lenin bestätigen, mit seiner Dialektik, wo ist er also gewesen? In meinem privaten Leichenschrank, dessen Schlüssel ich immer zusammen mit dem Fahrradschlüssel in meiner Tasche habe, wird es langsam eng, besser gesagt, es kommen ständig neue Bewohner, sie halten sich im stickigen Halbdunkel vor dem Licht und der frischen Luft verborgen, und nur ich kenne sie noch alle mit Namen, kenne ihre Gewohnheiten und Biographien, weiß, wie viel jeder einzelne für mein Leben bedeutet hat und wie wenig ich jetzt für sie tun kann, nachdem sie in das Reich der Schatten gewechselt sind, um für immer dort zu bleiben.

Aber es ist doch nicht alles so schlecht, man kann also doch aus diesem hoffnungslosen Reich, aus diesem Reich der Schatten und Erinnerung zurückschlüpfen, indem man die Fototapeten wegreißt, durch die wir getrennt wurden. Vielleicht, wenn du wirklich willst und genügend Power hast, kannst du es dir erlauben, hin und wieder in den eisigen Grabesschatten zu steigen und daraus zurückzukehren, in die kalte Nachmittagssonne dieses osteuropäischen Herbstes, vielleicht ist nicht alles so hoffnungslos, wie es den meisten von uns scheint – denen, die niemals wirklich etwas riskiert und also auch nichts vorzuweisen haben. Er, mein Bekannter, hat es jedenfalls gepackt, ich weiß zwar nicht wie, aber bitte sehr – eben hat er noch vor mir gestanden und über Politik gesprochen. Ich habe sogar einen Zeugen, oder etwa nicht, Genosse Lenin?

3. Die Staatsindustrie und ihr christlicher Kern. Unsere Stadt wächst im Frühling mit Gras zu, die Himmel über ihr füllen sich dicht und kompakt mit Vögeln, die nach dem Winter aus Ägypten und Palästina zurückkehren, sie fliegen auf die flachen Dächer und unter die Torbögen des Hauses der Staatsindustrie, sie jagen die Luft über den Plätzen auseinander, verschwinden in den runden, grünen Bäumen, hocken dort, halten den Atem an, verstecken sich voreinander. Wenn man in dieser Zeit nach Charkiw kommt, kann man sehen, wie die Winterkälte aus den Häusern entweicht, wie die Haut der Architektur trocknet und sich nach einer langen Pause wieder belebt, denn nach dem Winter gleichen die Städte Jugendlichen, die nie wissen, was sie anziehen sollen – die Hälfte der Sachen ist zu klein, der Rest längst aus der Mode, ein netter, rührender Anblick, es vergeht nicht viel Zeit, ein paar warme, menschenleere Monate, die sommerliche Unbeschwertheit verfliegt, wie Kanäle laufen die Straßen wieder mit grauem, kalten Winterwasser voll, einem eisigen Rinnsal des Neujahrshimmels, das hilft also keinem.

Das zentrale Gebäude unserer Stadt muß man sich von oben ansehen, aus der Vogelperspektive, dann wird die funktionale Anpassung der Stadtinfrastruktur deutlich, ihre praktische Komponente. Wer in Zukunft universelle Megastädte des Kommunismus errichten will, sollte in unsere Stadt kommen und sich anschauen, wie das im Prinzip funktioniert. Die Stadt des alltäglichen Futurismus und der kommunalen Selbstverwaltung – irgendwann, wenn das Leben hier unerträglich geworden ist, wird man das historische Stadtzentrum zu einem Museum unter freiem Himmel erklären, sollte der Himmel dann noch frei sein, andernfalls wird man der Stadt eine große Glasglocke, ähnlich einem Sarkophag, verpassen, amerikanische und japanische Touristen herbringen und sagen: hier sehen Sie die mittelalterliche Sonnenstadt, die rot-blaue Sowjetkommune, von der Pest und der beschissenen Kommunalwirtschaft zugrunde gerichtet, die erste und einzige kanonische Hauptstadt der Himmelsukraine mit einer Bevölkerung von zwei Millionen Fabrikarbeitern und Studenten, die am stärksten entwickelten Zweige der Volkswirtschaft waren Maschinenbau, Raketen- und Militärtechnik, die spektakulärsten Architekturdenkmäler sind die Wassergräben und die Verteidigungsmauern um das Stadtzentrum herum, kommunistische Türme und Rammböcke, von denen aus die Dichter der Stadt die Manifeste der freien Ukraine verkündeten, nach denen unsere glückliche Zivilisation bis heute funktioniert. Besondere Aufmerksamkeit gebührt dem Haus der Staatsindustrie, dem Gosprom, das in der Form eines Entrees zur Walhalla errichtet wurde, durch dieses Tor jagten die Bewohner ihre gefangenen Generäle geschlagener Armeen davon, hier führten ihre Prozessionen anläßlich des traditionellen Karnevals am ersten und neunten Mai hindurch. Das Prinzip der Zünfte und der hierarchischen Ordnung, nach dem die Bebauung der zentralen Stadtviertel Mitte, Ende der zwanziger Jahre erfolgte, bestärkt uns einmal mehr in der Idee von der kommunistischen und damit einzig wahren und über alle Zweifel erhabenen Dominante unserer Städte. Danach müßten die Stadtführer der Zukunft ausführlich auf die mittelalterliche Geschichte der Stadt eingehen, der Stadt als partieller Verkörperung kommunistischer und frühchristlicher Prinzipien, wie sie insbesondere in den mittelalterlichen Zünften und Gilden zum Ausdruck kommt, und sie müßten Parallelen zum Konstruktivismus der zwanziger Jahre ziehen. Wenn ihnen das gelingt, wenn die in ihrer Entwicklung in Folge aller zukünftigen Umweltkatastrophen zurückgebliebenen Amerikaner und Japaner das halbwegs kapieren, senkt sich das Himmelszelt um einige Yard ab und zerquetscht mit seinem massigen Bierbauch den gläsernen Sarkophag über unserer Stadt, und Tausende Schmetterlinge, die in den verlassenen und zerbombten Gemeinschaftswohnungen dieser herrlichsten aller Städte in ihren Kokons schliefen, flattern plötzlich durch die verkohlten Schießscharten und verteilen sich auf die jungen, neu errichteten Megastädte des guten alten Europa und des ebenso alten, aber schon weniger guten Amerika, wobei sie auf ihren federleichten Flügeln die Gute Nachricht und alltägliche Infektionen tragen.

Eine Gegend, in der ich längere Zeit lebe, prägt sich so oder so auf meiner Netzhaut ein, ich weiß, daß ich die Welt immer vor dem Hintergrund der Vorsprünge und Vertiefungen des Gosprom sehe, ich beurteile die Bebauungsperspektive der Siedlungen, auf die ich unterwegs stoße, immer danach. Die Intimität dieser unbeschreiblichen Gebäude in meiner Nähe, der eifersuchtige, emotionale Blick auf die Numerierung der Eingänge und die alten, nicht mehr aktuellen Aushänge an den Pförtnerhäuschen – gelb auf schwarzem Grund – haben mit einer geographischen oder topographischen Anhänglichkeit absolut nichts zu tun. Es ist eher eine Anhänglichkeit an das eigene Ich, eine Abhängigkeit von mir selbst, von der eigenen Erfahrung, die mich kein Stück losläßt und mich zwingt, immer und immer wieder an die Orte zurückzukehren, an denen ich mich unglaublich gut oder unglaublich schlecht gefühlt habe. Nur auf den ersten Blick scheint es, als hinge alles von Erinnerungen, von Assoziationen und Reflexionen ab, totaler Schwachsinn – diese schrecklichen Zahlen an den Häuserwänden rufen überhaupt keine Assoziationen in mir hervor und Reflexionen auch nicht. Es hat sich einfach so ergeben, daß ich nun mal hier, auf diesen Straßen und Plätzen, die letzten fünfzehn Jahre meines Lebens verbracht habe, unter diesen Gosprom-Bögen bin ich an einem warmen Junisonntag, um fünf Uhr morgens, entlanggelaufen, als außer mir die ganze Stadt schlief, und gerade weil ich mich daran erinnere, werde ich immer wieder an diesen Ort zurückkehren, einfach so, ohne jedes Ziel, ohne jede Erfüllung. Aber vielleicht sind ja gerade das die Assoziationen.

Zurück zu den Ereignissen vom letzten Herbst, ich erinnere mich an eine herrliche verschneite Nacht, die gerade hereingebrochen war, wir hatten ein paar Stunden inmitten von Polizisten und seit dem Abend zugelöteten Trotteln, will heißen, unseren politischen Gegnern, vor uns. Genosse Hubschrauber und ich hatten Gras besorgt, und wir gingen zum Lenin-Denkmal, um dort einen Joint zu rauchen. Im abendlichen Charkiw ist das genau der richtige Ort für so was, wir standen in der Winterdämmerung, vom Himmel fiel Festtagsschnee, gerade war der Wahlsieg unserer sogenannten politischen Gegner verkündet worden, aber wen juckte das eigentlich, es sah nur von außen so aus, als würde hier ein Kampf politischer Programme und Strategien ausgetragen, in Wirklichkeit trieben sich eine Menge durchgeknallter, krasser Typen bei uns rum, die gar nicht wußten, wohin mit ihrer Power und ihrem Adrenalin, und so ging uns die Entscheidung egal welcher Zentralen Wahlkommission echt am Arsch vorbei, wenn es was gab, was uns nicht interessierte, dann war es die ZWK, vor uns stand das Gosprom, das rote, halbzerfallene Gosprom, hinter uns stand im Festtagsschnee Genosse Lenin, wir waren mit unserem Joint von Dutzenden nervöser Polizisten umringt, wen kümmerte da die Entscheidung irgendeiner ZWK?

Ich mag diese Gebäude sehr, ihre Stilkontraste, die Lükken zwischen ihnen, so eine Umgebung prägt sich ein und gerät kaum in Vergessenheit, ich kann zum Beispiel vollkommen verstehen, warum der alte Führer gerade hier gelandet ist, wenn ich ein Flugzeug gehabt hätte, wäre ich auch in irgendeine Frontstadt im Osten geflogen, auf dem zentralen Platz gelandet, aus dem Flugzeug gesprungen, hätte die Gliedmaßen gelockert und ein bißchen mit der örtlichen Bevölkerung geplaudert, ich hätte sie nach ihren Alltagssorgen gefragt, nach ihren Wünschen, worüber sollte ein verrückter alter Führer mit der örtlichen Bevölkerung denn sonst reden, ich hätte mich für die Gastfreundschaft bedankt, Brot und Salz entgegengenommen und mich schließlich wieder in den Himmel über den uneinnehmbaren Stadtvierteln der Stadt erhoben, die meine Armee zuvor zur Schnecke gemacht hat.

Links von uns dunkelte die Universität, nur in den oberen Etagen brannte in einigen Räumen noch Licht, vermutlich Institutsräume, die Lehrveranstaltungen waren schon lange zu Ende, in ein paar Stunden würden die Studenten zum ersten Seminar kommen, man könnte hier stehen bleiben und auf sie warten, man kann hier auf alles Mögliche warten, man muß nur lange genug stehen, besonders in diesem Zustand. Das Territorium lag unter Beschuß, angestrahlt vom frischen Schnee. Der Winter versprach lang und kräftezehrend zu werden wie jeder Winter. Das Leben versprach ebenso lang und interessant zu werden. Die Seelen der verstorbenen Junkies sahen aus dem dunklen Charkiwer Himmel auf uns herab, der Schnee verdeckte ihren Blick auf unsere Gesichter. Der beleidigte Lenin drehte uns den Rücken zu.

4. Frühlingswind in den Seminarräumen. Den ganzen Winter 2002 war die Universität Wien am Streiken. Das Bildungsministerium hatte irgend etwas nicht genehmigt, und die fortschrittlichen studentischen Streikkomitees führten die fröhlichen aufständischen Massen aus den Seminarräumen hinaus auf die Straße. So richtig habe ich nicht verstanden, worum es ging, irgendein Abbau von Vergünstigungen, eine Kürzung des Lehretats, Erscheinungen des alltäglichen Faschismus also. Bei uns gibt sich keiner mit so etwas ab, unsere Studenten sind faul und skeptisch, die hiesigen gutgläubig und sozial verwöhnt. Ich konnte nicht glauben, daß eine drohende Kürzung des Lehretats mehrere tausend Menschen zu einer Kundgebung zusammen bringen würde, ich habe schon viele Kundgebungen erlebt, habe gesehen, wie schwer es ist, Leute zusammenzubringen, und wie schnell die Gruppen auseinanderfallen. Aber offensichtlich war es möglich. Die Universität erinnerte in diesen Tagen an einen Frontbahnhof, irgendwo im Grenzgebiet zwischen der Ukraine und Ungarn oder zwischen Ungarn und Kroatien, die Flure waren voll von betrunkenen Anarchisten, bekifften Lesben, Zigeunerinnen im Morgentran, voll von glatzköpfigen Lehrkräften, die zu den Aufständischen übergelaufen waren, von albanischen Putzfrauen, die versuchten, Ordnung zu schaffen, und von ganz zufälligen Liberalen, die wie immer nichts zu tun hatten. Studieren wollte keiner. Die Leute schlenderten über die Flure, saßen im Café, tranken Automatenkaffee, rauchten in den Telefonzellen Haschisch, teilten sich mit den Polizisten eine Pizza und sangen Revolutionslieder. Ich weiß nicht einmal, ob sie sich mit ihren Forderungen durchgesetzt haben, wahrscheinlich schon, denn irgendwann beruhigte sich die Universität, und die Studenten kehrten in die Hörsäle zurück. Aber nicht für lange – dann begann die amerikanische Invasion in Afghanistan, und die Studenten gingen wieder auf die Straße. Durch die Seminarräume strich ein frischer Frühlingswind.

Die Uni ist für so etwas der ideale Ort. Ein besserer Ort läßt sich nicht finden, im Hinblick auf das Verwaltungssystem und das Gefühl der studentischen Solidarität sollte genau hier der heroische und verzweifelte Überlebenskampf stattfinden. Darüber denke ich oft nach, wenn ich die Universität Charkiw sehe. Wie viele Studenten gibt es da? Zehntausend? Was treiben sie, warum gehen sie nie auf die Straße und sagen, was sie über das Bildungssystem denken oder über das System oder einfach nur, was sie denken. Sie werden doch etwas denken, es kann doch nicht sein, daß sie da fünf Jahre brav irgendwelchen Schwachsinn über Quantenmechanik konspektieren und dann das ganze Leben lang in Erinnerungen an die warmen und ruhigen Seminarräume schwelgen, in denen sie fünf Jahre lang den klebrigen, genau zugeteilten Kaugummi der Hochschulbildung durchgekaut haben. Warum sagen sie nie etwas? Sie sind doch zu Zehntausenden. Zehntausend! Zehntausend – das ist eine ganze Kreisstadt, zehntausend – so viele hatte Machno zu den besten Zeiten in seiner Armee. Warum lassen sie sich die ganze Zeit wie Kanonenfutter behandeln, gehen auf Geheiß zu Kundgebungen und Konzerten, lassen sich in Wohnheimen und Labors einpferchen, während draußen, auf der Straße, die interessantesten und abenteuerlichsten Dinge des Lebens, das Leben selbst vor sich geht.

Das hat ihnen keiner beigebracht, na gut, versteh ich, aber was gibt es da groß beizubringen? Die Sache ist ganz einfach: Eines Tages gibt der Rektor einen neuen drakonischen Erlaß heraus, daß zum Beispiel die Preise für das Mensaessen angehoben oder daß die Nudeln von jetzt ab nur noch auf Marken ausgegeben werden, also irgendwas Schreckliches, Inhumanes, er macht das nicht aufgrund fehlender Moral, sondern eher aus Überzeugung, mit anderen Worten, der Präsident stellt den Minister an, der Minister den Rektor, der Rektor führt die Nudelmarken ein, und so entsteht die Diktatur. Die Studenten kommen am Morgen in die Mensa und sehen sich mit einer neuen schrecklichen Ungerechtigkeit konfrontiert – ihre geliebten Nudeln, das einzige, was sie sich hier leisten konnten und was sie einigermaßen auf den Beinen hielt, gibt es jetzt nur noch auf Marken! Und jetzt (das ist der wichtigste Moment, Achtung!) sagt jemand, irgend jemand, kein Aktivist und schon gar kein Vertreter der national-demokratischen Bewegung, sagt: Hört mal, Leute! Leute, sagt er, hört mal gut zu – hört ihr was? Nein? Richtig, ich höre auch nichts. Und wißt ihr, warum? Weil keiner von uns etwas sagt, wir stehen einfach schweigend da und protestieren noch nicht einmal, regen uns noch nicht einmal auf, wo uns doch das Allernötigste genommen wird. Ich meine die Nudeln. Wir sagen nichts und protestieren nicht, wenn sie uns wie Kanonenfutter behandeln, uns in Wohnheime und Labors sperren, während dahinter (er zeigt auf die Mensatür) die wirklich interessanten und abenteuerlichen Dinge vor sich gehen, dort (zeigt er wieder) spielt sich das Leben ab! Und uns stopfen sie derweil die Köpfe mit dieser scheiß Quantenmechanik voll! Und da, nach den Worten über die Quantenmechanik, geht durch alle ein Ruck. Alle beginnen zu schreien und Gerechtigkeit zu fordern, fürs erste besetzt der Studentenrat, die Kampftruppe sozusagen, die Mensa, auf das Geschrei hin kommen die Wachleute angerannt, kriegen aber eins auf den Deckel. Skandierend trägt die Masse die Wachleute auf ihren Schultern hinaus, überrennt den Eingangszaun (in einer normalen Universität sollte es überhaupt keinen Eingangszaun geben) und kippt die Wachleute am Denkmal für den Gründer der Universität, den Ehrenbürger der Stadt Charkiw Wassyl Nasarowytsch Karasin, ab. Ehrenbürger Karasin springt angewidert zur Seite und klopft sich die Hosenbeine ab. Die Studenten blockieren den Haupteingang und führen im Foyer eine spontane Kundgebung durch. Der Unterricht in den ersten drei Etagen wird unterbrochen, auf das Geschrei hin kommt der Dekan der Fakultät für Physik und Mathematik angerannt, wird aber sofort in einen Kübel mit Nudeln gesetzt. Denunzianten schaffen es, den Rektor zu informieren, der sich an den Kopf und dann zum Telefon greift, irgendwo anruft und Unterstützung anfordert. Danach ruft er die Dekane, die noch am Leben sind, zu sich und befiehlt, mit Hilfe von Aktivisten, Einser-Studenten und des Kanzlers die Treppen und Fahrstühle vom dritten Stock aufwärts abzuriegeln. Vor dem Haupteingang fährt der Sicherheitsdienst vor, findet die zusammengeschlagenen Wachleute und versucht, das Foyer zu stürmen. Das Streikkomitee bringt vom Wehrkunde-Lehrstuhl das Modell eines Degtjarow-Maschinengewehrs und stellt es im

Foyer, direkt gegenüber dem Haupteingang, auf. Der Sicherheitsdienst geht in Deckung. Der Rektor willigt in Verhandlungen ein. Das Streikkomitee wartet unten, aber sobald der Rektor sich von der dritten in die zweite Etage begeben hat, stürmen die aufständischen Massen den dritten Stock und dringen schnell weiter nach oben vor. Der Rektor steht im leeren Foyer und kapiert nichts. Die Scharfschützen behalten ihn für alle Fälle im Visier. Die Leute vom Sicherheitsdienst tasten sich vorsichtig nach oben vor und stoßen auf zerfetzte und nudelverschmierte Präsidentenporträts. Im dritten Stock ist die Treppe abgeriegelt. Der Typ vom Sicherheitsdienst versucht, Tränengas einzusetzen, aber in den Unifluren ist kein guter Zug, der Rektor hat nicht nur bei den Nudeln gespart, und so erleiden die Sicherheitsdienstler selbst eine Vergiftung. Das verschafft dem Streikkomitee einen kleinen Zeitvorsprung. Die Studenten besetzen die letzten, unangetasteten Bistros in den oberen Etagen und verschaffen sich Zutritt zum großen Physikhörsaal, wo sie die Fenster öffnen und Lobatschewskij-Porträts und, um Eindruck zu machen, alte, schon ewig kaputte Fernseher hinauswerfen. Beim Aufprall explodieren die Fernseher wie Unterwasserminen. In der Zwischenzeit machen sich in der Stadt Gerüchte über eine hinsichtlich ihrer Grausamkeit und zivilen Tapferkeit beispiellose Studentenrevolte breit, gegen sechs Uhr abends, gleich nach einem schweren zehnstündigen Arbeitstag, finden sich an der Universität linke Aktivisten aus dem Kiewer und Moskauer Bezirk Charkiws ein, sehen vor der Universität die verprügelten Wachleute und die vergifteten Sicherheitsdienstler und beginnen sich zu verbrüdern. Den geschlagenen Wachleuten bleibt schließlich nichts anderes übrig, als mitzumachen. Der demoralisierte und seiner letzten Unterstützung beraubte Rektor lenkt ein und unterschreibt eine ganze Reihe von Erlassen und Verordnungen, darunter auch seine eigene Entlassung. Die Studenten werden aufgefordert, nach unten zu kommen, aber sie haben es nicht eilig, sie machen im großen Physikhörsaal eine 24-Stunden-Trance-Party zu Ehren ihres Gesamtsieges.

Im Pförtnerhäuschen sitzt immer einer vom Wachdienst. Zur Universität habe ich in der Regel keinen Zutritt, da man mich offenbar für pervers hält. Ich weiß nicht einmal, was ich sagen soll.

5. Schewas Fuck off an den Kapitalismus. Worin unterscheidet sich das Schewtschenko-Denkmal in Charkiw von all den anderen Schewtschenkos, die beinahe flächendeckend über die Städte und Dörfer der Ukraine verteilt sind? Der Schewa von Charkiw hebt sich durch seinen passend gewählten sozialen Kontext wohltuend ab. Im Unterschied zu dem trostlosen Kiewer Schewa zum Beispiel, vor dessen Augen die rote Wand der Universität prangt, oder zum säuerlichen Lemberger Schewa mit seinem Fischschwanz, hat man unseren so natürlich mit den verschiedensten deklassierten Elementen umgeben, daß man das Konzept sofort versteht, das die Bildhauer in den kräftigen Torso von Taras Grigorjewitsch hineingelegt haben – wenn man schon von Schewtschenko als Dichter der Demokratie und der Revolution spricht, muß auch der Hintergrund stimmen. Also revolutionär sein. Wie soll denn ein Fischschwanz einen revolutionären Hintergrund ausdrücken? Überhaupt nicht, es sei denn, es geht um die sexuelle Revolution. Aber wenn es um die soziale Revolution geht, passen zu der in jedem

Fall neutralen Figur des Dichters, wie unbegreiflich es auch scheinen mag, am besten solch merkwürdige und auf den ersten Blick ungeeigneten Figuren wie die Rotgardisten und Komsomolzinnen, die ihn umgeben, die er zurückweist, indem er seinen gestählten revolutionären Body brüsk abwendet und mit der Hand eine eindeutige Geste macht – als wollte er jeden Moment die geballte Faust hervorschnellen lassen und sich mit der flachen Hand auf den Arm schlagen – hier, für alle Rotarmisten und Komsomolzinnen dieser riesigen Stadt, nehmt mein persönliches Vermächtnis in Empfang, mein wildes, unbesiegbares Fuck, und alles andere erfahrt ihr von meinen Freunden, das war's, dann wendet er sich zu dem Rotarmisten mit der Bombe, ich bin fertig, kannst werfen. Du kannst nie vorhersehen, wer im entscheidenden Moment neben dir stehen bleibt, welches Publikum auf deinen gereimten Aufruf zum Regimesturz reagiert. Die Rotarmisten und Komsomolzinnen sehen an seiner Seite ganz natürlich aus, zumindest fragst du dich nicht, welchen gesammelten Werken sie entsprungen sind, hier ist der richtige Platz für die Deklassierten und Aggressiven. Denn wen sollen sie sonst unterstützen, wenn nicht Schewa, überlegt mal.

Seinerzeit, im fernen Jahr 1919, hatten die Anarchisten die Stadt eingenommen, für kurze Zeit, bis die Roten kamen. Es wird erzählt, sie hätten im Hotel Astoria eine Kanone aufgestellt und begonnen, wie besessen die angrenzenden Straßenzüge zu beschießen. Diese Geschichte mit der Kanone finde ich wesentlich attraktiver als alle pazifistischen Kreistänze um das Lenin-Denkmal. Wenn du schon ein Revolutionär sein willst, dann bring deine Kanone in Stellung und feuere los, selbst wenn es nichts Besonderes zu beschießen gibt, trotzdem, das Wichtigste ist, daß du aufhörst, Quatsch zu machen und endlich Dinge tust, für die du auch die Verantwortung übernehmen mußt.

Straßenaktionen ziehen jedenfalls ein opportunistisches Publikum an, das auf den Klang der Revolutionstrommel und den Adrenalingeruch hin aus seinen Löchern kriecht und all die pathetischen, im Stab geplanten Lustbarkeiten in einen Riesenzirkus verkehrt, in einen bunten Narrenzug, eine Hitparade des Opportunismus der Straße, wer schießt schon auf einen schrillbunten Demonstrationszug aus Narren und Propheten. Natürlich sind das nur Einzelne, aber sie fallen am meisten auf, sie sorgen für die Stimmung. Man kann beobachten, daß sie auch als erste verschwinden. Das ist übrigens auch ein interessantes Thema: wie sich in ihrer – ähnlich alten Kassettenrecordern ramponierten – Seele die revolutionären Ereignisse niederschlagen, ob sie sie verändern, und wenn ja, in welche Richtung?

Die merkwürdigen und aufgemischten Leute kamen von überall her, gingen die Straßen entlang, man sah ihnen an, daß das normale, zivilisierte Leben nichts für sie war, daß es sie niederdrückte und aller Energie beraubte, je mehr alltägliche Hysterie, um so besser für sie, das war ihre Zeit, darauf hatten sie ihr Leben lang gewartet. Bleibt nur noch, sich für sie zu freuen.

Er tauchte an einem sonnigen Morgen auf, trat hinter dem Hotel hervor und kam breit lächelnd auf uns zu. Er fiel schon von weitem auf, er sah aus wie ein Punk, der lange in Behandlung gewesen war, und zwar stationär, und daß er einen Priesterrock trug, unterstützte nur seine Punknatur, er sah jedenfalls überhaupt nicht wie ein Priester aus, vielleicht wegen dem Augenausdruck. Sein Gesicht war voll daneben, er schielte stark, und die eine Hälfte seines Schnurrbartes war weiß. Ein Albinopunk im Priesterrock. Sofort begannen sich Menschen um ihn zu scharen, sogar in dieser Situation, als man mit dem Aussehen niemanden mehr beeindrucken konnte, weckte er bei den Charkiwern und den Gästen der Stadt lebhaftes Interesse. Woher kommst du? fragte ich ihn. Aus Rußland, antwortete er und lächelte. Aha, sagte ich, Moskauer Patriarchat? Ist doch egal, antwortete er, ich mach mein eigenes Ding. Alles klar, sagte ich, aber agitieren ist hier nicht. Und er blieb.

Er fühlte sich sicher und ruhig, versammelte Skinheads und Tolkienisten, Penner und Provokateure um sich und predigte ihnen wie Jona den Fischen. Die Penner und Provokateure hörten ihm zu, und atmeten bezaubert durch die Kiemen ein und aus. Er war in Begleitung einiger besonders fanatischer Tolkienisten. Wahrscheinlich hatten sie ihm ein paar Pillen verabreicht, jedenfalls waren alle in gehobener Stimmung. Er betrieb in der Tat keine Agitation, irrte nur herum und zwirbelte seine weiße Schnurrbarthälfte.

Auf einmal war er verschwunden. Lange fragte ich seine Jünger aus, wo ist denn dieser, na, euer Guru, warum predigt er nicht mehr den Vögeln und Fischen, aber sie lächelten nur unbestimmt und verdrehten die Augen. Endlich rückte einer mit der Sprache raus. Die Geschichte war eher tragisch als lehrreich. Einmal, während einer weiteren Sitzung zur Rettung der jungen, noch nicht ganz verlorenen Seelen, verspürte der alte Albino plötzlich ein Bedürfnis, ein großes Bedürfnis, würde ich sagen, in der direkten Bedeutung dieses Wortes. Da er nicht von hier war, wußte er nicht, wo er diesem Bedürfnis nachkommen konnte. Die Meinung seiner Herde ging auseinander – einige schlugen vor, den Guru zur kostenpflichtigen Toilette hinter dem Polizeirevier zu bringen, andere sagten, das Revier solle man meiden, besser nichts riskieren und in den Pionierpalast gehen. Nach kurzer Beratung setzte sich die Gemeinde in Bewegung. Aber es stellte sich heraus, daß der Pionierpalast sich in diesen aufregenden Tagen zum Territorium des Friedens erklärt hatte und niemanden vom Majdan einließ. Der Guru wurde nervös, die Herde zerfiel endgültig, derjenige, der als erster vorgeschlagen hatte, zum Pionierpalast zu gehen, wurde bloßgestellt und verstoßen. Der Guru appellierte an das Gewissen seiner Jünger, diese wurden langsam ärgerlich, beratschlagten erneut und brachten ihn ins Hotel Charkiw, wo sich im dritten Stock, ganz am Ende des Flurs, kostenlose Toiletten befanden, das muß man aber wissen. Sie wußten es. Was sie nicht wußten, war, daß die Toiletten zwischen eins und zwei zum Putzen geschlossen werden. Der Guru blieb standhaft, wie sich das für einen tüchtigen Hirten gehört. Es war wohl einfach nicht sein Tag. Die genervten Jünger nahmen noch einmal Rücksprache und beschlossen, nun doch zur Toilette bei der Polizei zu gehen, schließlich konnte man den Guru in diesem Zustand nicht einfach so allein lassen, dachten sie, nicht allein lassen, nicht allein lassen, gab er ihnen in Gedanken recht. Sie gingen zum Fahrstuhl. Mußten lange warten. Brauchten lange, um sich hineinzuquetschen. Endlich drückte einer auf den richtigen Knopf, und der Fahrstuhl fuhr los.

Der Guru hielt es bis zum ersten Stock aus. Als der Fahrstuhl die erste Etage passiert hatte und der ersehnte Moment der Erleichterung schon greifbar nahe war, wich die Kraft des Geistes von ihm, und er erlebte so ziemlich das größte moralische Fiasko seines Lebens. Vom physiologischen Fiasko ganz zu schweigen. Als der Fahrstuhl im Erdgeschoß ankam, war er alle seine Jünger los. Danach wurde der Fahrstuhl übrigens lange nicht mehr benutzt.

Ich sagte ja schon, daß die Geschichte eher tragisch als lehrreich ist. Denn was kann man aus solchen Geschichten lernen? Was lernen die Haupthelden selbst daraus? Die Welle verebbt, der Kreis zerfällt, die Helden der Straßenbewegung ziehen sich in ihre Schlupfwinkel zurück und warten auf die nächste Gelegenheit, Galle und den festtäglichen Revolutionsabschaum auszuspeien, der Albinoguru kehrte in irgendeines dieser nördlichen Waldklöster zurück und erzählt jetzt an langen Winterabenden seinen skeptischen Brüdern von dieser merkwürdigen, südlichen Stadt, in der ihm eine bunte Schar jugendlicher Jünger gefolgt ist, in der die Fahrstühle in den Hotels so langsam sind wie der Tod am Kreuz, wo inmitten der Stadt der strenge, akkurate Schewa steht und dem Weltkapitalismus sein hartes, proletarisches Fuck off entgegenschleudert.

6. Rolling Stones für die Armen. Über Platten weiß ich alles. Mit ihren eingeschnittenen Tracks, in Hüllen verpackt, die unberührt sind wie ein verschneites Feld voll schwarzem, verharschtem Schnee, riecht eine Platte nach Feuer und Eisen, nach Synthetik und Chemie, wenn du sie herausgeholt hast, zuerst aus der äußeren Papphülle, dann aus der inneren, nimmst du sie vorsichtig zur Hand und hältst sie gegen das Licht, du siehst, wie sich der Staub auf ihre zerbrechliche Oberfläche setzt, die Sonne die schmalen Rillen entlangläuft wie Athleten in einer der vier Stadionbahnen, die keinen Anfang und entsprechend auch kein Ende haben. Wenn die Platte warm wird, verformt sie sich und verliert ihre Elastizität, jeder scharfe Gegenstand gräbt in sie seine Spuren ein wie in Tafelbutter, sie zerbricht wie Porzellan, das in der Restaurantküche zu Boden fällt. Wenn eine Platte ins Feuer gerät, zerfließt sie und verschlingt alles Lebendige wie ein Ölteppich nach einem Tankerunglück, sie verströmt dicken, schwarzen Qualm und duftet nach chemischem Zerfall. Der Tod der Platten ist grausam, ihr Leben leicht.

Als Jugendlicher habe ich hier Stunden verbracht, der Plattenladen, der sich im Kellergeschoß des gerade fertiggestellten Opernhauses befand, war der Ort, wo ich ohne weiteres bereit gewesen wäre zu sterben – inmitten von Schallplatten, die für mich unerschwinglich waren. In gewisser Weise hat sich das auf mein Verhältnis zur Oper und auch zum Ballett ausgewirkt. Mein ganzes diesbezügliches Interesse beschränkte sich auf das umliegende Kellergeschoß, das mit Tausenden neuer Platten vollgestopft war, was sollte ich noch mit Ballett? Ich dachte, daß ich alles über Platten wüßte, obwohl ich gar nichts wußte, das Wissen wurde von meiner Liebe und meinem Eifer ersetzt, aber weit kam ich damit nicht, wie sich bald herausstellte.

In meiner *down town* war kein Gebäude zufällig, irgendwer hatte jedes einzelne sorgfältig und genau ausgewählt, so daß es zu jedem irgendwelche Geschichten und Episoden gab, und wenn man jetzt auch nur ein Gebäude einrisse, bräche das Gesamtbild auseinander, klaffende Löcher würden die umliegende Leere in Staub verwandeln. Tag für Tag dieselben Gebäude sehen, hineingehen, lange darin herumlaufen, langsam ihr Innenleben verstehen, sich an die Höhe und die Dunkelheit der Korridore gewöhnen, an das schwere Quietschen der Eingangstüren, an die Fensterbretter und Steckdosen, an die Bänke auf den Fluren und die Teppiche auf den Treppen – meine *down town* bedeutet mir viel mehr, als man vermuten würde, ich weiß alles über die Gebäude, zumindest alles, was ich wissen muß.

Die Oper zum Beispiel, mit ihren benachbarten Cafés und Geschäften, einem Kino und den Kassen, mit einem kleinen Platz, wo die Skateboardfahrer auf ihren Brettern stehen wie die Zinnsoldaten auf ihrem Untersatz und alte Junkies überspielte Kassetten verkaufen, die Erinnerungen, die die Oper bei mir hervorruft, sind besonders traurig und lyrisch, logo, dabei geht es nicht um die Musik, die Musik hat damit nichts zu tun, hier geht es um intimere Sachen. Meine Freunde zum Beispiel. Von meinen Freunden hatte noch nie einer was für Ballett übrig, ich glaube, ich brauche nicht zu erklären, warum. Ballett haben sie nicht mal im Fernsehen angeschaut, erstens weil im Fernsehen selten Ballett gezeigt wird und zweitens: woher hätten sie einen Fernseher nehmen sollen? Klare Sache, Kommentar überflüssig. Aber bei aller Abneigung, einer Abneigung, die, wenn nicht prinzipiell, so doch immerhin konsequent war, gibt es eine Geschichte, die direkt mit Ballett zu tun hat. Einmal, es muß 1992, vielleicht auch 1993 gewesen sein, ich erinnere mich nicht mehr genau, sollten meine Freunde und ich einen kollektiven Ballettbesuch absolvieren. Da lief gerade der Monat der ästhetischen Erziehung oder so was Ähnliches. Die Sache ließ sich nicht aufs Operncafé beschränken, am Eingang gab es eine Gesichtskontrolle, die war mit Blick auf das Niveau unserer ästhetischen Erziehung besonders streng. Wir mußten hin. Aber wahrscheinlich wegen unseres inneren Widerstands war der Ballettbesuch eine echte Pleite. Uns fehlte die richtige Reife. Wir saßen in einer Kneipe auf dem Swoboda-Prospekt (Betonung auf der ersten Silbe, denn es ging nicht um »Swoboda« – »Freiheit« im philosophischen Sinn, sondern um den tschechischen General Swoboda, ich glaube, er war General, tut aber nichts zur Sache) und zögerten – wir hatten keine Wahl, niemand hatte uns nach unserer Meinung zum Monat der ästhetischen Erziehung gefragt, und das völlig unberechtigt, denn wenn wir zu einer Sache einen klaren und prinzipiellen Standpunkt hatten, dann zum Monat der ästhetischen Erziehung, aber man trieb uns in die Ecke und beäugte uns streng, und mit achtzehn findest du es besonders ätzend, dich wie eine Ratte zu fühlen, die an die Wand gequetscht wird, oder etwa nicht? Um so mehr, wenn du schon drei Stunden in einer Kneipe auf dem Swoboda-Prospekt gesessen hast, auch wenn der mit dem philosophischen Begriff der Freiheit nichts zu tun hat, es ist trotzdem ätzend. Es blieb noch eine halbe Stunde. Wieder einmal siegte der Konformismus, wir beschlossen loszufahren. Aber das sagt sich so leicht: beschlossen loszufahren. In unserem Zustand war es gar nicht so leicht loszukommen, die Kneipe zu verlassen und ein Taxi anzuhalten, nicht weniger schwierig, als in diesem erbärmlichen Zustand mit dem Taxifahrer über den Preis zu verhandeln, ganz zu schweigen davon, wie wir ihm erklären sollten, wo wir hinwollten. Die Einzelheiten sind in den Tiefen unseres Gedächtnisses verschollen, das Ergebnis hingegen blieb gegenwärtig – wir kamen an, gerade mal zehn Minuten zu spät, es lief also alles bestens. Aber glaub besser nicht, daß auch nur das kleinste Anzeichen für Bestechlichkeit unbemerkt bliebe und dir von den Schiedsrichtern des Spiels nicht angerechnet wird! In diesem Leben keine Chance. Denn in diesem Leben mußt du für alles bezahlen, und für den Konformismus ganz besonders. Denn bei Ballett und Swoboda mußt du dich immer für Swoboda entscheiden, selbst wenn es der tschechoslowakische General ist.

Man ließ uns nicht in den Zuschauerraum, und daran war vor allem unser Freund Igor schuld. Wir sahen alle nicht besonders aus, aber sie hätten sich damit abgefunden, sie hätten, wenn auch vielleicht nur wegen des Monats der ästhetischen Erziehung, über unsere verlotterten Jeans und biergetränkten Turnschuhe hinweggesehen. Aber unser Freund Igor, derjenige, den wir im Kofferraum des Taxis befördert und zunächst dort vergessen hatten, Igor, der als erster reinging – in einem langen Ledermantel, unter dem er nur ein altes weißes T-Shirt trug, links herum –, scheiterte an dieser Hürde. Wenn das T-Shirt, sein gutes, altes weißes T-Shirt nicht links herum gewesen wäre oder er nicht diesen idiotischen Ledermantel angehabt hätte, den er partout nicht an der Garderobe abgeben wollte, aus Angst, er könnte geklaut werden, hätten sie eingelenkt und uns eingelassen und so die megahoffnungslose Situation mit unserer ästhetischen Erziehung gerettet, wenn es denn so schlimm war. Aber alles stellte sich gegen uns – das T-Shirt war links rum, Freund Igor wollte sich nicht von seinem Mantel trennen, und so flogen wir raus, noch bevor wir unsere Eintrittskarten gezeigt hatten. Na, Jungs, schon vorbei? riefen die Garderobenomis voller Verwunderung. Da steckte unser Freund sein T-Shirt in die Hose und machte den obersten Knopf seines Mantels zu und bemerkte beiläufig: »Nicht mein Stil.« Ich glaube, die Omis hätten sich danach am liebsten in der Sperrholzkulisse aufgehängt.

Im vergangenen Jahr war ich irgendwie dazu gekommen, mir diese Gebäude aus einer ungewöhnlichen Perspektive anzusehen, dicht an sie heranzutreten, ins Innere vorzudringen, die Farbe an den Wänden aus der Nähe zu betrachten; nie zuvor hatte ich dort soviel Zeit zugebracht, nie zuvor waren sie so dunkel und leer, sogar die Oper war dunkel und leer, Stones-Kassetten gab es hier nicht mehr zu kaufen, überhaupt keine einzige Platte, all das war irgendwo dort '92, '93 zurückgeblieben, hier lief jetzt ein ganz anderes Leben ab, nicht weniger interessant übrigens als das frühere, aber trotzdem ganz anders. Der Winter in diesem Leben jedenfalls war kalt und die Luft dünn.

Wir liefen durch diese Luft, nachts, etwa dreißig, vierzig Leute, und beklebten den Platz vor der Oper mit Plakaten, wir klebten sie überall hin, uns in der Dunkelheit durch Zurufe verständigend. Plötzlich tauchte Polizei auf. Wir versuchten, zusammenzubleiben, und traten den Rückzug an, sie kamen uns hinterher, immer mit Abstand, und rissen alles ab, was wir angeklebt hatten, eigentlich war das kein Abstand, sondern ein Vorsprung, die fünfzig Meter, die du immer als Reserve haben solltest. Zu uns kamen sie, zu den anderen nicht. Was für die, glaube ich, schlimmer war.

7. **Der feuchte Körper der Macht.** Du kommst aus einer Nebenstraße, umgehst den Kontrollpunkt, dem Bullen am Eingang sagst du vielleicht, du seist ein Kurier, nicht gerade ein Drogenkurier, sondern einer, der die Post bringt, oder der Pizzaservice, oder du denkst dir etwas Riskanteres aus, zum Beispiel, daß du dem Komitee für den Dialog mit den Religionsgemeinschaften angehörst, es ist ihnen eigentlich egal, sie fragen nur um der lieben Ordnung willen, was für eine Ordnung allerdings, dann rufst du den Fahrstuhl, ruhig, Hauptsache, ruhig bleiben und ohne Panik warten, bis sich die Türen hinter dir schließen, und das war's, du hast nicht viel Zeit, um dich für eine Etage zu entscheiden, nur ein paar Minuten, um dich in diesen dunklen Korridoren und der Zimmernumerierung zurechtzufinden. Zumindest in der nächsten halben Stunde wird dich niemand suchen,

wenn du dich nicht verrätst, dein Versteck nicht eher als nötig verläßt, dann geht alles klar.

Auf den Fluren der Macht gehen gewöhnlich Menschen, die sich ihrer selbst sicher sind, die Notwendigkeit, jeden Tag die pathetischen, mit billigen Teppichen ausgelegten Flure abzuschreiten, stählt sie, sie denken sich – ach, wie gut, wie folgerichtig alles gekommen ist: die Macht, über die Zeitungen und Fernsehen berichten, die Macht, für die gekämpft und gestorben wird, liegt zur selben Zeit in den angrenzenden Büros, hier, hinter diesen Türen, die ich, einer von wenigen, einfach öffnen kann. Die Flure der Macht rufen bei den Besuchern ein krankhaftes Gefühl von Eifersucht hervor, meine Freunde und ich sind einmal in die dortige Kantine vorgedrungen, wir waren siebzehn und hatten uns als Kuriere ausgegeben, wir haben uns in die für die damaligen Zeiten recht mondäne und vor allem billige Ex-Partei-Kantine geschlichen, für die meisten Besucher strahlen diese Flure den sakralen Geist der Unterordnung unter die Verwaltung und der Abhängigkeit vom Staatshaushalt aus. Der Staatshaushalt zerfrißt wie ein Pilz die Haut zwischen den Fingern der Staatsbürger, läßt sie nervös werden und vor den Beamten in Tränen ausbrechen, die ihrerseits den Besuchern reglos in die Augen schauen und ihre Hände unter dem Tisch verbergen. Sie sind alle miteinander verbunden, halten sich alle aneinander fest, sie brauchen das Spiel mit der Machtvertikale, mit den Nachtragshaushalten und kommunalen Dienstleistungen – die Besucher brauchen das Gefühl des Systems, der Hand an ihrer Kehle, für sie ist es immer angenehmer, sich in einer öffentlichen Toilette im Beisein von anderen zu erleichtern, dadurch funktioniert ihr Magen besser, die Beamten müssen ihrerseits jeden Tag etwas für die Belebung der Magensäfte der Wählerschaft tun, sie an das Nervensystem anschließen, die Beamten graben wie wilde Nagetiere ihre kilometerlangen Gänge in das sonnige Gelände der materiellen Absicherung und Sozialleistungen, du mußt genau hinsehen, hinter deinem Rücken steht immer ein Beamter und wartet nur auf den passenden Moment, um dir in die Tasche zu greifen und alle Mandeln und Pistazien und Briefkastenschlüssel, sämtliche Kondome und Visitenkarten deiner Dealer herauszuziehen, all das, was du monatelang in deinen unergründlichen und ungeschützten Manteltaschen mit dir herumschleppst, der Beamte kann alles gebrauchen, seine Rattennatur will nicht so sehr die materielle Entschädigung für seine Non-stop-Jagd auf deine Taschen als vielmehr eine moralische Befriedigung, der Beamte will dir dein Innenleben entreißen wie einem Fisch die Gedärme, entreißen und Informationen und Formulare, Verordnungen und Bescheinigungen, Pressemitteilungen und Telefonrechnungen auf einen Haufen schmeißen wie Salatblätter, damit du versuchst, das alles zu vergiften, und daran scheiterst, auf den Fluren der Macht an Darmverschlingung verreckend.

Oft treten sie aus demselben Hauseingang, um acht Uhr morgens, sie wohnen Tür an Tür, die ganze Entfremdung der Herrschenden von der Bevölkerung, sie ist eine Illusion, sie verschwindet, sobald der achtstündige Arbeitstag des Beamten zu Ende geht und der Besucher wieder nach draußen tritt, hier haben beide die gleichen Bedingungen, sie müssen nicht diese kindischen Spiele spielen, das Leben ist grausam zu den Beamten, es schlägt sie gegen die Hauswände wie Rohrstöcke, quetscht sie mit den Fingernägeln auf dem Parkett breit, zu den Besuchern ist das Leben übrigens auch nicht gerade loyal, seine Beziehungen zu den Besuchern sind vielleicht sogar schlimmer – die Besucher finden nirgends Schutz vor dem Leben, nicht einmal auf den Fluren der Macht, schlimmer noch – hier suchen sie erst gar keinen Schutz, sondern beschränken sich auf die üblichen Fragen nach der materiellen Versorgung und den Sozialleistungen.

Oft, wenn ich durch das Gebäude gehe, denke ich – komisch, jetzt gehe ich durch die Flure der Macht, die Flure erstrecken sich von West nach Ost, auf jeder Etage, vom rechten Flügel in den linken, und während ich die Straße entlanggehe und einen weiteren Versuch mache, nach Hause zu kommen, geht jemand neben mir, in vielleicht vierzig, fünfzig Meter Abstand, er geht sozusagen parallel zu mir die Flure der Macht entlang, macht Karriere und versucht, an das andere Ende des Flures zu kommen. Wenn man sich allerdings überlegt, was denjenigen dort erwartet, am Ende des Korridors – eine finstere Ecke, ein leeres Zimmer, chlorgereinigt, ein weißes, steriles Büro, in dem früh gealterte, vom Leben gezeichnete Beamte sitzen und in stiller Verzweiflung aus dem Fenster starren, auf die im morgendlichen Sonnenlicht badenden Straßen und Plätze, zu denen sie in Wirklichkeit nicht die geringste Beziehung haben. Außerdem denke ich, daß wir, obwohl sie und ich in die gleiche Richtung laufen, also von West nach Ost, und wir auch ungefähr dasselbe Tempo haben, an ganz unterschiedlichen Orten ankommen.

Wie nutzt du nun deine halbe Stunde? Mach schnell, die Zeit ist knapp, und nachher tut es dir leid, versuch wenigstens dieses eine Mal, deinen dreißigminütigen Vorsprung auszunutzen, du hast dich doch lange darauf vorbereitet, los, auf geht's – du läufst den langen Korridor im vierten Stock entlang, läufst in den dritten, vorbei an zwei Sekretärinnen, die starke Marlboro rauchen, und kommst an den Anfang eines langen, endlosen Korridors, so – hier irgendwo muß es sein, paß gut auf, daß du die richtige Tür erwischst, mach langsam und lausche, hinter einer Tür hörst du jetzt dieses krampfhafte Ringen nach Atem, das schwere Schlagen des großen, roten Herzens, verfettet und vom löslichen Kaffee zerstört, du kannst diese verzögerte endlose Arhythmie nicht überhören, die dir täglich vom Fernsehschirm oder aus den Werbespots im Radio entgegenschlägt, diesen dissonanten, verkrampften Herzschlag, der dir vertraut ist wie keinem andern – er ist es, der winters über die leeren Bahnsteige der nächtlichen U-Bahn hallt, er bringt dich um sechs Uhr morgens aus dem Takt, an seinen tödlichen Pausen lesen die Verkäufer in den Geschäften und die Verkehrspolizisten auf den Kreuzungen die Zeit ab, dieser Herzschlag ist unverwechselbar, das ist es, das ist das richtige Zimmer. Genau hier mußt du deine Bombe ablegen.

Während du auf dem Platz stehen bleibst, die Tauben fütterst, jemanden nach der Uhrzeit fragst, schaust du einem Flugzeug nach, das Richtung Grenze fliegt und einen breiten weißen Streifen hinterläßt, und wenn du dich anstrengst, kannst du sogar hier seinen Atem wahrnehmen, du spürst, wie schwer sich der Körper der Macht von einer Seite auf die andere wälzt, wie schwerfällig er seine tödliche Masse vom Boden losreißt und dort feuchte Spuren zurückläßt, mühsam holt er Luft, um dann wieder für lange Zeit zu erstarren, er versucht, gleichmäßig Luft zu holen, versetzt die abgestandene Zimmerluft in Schwingung und schlenkert unzufrieden mit seinen langen, schleimigen Tentakeln.

Nach einigen Minuten beruhigt sich die Atmung, die Tentakel erstarren, die Schweißdrüsen öffnen sich, und der feuchte Körper der Macht ist mitten im leeren Zimmer liegengeblieben, während du dastehst und von weitem die Fenster des Verwaltungsgebäudes betrachtest, das du vor einer halben Stunde verlassen hast. Das Gebäude zieht sich wuchtig von West nach Ost, regelmäßige, kalte Fensterreihen blinken in der Sonne, nur ganz wenige Fenster gekippt, vielleicht haben sie Angst vor der Zugluft, sitzen hinter rundherum abgedichteten und mit Papierstreifen verklebten Fenstern, diese zighundert Angestellten, die ganzen acht Stunden des Arbeitstages, und leiden an ihren Allergien und ihrem Asthma, sie sitzen in ihren leeren, kahlen Büros, halten den Atem an und lauschen den Atemzügen im dritten Stock, dem arhythmischen Schlagen des massigen kranken Herzens und verfolgen, wie sich dort, im abgeschlossenen Büro, der mit Fett und krankem braunem Blut vollgepumpte, bis ans Ende seiner Tage eingesperrte, träge, feuchte Körper der Macht schwerfällig von einer Seite auf die andere wälzt, und sein Herz schlägt gegen Ende des Arbeitstages gleichmäßiger und monoton, während auf der anderen Seite der Tür genauso gleichmäßig und monoton der von dir auf sechs Uhr eingestellte Mechanismus tickt.

8. **Während ich den Pionierpalast für immer verlasse,** aus seinen Sälen und Zimmern in den fetten Abendschnee trete und überhaupt nicht damit rechne, noch mal herzukommen, zumindest nicht im nächsten halben Jahr, denke ich an die merkwürdige Zusammensetzung, an die wunderliche Verflechtung der Begriffe – der Pionierpalast, ein Zeichen, eine Ansichtskarte aus der Vergangenheit, aus der kollektiven Kindheit dieses Landes, ihrem kollektiven Gedächtnis. Die neue Ästhetik kann weder die Schrift ganz von den Giebeln tilgen, noch alle Skulpturen von den Dächern meiner

Stadt beseitigen, sie kann die Schriftzüge und Losungen nicht löschen, wie man Tätowierungen mit Säure löscht, sie kann nicht mehr, sie ist nicht gut genug, und vor allem fehlt ihr der Ersatz für diese ausgewogene visuelle Reihe, die dem früheren Land diente in seinem Drang nach vorn, hinein in den gelben leeren Sand des Vergessens. Seltsame Ruinen sind von alldem geblieben, Häuser mit den Geistern von Erhängten, Routen für den kollektiven Sextourismus, all diese Kulturpaläste, Hochzeitspaläste, Pionierpaläste, der unangebrachte Frohsinn des jungen sozialistischen Modells, das wie eine neue Dampfmaschine vom eigenen Adrenalin explodiert ist, im Gedächtnis Bruchstücke zurücklassend, an denen das Himbeerblut der Forscher klebt.

Wodurch lassen sich die Kulturpaläste und die Pionierpaläste ersetzen? Natürlich geht es nicht um die Paläste als solche, es geht nicht einmal um ihre Funktion, sondern um die Tausende von Jugendlichen, zu denen nicht nur ihre Paßangaben gehören, sondern viel mehr, jedem gehört etwas viel Wichtigeres, die eigene Biographie zum Beispiel. Wer will es wagen, ihnen die Biographie zu stehlen? Und welchen Ersatz will er bieten?

Wenn du erwachsen wirst, entdeckst du, daß dir bestimmte Dinge und Begriffe, Gegenstände, Gebäude und ganze architektonische Ensembles unentbehrlich geworden sind, sie stehen plötzlich vor dir und bleiben lange, wenn nicht sogar für immer, in deinem Bewußtsein. Das sagt sich so hin – Pionierpalast, dahinter steht doch das zerstückelte Fleisch der Zeit, ihr herausgerissenes Gedärm, an dem sie sich erhängt hat. Versuch es, ruf dir auch den kürzesten Augenblick in Erinnerung – kaum hast du angefangen, steigen auch schon die warmen Stengel deiner Kindheit hinter dir auf wie der Rauch eines abgeschossenen Jagdflugzeugs, die reifen Früchte deines Hineinwachsens, deines Unterwegsseins, deines Verlorenseins im Leben.

Die Kulturpaläste, die von den Gewerkschaften der Rüstungsbetriebe unterhalten wurden, große Säle mit schlechter Beleuchtung und schweren Vorhängen, die ständig klemmten und sich nicht öffnen ließen, Notausgänge hinter der Bühne, kleine Zimmer, vollgestopft mit selbstgebauten, meist geklauten Apparaturen, kleine Probebühnen – Kaderschmieden sozusagen –, wie viele solcher Gebäude waren über ganz Charkiw verteilt, von Kindheit an habe ich mich in diesen Palästen herumgetrieben, ich gehe auch jetzt noch gern hinein, obwohl von den verrückten Bewohnern fast keiner mehr da ist, es keine Pionierhelden mehr gibt, die die Kulturzentren besetzten, bis zum Schluß darin ausharrten und sich nicht räumen ließen.

Einer dieser Kulturpaläste steht gegenüber dem Kaufhaus. Er war immer schlecht zu erreichen, höchstens mit der Straßenbahn. Früher, in meinem anderen Leben, bin ich hier oft auf Konzerte gegangen, mit mehrmaligem Umsteigen und Hunderten Gleichgesinnter, wir quälten uns durch die ganze Stadt, um zusammenzusein, uns festzuhalten, das fröhliche, wahnsinnige Ellenbogengefühl, selbst wenn sich dir dieser Ellenbogen in die Nieren bohrt. Wir kamen an, die Straßenbahnen standen still wie ein Herz, der Pionierpalast in friedlicher Herbstdämmerung, in den Korridoren roch es nach Haschisch und Klo. Diese Konzerte mußte man gesehen haben, um so mehr, als es unmöglich war, sie zu hören.

Nun ist es zehn Jahre her, seit die selbst veranstalteten Konzerte vorbei sind, seit sie die Metro hier heraus gelegt haben, jetzt kommt keiner mehr, zufällig hat es mich mal wieder in diesen Kulturpalast verschlagen, merkwürdige Situation – ich sollte selbst ein Konzert geben, alles war okay, bis auf den kleinen Schönheitsfehler: es gab keinen Raum. Ich lasse mich jetzt nicht aus über Aktionen der Opposition, verschreckte Direktoren, die verfuckte Gesellschaft, die vor sich selbst Schiß hat, denn was gibt's da groß zu erzählen, das wißt ihr auch so, aber das Problem verkomplizierte sich dadurch, daß das Konzert um sieben Uhr abends beginnen sollte, das stand zumindest auf den Plakaten. Mittags um zwölf gab es noch keinen Raum.

Und hier kam mir auf einmal der gute alte Kulturpalast in den Sinn, wie kann das sein, dachte ich, während der Sowje sind hier doch herrlich asoziale Sachen gelaufen, damals, in den fernen Zeiten, als die Megamaschine gerade ihre ersten Pannen hatte, der Punk endgültig und unwiderruflich siegte, kann doch nicht sein, daß die mich jetzt hier nicht reinlassen, sie müssen einfach, und sei es nur wegen unserer gemeinsamen Vergangenheit. Ich fuhr hin, und wir hatten uns einiges zu sagen, Anschuldigungen vorzubringen sozusagen, wie oft hatten mich die Wachleute des Saales verwiesen, einmal hätten sie mir fast eins übergebraten, weil ich angeblich einen gezündeten Knaller in den überfüllten Saal geschmissen hatte, und obwohl ich x-mal beteuerte, daß ich es nicht war, hätte ich trotzdem fast eins auf die Mütze gekriegt, wie oft haben sie mich mit den Musikern von der Bühne geschmissen, an die ich mich dann klammerte – mit anderen Worten, wenn ich irgendwo auf Verständnis hoffen konnte, dann hier. Ich ging hinein – im Erdgeschoß war ein Möbelgeschäft, dann gab es noch eine Kneipe, irgendwelche Boutiquen und Geschäfte, um die Ecke befand sich ein schmuddeliger Secondhandshop. Nach Haschisch roch es nicht mehr, nur der Klogestank hielt sich, der Geist der Sowjetschüssel, der nicht mit dem Rock 'n' Roll verschwunden war, hatte sich in die Wände, in den Secondhandshop gefressen. Ich drehte um und fuhr zurück.

Eine ähnliche Geschichte passierte mit dem Pionierpalast. Zu Beginn der Neunziger probten dort Freunde von Deutsch, unserem gemeinsamen Bekannten. Deutsch war gleichzeitig an mehreren Fronten unterwegs und brachte auf seinem Lebensweg scheinbar unvereinbare Dinge wie Pangermanismus (das konnte man immerhin auf seinen Spitznamen zurückführen) und das volkstümlich ukrainische Heidentum (das war nun total unmotiviert, das ist die Jugend, meine lieben Brüder und Schwestern, nichts zu machen) unter einen Hut, und seine Freunde vom Pionierpalast versuchten auch auf eine total schräge Art, diese Dinge in ihrer Kunst zu vereinigen. Deutsch erzählte viel und mit Begeisterung von ihnen, hatte aber Angst, uns vorzustellen, er hatte schlechte Erfahrungen gemacht und wußte eines ganz genau – wenn du einen Freund nicht verlieren willst, dann bring ihn mit niemandem zusammen. Mit den Weibern gab es eine ähnliche Situation, das heißt, es gab die Situation, Weiber nicht wirklich. Ich erinnere mich noch, wie begeistert er seinerzeit vom Pionierpalast sprach, wie von einem Hafen, den die ukrainischen Heiden, von den Stürmen des Lebens erschöpft, ansteuern können und wo sie stets ein warmes, intimes Zuhause finden – einen kleinen Schluck aus dem Bleikrug, eine breite Auswahl an Pillen, einen Joint, Weiber und Französisch in der Damentoilette, wie unter Heiden so üblich, vermutlich war es ein bißchen anders, als er es schilderte, aber das störte mich nicht – irgendwann mußten Deutsch und ich diesen endlosen Herbst zusammen durchstehen, wir campierten im Büroraum einer Rechtspartei, der früher mal eine Dusche gewesen war, gerade groß genug, daß sich zwei schmutzige

Jungs Rücken an Rücken, Ellenbogen an Ellenbogen, ohne sich auszuziehen natürlich, darin ausstrecken konnten – auf Paketen mit Fascholiteratur, den Kopf auf den Pullover gelegt, die Schuhe draußen auf dem Flur, erstens aus Platzmangel und zweitens wegen dem Gestank, in diesem Duschraum mit den herausgerissenen Hähnen und grau gekachelten Wänden schliefen wir, wärmten die feuchten Zeitungspakete mit Seiten voller Helden der Wehrmacht. Die Helden waren kalt, der Faschismus hatte es bei mir von Anfang an verschissen.

Der Pionierpalast war ganz nah, wie die totale Negation all unserer kindlich-naiven Lebensvorstellungen – damals, in jenem Herbst, begann ich endlich zu verstehen, daß niemand, egal wo und wann und unter welchen Umständen, auf mich wartete, es gibt keinen Hafen, egal ob ich dreimal Heide oder Held der Wehrmacht bin, niemand bezieht mir ein warmes Bett, niemand schaut aus dem Fenster, um auf der nächtlichen Straße meine Silhouette zu entdecken, ich habe keinen Ort, das einzige, was ich tun kann, ist, zu bleiben, ein für allemal zu bleiben, wo ich bin, dort, wo es mir so beschissen ging, dort, wo ich schließlich überlebt habe, ohne mich von den grausamen, feuchten, druckerschwarzen Zeitungspaketen ersticken zu lassen, die nach Angst in der Nacht und Bleisatz dufteten.

9. **Metrostation Tod.** Weißt du, was das ist? fragte er und zeigte auf die Fuge in der Wand. Was denn? Das sind Notausgänge, falls Bomben fallen. Wußtest du, daß unsere Metrostationen für Bombenangriffe eingerichtet sind? Na ja, wahrscheinlich. Und nicht nur für Bombenangriffe, fügte er hinzu, im Fall eines Atomschlags kann man hier auch einige

Zeit ausharren. Na, das wohl kaum, meldete ich Zweifel an. Doch, sagte er überzeugt, alle steigen in den Metrotunnel hinab, schließen die Bleitüren hinter sich und bleiben hier sitzen, bis bessere Zeiten anbrechen. Da kann man aber lange sitzen, sagte ich. Aber theoretisch, stimmte er zu, besteht doch eine gewisse Hoffnung.

Es ist unschwer zu erraten, daß unsere Städte in ihren Schößen, ihren Körpern eine Unmenge an zusätzlichen Einrichtungen und Hebeln bergen; wenn du die vertraute Architektur aufmerksam betrachtest, entdeckst du plötzlich staunend an völlig unerwarteten Stellen unterirdische Gänge und Feuerleitern, die zu Artillerieplätzen führen. Die Stadt muß in der Lage sein, sich zu verteidigen, selbst unter Friedensbedingungen muß sie um das eigene Leben kämpfen können, vom Atomschlag ganz zu schweigen. Dieses plötzliche Wissen um die geheimen Mechanismen der städtischen Infrastruktur raubt dir für lange den Frieden und den gewohnten Blick auf vertraute Dinge. Die U-Bahn, die lange Charkiwer U-Bahn, in der man sich im Dezember so herrlich wärmen kann, strahlt keine Sicherheit und Unbeschwertheit mehr aus, plötzlich tauchen an den Wänden furchtbare chirurgische Schnittstellen auf, hinter denen sich Notausgänge verbergen, hinter denen zu gegebener Zeit Bestien in den Korridoren lauern, infizierte Tiere und Bodenvögel, die längst nicht mehr fliegen können und im Notfall auch nicht wissen, wohin.

Unter keinen Umständen fahre ich bei einem Bombenangriff in den Metrotunnel hinunter, ich weiß jetzt schon, wie das endet, da kommt nichts Gutes raus, nehmen wir nur die Berliner U-Bahn im Jahre '45, die von dem zusammengebrochenen Regime zu guter Letzt noch fleißig geflutet wurde. Was sollten diese überflüssigen und völlig übertriebenen Szenen, woran haben sie gedacht, als sie das Wasser in die Tunnel mit den Zügen laufen ließen? Wenn eine Armee an einer Frontlinie geschlagen wird, ist das eine Sache, das muß man zumindest von Anfang an einkalkulieren, dafür ist eine Front ja da, wenn ich das richtig verstehe, aber die Bevölkerung an den zentralen U Bahn-Stationen Berlins, was haben die damit zu tun, in einem Film macht sich so etwas gut, da pumpt sich der Hauptheld zuerst Luft in die Lungen, taucht dann durch den kalten, gefluteten Tunnel, um an der nächsten Station wieder hochzukommen, in einem teuren Kassenfilm packt er das natürlich auch, kämpft sich durch den dunklen, schier endlosen Tunnel, stößt sich im dunklen Wasser mit den Füßen ab, er hat noch seine Schuhe an, was ihn in seinem Spurt behindert, aber keinesfalls aufhalten kann, er schwimmt durch die leeren Waggons, schaut in die Fenster, studiert die Metropläne an den Wänden, um sich im eiskalten Wasser bloß nicht zu verirren und vielleicht noch das Filmbudget zu versauen; wenn ihm dann langsam die Luft ausgeht, sieht er weit vor sich, hinter Dorschrücken und grünen Algen, die Lichter der nächsten Station, die die Faschisten noch nicht vollständig eingenommen haben, und sein Körper schießt aus dem Dunkel direkt auf den Bahnsteig und rettet sich vor dem Tod im schwarzen, kalten Metrowasser. Diese Station wird aber auch gleich geflutet, und du kannst tauchen, dich vorwärts kämpfen, die runden Meeresminen mit den schwarzen Dornen von dir wegstoßen, wie du willst, sie ziehen dich trotzdem hinab auf den Grund, wo weder Licht noch Leben ist, wo kalter Stein liegt und wohin die Stahlbetonbrocken vom Stationsbau und Teile von schwarzen Kreuzern absinken, die in diesem trüben, gefährlichen Wasser abgeschossen wurden. Anstelle nach unten zu fahren, die

Rolltreppe zu betreten, um unten, in der Tiefe, auf bessere Zeiten zu warten, kannst du auch eine andere Variante wählen, vielleicht wäre es besser, oben zu bleiben, zur Feuerwehr zu gehen, einen speziell imprägnierten Anzug in Empfang zu nehmen und auf dem höchsten Gebäude der Stadt Wache zu halten, Brandbomben abzufangen und sie in Eimern mit schmutzigem Wasser zu löschen, vielleicht lohnt es sich, dort zu bleiben, unter dem Himmel, auf der Feuerleiter zu stehen, in den Himmel voller Drachen zu sehen und dein persönliches *down town* vor der Okkupation zu bewahren.

In der Dunkelheit hast du keine Chance, dich zu retten, eine Chance hast du nur dort, wo es Licht gibt und frische Luft und Gras, im Gras ist es überhaupt ein einziges Vergnügen, sich zu retten, nicht zu vergleichen mit den städtischen Katakomben und ihren Galerien und langen Übergängen von einer Station zur nächsten, auf den ersten Blick ist sie wirklich ruhig, die Metro, im Sommer kühl und im Herbst warm, tagsüber immer voller Menschen, nachts ist es hier ganz leer, nur die Putzfrauen mit ihren steifen Schürzen und langen Schläuchen spülen Rosenblätter und Blut von den Treppen; wenn du aus dem letzten Zug aussteigst und nach oben gehst, läuft dir schmutziges Wasser über die Füße, als hätte draußen gerade ein warmer Mairegen eingesetzt, der so stark ist, daß die Kanalisation unmöglich all das Wasser aufnehmen kann und von Rosenstengeln, Reklamezetteln und aufgeweichter Zuckerwatte verstopft, das Wasser steigt, überflutet Fußwege und den Platz und stürzt schließlich in die Metro, zu Beginn ein schmales, schwarzes Rinnsal, das auf halbem Weg versiegt, dann kräftigere Wellen, die unten, in den Übergängen, die Zeitungsstände wegspülen, schließlich ein richtiger Kristallstrahl, der die Nischen der Metrostation füllt wie Quecksilber das Thermometer.

Mir kam es immer so vor, als könnte die Metro Schatten und Stimmen, Figuren und Leben in sich aufnehmen, sie ist offen dafür, eines Tages, wenn du hergekommen, ganz nach unten gestiegen bist, kannst du nicht mehr raus, du verirrst dich in einem Übergang, noch bevor du an deiner Station angekommen bist, ich vermute fast, da stecken sie – alle, die plötzlich verschwunden sind, die überraschend und wider Erwarten aus diesem Leben herausgefallen sind, die U-Bahn versteckt sie alle, bis bessere Zeiten anbrechen, bis der richtige Moment kommt und sie sich raus trauen, zurück in ihr *red down town*, in dem sie es seinerzeit nicht mehr ausgehalten haben.

Das Leben könnte locker in den U-Bahn-Waggons weiter gehen, in den Stationen und Übergängen; wenn du jeden Morgen nach unten fährst, durch das Tor gehst, an dem seinerzeit ein großer Metallkopf des blutigen Felix hing, weißt du nicht einmal, mit wem du heute in dieselbe Richtung fährst, ja, du weißt nicht einmal, daß ihr in verschiedene Richtungen unterwegs seid, obwohl ihr in demselben Wagen sitzt. Die Welt der Toten atmet die gleiche Luft wie du, tu bloß nicht so, als bemerktest du das nicht, das ist nur eine Frage der Zeit, irgendwann kommst du hierher, jemand bietet dir seinen Platz an, du bekommst gar nicht mit, wie das passiert, du steigst einfach hier aus und wartest auf bessere Zeiten.

Jede Fuge in der Wand, jedes Zeichen auf den Feuerlöschventilen und Kanaldeckeln, jede Durchsage, die unter den hohen Gewölben der Station Universität dröhnt, stecken voller Informationen über ihre Bewegung auf deinen Routen, eure Routen kreuzen sich pausenlos, sie kreuzen sich an den stillsten und überfülltesten Stellen, irgendwo genau hier, in der Nähe des Platzes, wo viel Sonne und Luft sind, wo ihr euch zu Lebzeiten begegnet seid und euch natürlich auch nach dem Tod begegnet, es spielt doch sowieso keine große Rolle, alle – die schon weg und die noch da sind – haben eine einzige Metro, mit drei Linien, mit ein paar Dutzend Haltestellen, mit Übergängen und unterirdischen Depots und einem einheitlichen Kontrollsystem, das sich nicht umgehen läßt, wie sehr du dich auch anstrengst.

Ich kann mir vorstellen, wie sie zurückkommen, das geschieht aller Voraussicht nach im Sommer, wahrscheinlich im August, ja, Ende August, an einem trockenen und sonnigen Augustmorgen, um 5.30 Uhr, mit dem ersten Zug, die Türen gehen auf, und sie steigen alle aus – alle, an die du dich erinnerst und die du schon vergessen hast, alle, die dir gefehlt haben und deren Erscheinen du so gefürchtet hast, mit diesem oder jenem haben sich deine Wege da unten gekreuzt, ohne daß du gemerkt hast, daß sie, im Unterschied zu dir, gleich unten geblieben waren, sie werden in die warme Augustluft hinaustreten, an einem frischen Morgen in Charkiw, hinein in das lange, gleichmäßige Leben und es mit ihren Stimmen erfüllen, ihrem Atem, ihrer Anwesenheit, ihrem Tod.

10. **Die Südseite des Nordens.** Der Haupteingang des Bahnhofs, Treppen mit Säulen, traditioneller Treffpunkt für fröhliche und unerschrockene Wanderer, die sich hier verabreden, um nicht durch die Wartesäle oder über die endlosen Bahnsteige dieses riesigen Eisenbahnknotens zu irren. Touristen mit lächelnden Gesichtern, der feste Druck von

Männerhänden, muntere Frauenstimmen, Rucksäcke und Schlafsäcke, endlich sind alle da, Witze machen über die Zuspätkommer, die Truppe setzt die Rucksäcke auf, geht durch die Halle und betritt Bahnsteig eins, sucht sich ihre Plätze, der Zug fährt los und läßt den erregenden Geruch nach Reise, Gefahr und Unerschrockenheit auf dem Bahnsteig zurück. Er verschwindet hinter den fernen Signalen, aber das Bahnhofsleben hält keinen Augenblick inne, es geht mit voller Kraft weiter und atmet im Gleichklang mit Hunderten von Eisenbahnern und Streckenarbeitern, die den harmonischen und störungsfreien Lebensrhythmus der Eisenbahn, die lange, sorgenfreie Reise aller fröhlichen Wanderer dieses Landes garantieren. Die rote Sonne fliegt über das Bahnhofsgebäude, kickt einen Straßenfußball auf die Bahnsteige und rollt westwärts.

Tagelange Fahrten, ohne Wasser und Schlaf, Festsitzen an namenlosen Haltepunkten, der schwarze Hunger im nächtlichen Dritte-Klasse-Wagen, das schwarze Wasser der Bahnstrecken, von Sonne und Wodka verbrannte Schaffnerseelen, die bluttriefenden Träume der Mitreisenden und die kaputte Infrastruktur – ich liebe die Eisenbahn, ich liebe sie so sehr, daß ich Bücher über sie schreiben könnte, in meinen Eisenbahnbüchern gäbe es massenhaft Beispiele aus dem wirklichen Leben, die Haupthelden zeichneten sich durch eine sonderbare Ausdauer und Hartnäckigkeit aus, sie zwängten sich durch die dichtesten Luftabschnitte, durch die festesten Raumklumpen, diese Helden würden unterwegs sterben, wie sich das für richtige Helden gehört. Kein Halt, nicht die kleinste Pause, eine richtige Reise braucht kein Ziel und keinen Endpunkt, Hauptsache fahren, immer vorwärts, so weit die Schienen reichen, die Grenzen der Eisenbahn austesten, und sei es nur, um zu überprüfen, wer zuerst aufgibt und auf den kalten Asphalt des nächsten Bahnhofs springt, wer als erster den Glauben an eure Reise verliert, na los, stell deine Freunde auf die Probe, wer von ihnen hat es wirklich drauf, wer hält es bis zum Schluß aus, und wie sieht er aus, dieser Schluß.

Gesichter, die hinter dem Fenster auftauchen, Personen in unmittelbarer Nähe, nicht weiter als eine ausgestreckte Hand, Stimmen, denen du lauschst und die du nicht ganz verstehst, Augen, mit denen dein Leben auf dich schaut, grüne, leicht zusammengekniffene Augen. Kein Ziel, kein Grund, keine Folgen, fahren, auf dem Weg bleiben, der sich aus deiner Bewegung, deinem endlosen, sich selbst genügenden Umherziehen ergibt – aus dem Nirgendwo ins Nirgendwo, eine ungewisse Zeitdauer in ungewisser Richtung mit ungewissem Zweck, schwarz-schwarzer Tourismus, dessen Ziel das ständige Bedürfnis nach Bewegung ist – der Himmelsschaffner knipst deine Fahrkarten, die Seelen aller Heiligen fliegen dir nach, die Zeit ist dazu da, daß du sie totschlägst.

Wenn du mit dem Zug in einer Stadt ankommst, gehst du durch die hohen Türen des Hauptgebäudes, der Stalinbau der Nachkriegszeit wölbt sich leicht über dir, du trittst auf den Bahnhofsvorplatz, nimmst ein Taxi ins Zentrum. Die langerprobte Reinigungsprozedur in den Filtern und Fegefeuern einer fremden Stadt sieht das Durchschreiten der Bahnhofstür vor, Bahnhof bedeutet ohnehin viel mehr, als es auf den ersten Blick scheint, auch wenn er an die Peripherie des Stadtplans verbannt wurde, man muß immer hinfinden, das erfordert eine gewisse Anstrengung, aber dort nehmen dann die interessantesten und bittersten Dinge ihren Anfang, hierher trägt der Maiwind den zufälligen wilden Samen, aus dem schließlich das ganze Grün deiner Welt wächst, dieser Ort birgt alle Wörter und Wortverbindungen, die du brauchst, denn es ist Mutter Eisenbahn, der grüne Himmel über deinem Kopf, zerfetzte Wortverbindungen unter dem grünen Himmel.

Gegen ein Uhr nachts brachte ich den Ball an. Er war kaum noch zu gebrauchen, eine totale Krücke, die schon ewig über den Asphalt gedroschen worden war. Aber einen anderen gab es nicht. Am schlimmsten war jedoch, daß er noch aufgepumpt werden mußte, sonst hatte das Ganze gar keinen Sinn, und Sinn sollte es doch haben – zu viele Augen beobachteten uns, zu viel hing davon ab, ob wir spielen würden oder nicht – ein Uhr nachts, bei minus 15 Grad, auf dem verschneiten Majdan in Charkiw. Das war so eine Art Todesspiel oder eher Lebensspiel. Wir gingen zu den Taxifahrern. Die Taxifahrer waren auf unserer Seite. Wir fingen an zu pumpen, etwa in der zwanzigsten Sekunde platzte der Ball. Ich an seiner Stelle hätte es ehrlich gesagt auch so gemacht. Wir standen mitten auf dem Platz mit dem geplatzten, eiskalten Ball, aus unseren Lungen entwich der letzte Rest Wärme, wir waren am Boden zerstört, denn all das hatten wir nur für den Fußball getan, um nachts um eins ungehindert den Ball über den zentralen Platz der Stadt zu jagen. Und was nun?

Sie kamen in ihrem protzigen Riesenjeep angefahren, leuchteten mit Dutzenden Scheinwerfern und Lampen, hupten wie verrückt. Es war sofort klar, daß sie auch für uns waren. Sie drehten eine Ehrenrunde und hielten an. Jungs, äugte der Fahrer aus dem Auto, wir sind sozusagen für euch. Cool, sagten wir. Wir sind auf eurer Seite, fügte er hinzu, um auch die letzten Zweifel zu beseitigen. Danke, antworteten wir unzufrieden, was kamen die hier mitten in der Nacht angeschissen? Braucht ihr vielleicht was? Nein, danke, alles okay, sagten wir. Wodka vielleicht? der Fahrer war hundert Pro für uns. Nein, Wodka nicht. Heute nicht. Was braucht ihr denn? Nichts – wir nahmen ihm die letzte Chance. Dann mach ich euch ein bißchen Licht, damit ihr es nicht so dunkel habt, sagte er. Gut, Licht ist super, stimmten wir zu. Hör mal, Kumpel, kam mir plötzlich ein Gedanke, wir brauchen einen Ball. Was für einen Ball denn? der Fahrer schnallte es nicht. Einen Fußball. Er schaltete die Scheinwerfer ab und stieg beunruhigt aus seinem Jeep. Nüchtern ist er natürlich nicht, dachte ich, aber das konnte man auf die Revolution schieben. Sein Kumpel blieb gleich im Auto sitzen, der versuchte erst gar nicht, seinen Zustand zu verbergen, und döste in seinem Delirium vor sich hin. Wie jetzt, fragte der Fahrer, im Ernst? Na ja, sagte ich zu ihm, du siehst doch, unsrer ist hin. Und wir müssen doch noch spielen. Besorg uns einen, sei ein Kumpel. Wo soll ich den denn jetzt herkriegen, mitten in der Nacht? der Fahrer schlug einen ernsten Ton an. Kauf ihn halt, sagte ich zu ihm, kostet nicht mehr als zwanzig Eier. Mensch, es ist ein Uhr nachts, murrte er, wo soll ich den denn kaufen? Stimmt, sagte ich, ein Uhr nachts. Hör mal, auf'm Süd. Hää? Auf dem Südbahnhof, sage ich zu ihm, da gibt's bestimmt welche, da kann man alles kaufen. Roll kurz rüber, he? Er stand im Schnee, sah uns an und wir ihn, und ohne etwas zu sagen, stieg er in seinen Jeep und fuhr los. Sieh an, dachte ich, hat sich der Fettwanst davongemacht. Da hast du deine revolutionäre Solidarität, fucking Bourgeois.

Nach einer halben Stunde kamen sie zurück. Sie drehten noch eine Ehrenrunde und schmissen ihre sämtlichen Scheinwerfer und Lampen an. Der Fahrer stieg aus, wahrscheinlich hatte er unterwegs noch mal nachgeladen. Aber das war Nebensache, absolute Nebensache – in der Hand hielt er einen neuen türkischen Ball! Er lächelte zufrieden und etwas verlegen, als wollte er sagen, hab es schließlich versprochen, ein Mann, ein Wort.

Da er total blau war, stellten wir ihn ins Tor, er war gleich voll dabei, kein übler Typ, wie sich herausstellte, sein Jeep und seine hundert Kilo taten nichts zur Sache, er sprang nach den Bällen, so gut er konnte, kam heraus, reagierte auf Querschläger, er hatte echt Mut gefaßt, wie wir alle damals, aber er ganz besonders – er stand inmitten der nächtlichen, winterlichen Stadt, umgeben von einem verrückten, aufgeheizten Publikum, zwischen dem Hotel Charkiw und der Universität, links von ihm zogen sich Polizeiabsperrungen hin, rechts stand sein Jeep und leuchtete aus Dutzenden von Lampen, über ihm durchdrang der Frost den November-himmel, der smaragdfarben über dem zentralen Stadtteil, über den Zäunen, über dem Neubauviertel und den alten Arbeiterbezirken und über dem Bahnhof leuchtete, dessen heißes Tag-und-Nacht-Herz niemals aussetzte, er hielt sich gut auf dem glatten, von schweren Schuhen festgetrampel-ten Schnee, hin und wieder sah er beunruhigt zu den Poli-zeiabsperrungen hinüber und hielt alles, was auf seinen Ka-sten kam.

Teil Vier

Live fast, die young

(zehn Tracks, die ich auf meiner Beerdigung hören möchte)

1. **Eric Burdon. Black On Black In Black.** Die Geister meiner Vergangenheit tauchen in meinem Leben auf. Sie verfolgen mich aus der Ferne, verstecken sich hinter den Passanten, halten sich die Zeitung vors Gesicht, wenn sie im Bistro am Tisch gegenüber sitzen. Sie warten und geben sich Mühe, nicht zu stören. Aber jedesmal, ich muß mich nur ein bißchen entspannen oder ein Stück weggehen und allein sein, kommen sie leise an, stellen sich neben mich und sehen mir unverwandt in die Augen, sie warten darauf, daß ich den ersten erkenne. Sie erwischen mich in den Toiletten der Klubs, am Kiosk, wenn ich mir eine Zeitung kaufe, in meinem Treppenhaus, wenn ich morgens Mineralwasser hole – es ist schwer, ihr Auftauchen vorherzusehen, und kaum möglich, ihnen zu entkommen, sie folgen mir unbemerkt wie Haie den Tankern, in denen Hunderte boat people sitzen. Nur daß ich ihnen keine Gelegenheit gebe, mich zu verschlingen, keinen Augenblick lang vergesse ich die Gefahr, die von ihnen ausgeht. Aber anders als ich haben sie das Warten gelernt.

Ich war seit neun Jahren nicht mehr in New York. Ich habe hier überhaupt keine Bekannten mehr – meine früheren Freunde sind entweder weggezogen oder gestorben, die meisten waren schon älter und hatten eine heftige Biographie. Vor neun Jahren sind in meinem Leben plötzlich eine

Menge neuer Leute aufgekreuzt, die ich merkwürdig fand und nicht verstand, sie lebten hier, und ich habe sie mit der Stadt assoziiert, für mich gehörten sie hierher. Ich hatte keine Adressen von ihnen und auch nicht die geringste Lust, sie wiederzusehen – wenn du in einer Unterhaltung eine Pause von neun Jahren gemacht hast, kannst du danach höchstens von vorn anfangen, wie käme das sonst rüber, wenn du einen nach neun Jahren wieder triffst und fragst, was es Neues gibt? Neues in welcher Hinsicht? In den vergangenen neun Jahren? Da müßte man ja bei seiner Geburt anfangen, damit der Zusammenhang sich herstellt. Das ist, glaube ich, hoffnungslos.

Aus der Zeit erinnere ich mich noch gut an Jarema und seinen jüngeren Bruder. Das war der letzte Abend in New York, wir hatten uns ganz schön zugelötet, da tauchten Jarema und sein Bruder auf, oh, sagte ich, du siehst aus wie Morrison, Morrison find ich gut, antwortete er, und das ist auch schon alles, was ich noch weiß. Sein Bruder war damals in der Dusche oder im Klo abgeklappt, vielleicht auch hier und dort. Wie hätte ich sie vergessen können – wir hörten eine MTV-unplugged von Neil Young und tranken scheußliches amerikanisches Bier.

Hallo, sagte er zu mir, kennst du mich noch? Hallo, antwortete ich zögernd, klar, weiß nur nicht mehr, wie du heißt. Jarema, sagte er. Weißt du noch, wie du damals hierher kamst und wir uns betrunken haben und du gesagt hast, ich sähe Morrison ähnlich? Ja, sagte ich, weiß ich noch. Ich erinnere mich auch noch an deinen Bruder, der ist im Klo abgeklappt. In der Dusche. Ach ja, in der Dusche. In den neun Jahren hatte Jarema sich beinahe nicht verändert. Und ich? Keine Ahnung. Los, betrinken wir uns doch wieder, schlug ich vor. Okay, er war einverstanden, wie wär's mit

Donnerstag – ich brenn dir gute Musik. Gut, sagte ich. Na, was hab ich zu Anfang gesagt?

Jarema kam mit einem riesigen Auto und brachte mir an die dreißig CDs mit, fast alles Musik aus den späten Sechzigern und frühen Siebzigern, von einigen Alben hatte ich nur gehört, zu Hause kriegte man die einfach nicht. Ich brenn dir Musik von hier, hatte er versprochen, hier gibt's eine Menge Gruppen, die treten in den Klubs auf, werden von den lokalen Sendern gespielt, außer in Manhattan kennt die kaum einer, ist wirklich coole Mucke. Was sind denn das für lokale Sender? wollte ich wissen. Erzähl ich dir später, sagte er, und wir fuhren in einen bulgarischen Klub, in die Eugene-Disko.

Die Eugene-Disko bestand darin, daß Eugene kam und auflegte, was er gut fand. Das war irgendwie das Qualitätsmerkmal, der Klub war voll von Bulgaren, Zigeunern, sowjetischen Juden und einfach Juden, Eugene legte hauptsächlich Ska und Zigeunerfolk auf, im Fernseher über der Bar liefen seine Auftritte mit Gogol Bordello, die Bulgaren rochen nach Bier. Nach vierzig Minuten fuhren wir woandershin, los, hauen wir ab, sagte Jarema, ich kenne hier noch einen andern Klub, den betreibt der ehemalige Besitzer des Radiosenders, von dem ich dir erzählt habe, dort wird auch nur dessen Lieblingsmusik gespielt, schon deshalb müssen wir hin. Das ist gut, dachte ich, daß jeder seine Lieblingsmusik spielt. Hauptsache, sie reicht für alle.

Der Sender lebte lange Zeit nur von Spendengeldern. Jedes Jahr wurde eine Sammelaktion unter den Hörern veranstaltet, jeder gab, was er für angemessen hielt, die Besitzer des Senders erklärten – wenn ihr uns noch ein Jahr hören wollt, gebt uns Kohle, wir brauchen nicht viel, nur daß wir alle wichtigen Rechnungen bezahlen können. Sie spielten so gute Musik, daß es ihnen jedes Jahr gelang, das nötige Geld aufzutreiben. Ich war beeindruckt, so muß es sein, dachte ich. Das sind echt kommunistische Prinzipien für die Existenz eines Musikraums. Der Besitzer des Senders, erzählte Jarema weiter, hat selbst ein Programm moderiert, ich habe sie immer gehört, erzählte er, sie haben nur gute Musik gespielt, viel aus den Sechzigern und Siebzigern, rund um die Uhr. Einmal kam Burdon zu ihnen ins Studio. Wie Burdon? ich wollte es nicht glauben. Ja, er wohnt hier um die Ecke, das ist eben Manhattan, erklärte Jarema, alle hocken aufeinander, war eine tolle Livesendung, sie haben einfach die ganze Nacht gesessen und über alles mögliche gequatscht, am meisten hat mich die Geschichte beeindruckt, als Burdon einen Auftritt in einem Gefängnis hatte, in dem nur Schwarze saßen, Burdon ging die Muffe, aber als er anfing zu spielen, war alles okay, sie fanden ihn gut. Burdon sagte, in dem Moment habe er unheimlich viel verstanden. Und jetzt hat der Besitzer des Senders diese Bar aufgemacht und einen Haufen eigene Musik mitgebracht, fremde Musik ist verboten. Und ist Burdon da? fragte ich.

Die Frau hinter der Bar war eine Hexe, das behauptete zumindest Jarema. Sie schenkte uns Bier ein und zeichnete mit dem Schaum Pentagramme obendrauf. Gehen wir, sagte Jarema schließlich, wir gingen durch den Korridor, und dort stand ein riesiger Musikautomat, in dem Hunderte der besten CDs von Manhattan steckten, wir kramten unser gesamtes Kleingeld raus und warfen es ein. Es reichte für 27 Stücke, ein Dollar pro Song, los, sagte ich, drück, was du willst, Jarema wühlte lange, drehte die CDs hin und her, brauchte für jeden Song ewig und sagte dann – zehn sind noch übrig. Jetzt bist du dran.

Was will ich wirklich hören, nicht nur jetzt, nicht nur in

dieser Bar mit der Hexe hinter dem Tresen, sondern überhaupt – was will ich hören, was würde ich in den Äther schicken, wenn ich die Gelegenheit hätte? Zehn Tracks, das sind beinahe vierzig Minuten Musik, vierzig Minuten Zeit, in der alles Mögliche mit mir passieren kann, in diesen vierzig Minuten muß der Automat zehn verschiedenen Stimmen, zehn verschiedenen Leben Raum geben, sie mit meiner Stimme, mit meinem Leben verweben. Ich überlegte und drückte die ersten zehn Knöpfe, die mir unter die Finger kamen.

Musik hören wühlt mich immer auf. Wenn ich ein Buch lese, passiert mir das nicht, gefällt mir ein Buch, will ich meistens so schnell wie möglich durchkommen, um herauszufinden, wie es ausgeht. Gefällt es mir nicht, lege ich es wortlos zur Seite, habe aber nach einiger Zeit Gewissensbisse. Mit dem Kino ist es auch einfach, ich warte auf das Ende des Films und zeige mehr oder weniger deutliche Aktivitäten während der Bettszenen, es interessiert mich jedesmal, wie sie es machen, das ist auch schon alles. Mit dem Theater ist es genauso – im Theater fühle ich mich unsicher, ich habe Angst, die Schauspieler könnten jeden Moment ihren Text vergessen und ins Stocken geraten, das macht mich nervös, aber es wühlt mich nicht auf. Außerdem mag ich die Imbißstände im Theater. Anders dagegen bei Musik. Nie mag jemand die Musik, die mir gefällt. Außer mir natürlich. Ich höre sie zu Hause und ohne Zeugen, ich platze vor Gekränktheit und Verzweiflung, wenn jemand kommt und die Musik ausmacht, die ich höre, die ich gut finde, meine Musik, verdammt! Ich hätte auch gern einen eigenen Sender, der würde nur das spielen, was mir gefällt, jedes Jahr würde ich meine potentiellen Hörer bitten, für die Rente des Steuerinspektors zusammenzulegen, ich würde morgens von Viertel zu Viertel, von Tür zu Tür ziehen und sagen, Hallo, ich bin dieser komische Vogel, der für euch die geile Musik macht, Burdon kennt mich persönlich, könnt ihr nicht bißchen was rüberwachsen lassen? Jeder von ihnen hätte das persönliche Recht, mich zum... na ja, zu schicken, jeder hätte einen wunderbaren Anlaß, von diesem Recht Gebrauch zu machen.

2.   Neil Young. Rockin' In The Free World. Freedom! Neil Young sitzt mit seinen speckigen Zotteln und in extra abgewetzten Jeans auf dem Stuhl und hält seine Gitarre in der Hand. Der Fotograf hatte ihn von hinten aufgenommen, so daß von irgendwo her im Saal die Fotolampe blendete und fast nichts zu sehen war, aber dennoch der Eindruck entstand, als sei Publikum im Saal, als wäre alles live. Wir stehen auf dem Dach eines fünfstöckigen Hauses, mitten in Manhattan, es ist zwei Uhr nachts. Unten die Straßen sind voller Taxis, hin und wieder gehen Polizisten und Schwule vorbei. Ich glaube, sie grüßen sich sogar. Frühjahr '96, wir rasten aus, als wir da oben in der dunklen Ozeanluft über dem Abgrund hängen, wir ziehen uns Wodka mit Bier rein, ab und zu klettert einer durchs Fenster auf die Feuerleiter und steigt nach oben, hinter ihm, im Zimmer, hört man die unzufriedene Stimme von Neil Young, alles live, alles echt, wir sind neunzehn, zwanzig und haben es einfach drauf, nie wieder werden wir es so draufhaben – ungestraft, echt, live.

Die Illusion, die dir laute Musik gibt, die Euphorie, die dich erfüllt, wenn du neben den riesigen schwarzen Boxen stehst, raubt dir für immer die Orientierung, verdreht dir die Knochen, Musik geht vor allem auf den Rücken, danach kannst du nicht mehr wie früher durch die Straßen laufen, bis mittags in deinem warmen Bett schlafen und dich unterm Kopfkissen vor den Sonnenstrahlen verstecken – die Musik verkrüppelt dich, verknotet deine Sehnen, treibt Korkenzieher und Holzschrauben hinein, mit denen sie dich von nun an unter Kontrolle hat, implantiert dir Tausende Rezeptoren, Tausende blanker Klemmen und abgeschraubter Steckdosen, ständig donnern fremde Energieströme durch dich hindurch wie mit Eisen beladene Züge, fremdes Blut durchströmt dich – schwarz und heiß; die Musik, die du einmal gehört hast, verändert die Farbe deiner Haut, verengt deine Pupillen, deine Lippen werden rissig, die Stimme schrill und die Lungen anfällig, sie weitet die Venen und jagt den trockenen Tafelwein hinein – jedesmal, wenn du deine Musik hörst, verlierst du das Gleichgewicht und fällst aus dem äußeren, für dich vollkommen neutralen Klangraum heraus in die alptraumartige Unterwasserwelt deines persönlichen Sounds, und zwar solange du lebst. Wie oft mußte ich hinterher an der Stille und der Verzweiflung sterben, wie oft fehlte es mir an elementarer Geduld, an Takt, wie oft hatte ich keinen Bock, das zu tun, was ich hätte tun müssen, so daß ich schließlich drauf und dran war, es auf jemand anderen zu schieben, irgend jemand muß doch die Verantwortung dafür übernehmen, irgend jemand muß doch verantwortlich sein für meine Grundschulausbildung, für die mir vermittelten Grundbegriffe und -termini, die ich hätte benutzen sollen auf meinem Weg durch die festen Schichten der Atmosphäre. Und wer? Er, ja genau, nur er – der schlaue, ewig mit allem unzufriedene Neil Young, in seinen exakt am Knie aufgerissenen Jeans, mit seinen tausend Boxen und dem Gitarrenbrimborium, mit seinen Haaren, die ihm schon ausfielen und in den Waschbecken der Hotels

zurückblieben, ja genau, wer weiß, ob nicht er, sein nerv-
tötendes Gekrächze, seine fünfzig Platten mit der authen-
tischen Musik und den Covers mich im entscheidenden
Moment traumatisiert haben, als mein Herz Informationen
verschlang wie eine Boa ein totes Kaninchen, wer, wenn
nicht er, soll die Rechnung für meine Erziehung begleichen,
als wäre weiter nichts dahinter gewesen, nur Musik, als
hätte man in seiner Stimme die Drohungen und das Fluchen
nicht gehört und in seinem Freedom nur die gewöhnliche
Prophetie, wie man sie kennt, mit Blut, Leichenbergen und
dem obligatorischen Sieg.

So oder so hängt alles an der Musik – deine Bekanntschaf-
ten und deine schlechten Gewohnheiten, wie du im Bett bist
und wen du wählst und ob du überhaupt wählen gehst. Das
Musikformat ist in Wirklichkeit ein Verhaltensformat, es
kommt dir nur so vor, als wärst du es, der seine Musik und
seine Klamotten auswählt, einen Arbeitsplatz sucht, die
Sender durchgeht und haltmacht, wenn ihm etwas interessant scheint. Du vertraust zu sehr den eigenen Gefühlen, der
eigenen Intuition, die dich immer wieder täuscht, und du
machst dir nicht klar, daß es in Wirklichkeit die Sender sind,
die dich ein- und umschalten, daß du geführt und hierhin
und dahin geworfen wirst, daß die seinerzeit in dich inve-
stierte Information später auf jeden Fall Dividenden bringt,
nur daß sie nicht an dich ausgezahlt werden. Alles hängt an
der Musik, plötzlich beginnst du, dich für fremde Ideen zu
begeistern, sie auf dein Territorium zu lassen, du ordnest
dich einem fremden Rhythmus unter, verfällst ihm, paßt
ihm deine Mimik und deine Bewegungen an, und die Ver-
antwortlichen sind unauffindbar – niemand verbietet den
Blues, weil er dir die Gelenke ruiniert hat, niemand bringt
Neil Young in Texas auf den elektrischen Stuhl, weil dir von

seiner Gitarre die Zähne ausfallen. Freedom, sagt Neil Young, und zeigt dir fuck. Freedom, bestätigt das Geschworenengericht und geht in die Mittagspause. Freedom, stimmst du traurig zu und suchst deinen Zahnarzt auf.

Sie stellen es so an, daß ich nichts bemerke. Verstecken sich hinter ihren Marken und musikalischen Fachbegriffen, schicken Werbespots und erfahrene Promoter vor, füllen fleißig und routiniert den Äther, wie Mutter früher den Korb mit Sandwiches gefüllt hat, fürs Picknick im Grünen. Wahrscheinlich werde ich von ihrer Arbeit gar nichts mitbekommen, nur daß ich eines Morgens in einer total feindlichen Stadt aufwache, in einer Luft, die sie mit ihrer Musik und Agitation okkupiert haben und in der kein Raum mehr ist für meine Manöver, und ich mich nicht einmal mehr erinnern kann, wie das alles früher aussah, bevor die Musik mich in eine Depression stürzte und die Pausenzeichen Muskelschmerzen hervorriefen. Sie ändern alles – die Erkennungsmelodie der Programme, die Stimmen der Moderatoren, sie mischen dem normalen Klang immer mehr Plastik bei, immer mehr Musikersatz, entfernen alle überflüssigen Details, alle zusätzlichen Funktionen, sie werden ihre Musik säubern und reinigen wie den Leib eines Wals, alle heißen, lebendigen Mechanismen herauskratzen, auf die ich immer angesprungen bin, und übrig bleibt eine leere, stumpfe Kugel, die über mir schwebt, kalt glänzend, mit einem synthetischen Strahl wie die wahre Sonne, wie das heiße Herz, das man einem kühnen Jugendlichen aus der Brust reißt.

Die Liebe zur Musik paßt in kein System, und sie wissen das, sie wissen, wenn sie den Äther besetzen und mir keine Wahl lassen, daß sie dann mit den entsprechenden Handlungen und Entscheidungen meinerseits rechnen können. Am leichtesten läßt man sich beim Rhythmus gleichschalten, gründlich und zielsicher, mit meiner passiven Teilnahme und äußeren Anwesenheit – sie legen mit ihren Hörnern und Sackpfeifen los, ich habe mich ohne Widerrede dem weitverzweigten systemischen Netz der Verdauung musikalischer Töne anzuschließen, einem subkutanen Funktionsmodell des Lauts als Aggressionen erzeugendem Faktor, als Form psychischer Abhängigkeit, der Stimme als Reizfaktor aller schmerzenden, offenen und ungeschützten Körperteile; Musik ist mehr oder weniger die rhythmisierte Bedrohung meiner Freiheit, meines Appetits und aller meiner inneren Prozesse, die Verdauung eingeschlossen. Sie kennen meine Schwachstellen, sie verfolgen mich auf meinen Hauptstrecken; mit Stimmen und Trommelwirbel weisen sie mich in die vorgesehenen Schranken, in die angelegten Reservate, denn sie wissen, daß ich eher auf ihre Erkennungsmelodien höre als auf mein Gedächtnis, gefährlich kann ihnen nur meine Selbstisolation werden, die Abkoppelung von ihrem Radiosender, das Ausbrechen aus diesem Klangkreislauf; sie haben Angst, die Verbindung zu mir zu verlieren, Angst, den Zugriff auf mich einzubüßen, sie kriegen die Panik, wenn ich mich zu Hause einschließe, die Antenne aus dem Radio reiße, auf Klingeln an der Tür und Klopfen an der Wand nicht mehr reagiere, meine Musik einschalte und maximal aufdrehe, um alles zu ersticken, was meinen Kopf überfluten will wie Wasser, das über die Ufer tritt. Sie versuchen noch eine Weile, mich zu erreichen, aber vergeblich – meine Dämme aus Lymphe, Speichel und Blut halten stand, meine Musik ist ein innerer Kampf, jeder Song hat so viel gekostet, daß kein Lautsprecher die Vielstimmigkeit übertönen, meine golden collection, meine Phonothek, die Beefsteaks meines Jazz, die Asche meiner Heiligen, meines neil young, meines Teufels überkrächzen kann.

3. Rolling Stones. Sister Morphine. Ich saß da und hörte meine Platten. Die ganze Zeit ein und dieselben Platten. Ich legte sie Dutzende Male auf, spielte sie so lange, bis das Vinyl ab war, nach einer Weile bekamen sie Sprünge, die Nadel fing an zu hüpfen, aber ich nahm keine Rücksicht – ich hatte nicht vor, die Platten mein ganzes Leben lang zu hören, ich wollte jetzt dieses ständige Geräusch in mir haben, in diesem Sommer und an diesem Ort, an den es mich zufällig verschlagen hatte. Ich war bei einem Kumpel zu Besuch, er hatte mich schon lange eingeladen, komm doch mal vorbei, wir haben hier einen Fluß, da können wir hingehen. Gut, sagte ich, ich komme vorbei. Irgendwann war ich ganz allein, hatte keine Knete mehr und nichts zu tun, da dachte ich – klar, warum eigentlich nicht, vielleicht gibt's dort wirklich einen Fluß. Ich rief den Kumpel an, ich komme, sagte ich, alles klar, antwortete er, komm einfach, wir gehen an den Fluß. Was soll ich denn mitbringen? fragte ich vorsichtshalber – ich hatte keine Knete mehr und hoffte, daß er »nichts« sagen würde. Nichts, sagte er, ich fahr dann los, antwortete ich und hänge auf. Ich nahm einen ganzen Stapel Platten mit. Was den Fluß betraf, so hatte ich meine Zweifel, aber ohne Platten zu fahren kam nicht in Frage. Die Passagiere der gesunkenen transatlantischen Ozeandampfer, die im kalten Meer auf Grund gingen, schnappten sich, so ist es zumindest im Film, ihre Kinder, Haustiere und ihren Schmuck. Ich schnappte mir meine Musik, ich würde sicher hoffnungslos versinken und wollte für den Fall des totalen Fehlschlags etwas Passendes zur Hand haben.

Haustiere hatte ich nicht. Ich hasse Haustiere, sie machen mich rappelig. Schmuck habe ich nur in besagtem Film gesehen. Von Kindern konnte nicht die Rede sein. Ich nahm meine Platten, setzte mich in den Zug, und ein paar Stunden später stand ich auf dem Bahnsteig einer kleinen, sonnigen Stadt.

Hallo, freute sich mein Kumpel, was hast du denn da mitgebracht? Platten, antwortete ich. Mein Kumpel schaute sich meine Platten enttäuscht, aber aufmerksam an und zeigte mir, wo sein Plattenspieler stand. Der Plattenspieler war grauenhaft, aber meine Platten hatten schon Schlimmeres erlebt. Ich war kein fanatischer Sammler, ich war überhaupt kein Sammler. Ich hatte keine Angst um meine Platten, mir war nur wichtig, diese oder jene Musik zu haben, und wenn eine Platte total abgespielt war, schmiß ich sie weg und kaufte sie mir neu. Auf den Platten stellte ich meine Teetasse ab, schnitt Fisch, trocknete Gras und notierte Telefonnummern – die Musik nahm keinen Schaden. Ich auch nicht. Ich ging zum Plattenspieler und legte eine Platte auf.

Hör mal, sagte mein Kumpel am nächsten Morgen, ich muß für ein paar Tage zu meiner Mutter. Und was wird aus unserem Fluß? frage ich. Na, bleib doch einfach hier, sagte mein Kumpel, du kannst ja allein an den Fluß gehen, wohnen kannst du bei mir, die Wohnung ist leer, und in ein paar Tagen bin ich zurück. Gut, sagte ich, ich bleibe. So machen wir es, er atmete auf, sieh nur zu, daß du nicht ersäufst in diesem beschissenen Fluß; und daß du mir keine Schlampen anschleppst!

Am Abend ging ich Bier holen. Sie saß auf einer Bank und trank Cola. Sie hatte gebräunte Haut, dunkle Haare und unmöglich lackierte Nägel. Ich ging wieder nach Hause und hörte meine Musik.

Hallo, sagte ich am nächsten Morgen zu ihr, sie saß auf derselben Bank und kaute Kaugummi, laß uns zum Fluß gehen. Pfff, antwortete sie, guck dich mal an. Beleidigt ging ich weg. Das Wasser war kalt. Ich kehrte nach Hause zurück. Sie war nirgends zu sehen.

Na, wie isses? fragte mein Kumpel. Alles okay, sagte ich, wie geht's deiner Mutter? Die geht mir auf den Kranz, gab mein Kumpel zu, aber sie braucht meine Hilfe. Ich bleib noch ein paar Tage. Gehst du an den Fluß? Ja, log ich. Sieh zu, daß du nicht ersäufst, riet er mir. Und paß mir mit den Schlampen auf. Mach ich, beruhigte ich ihn. Ich stand am Fenster und wartete, daß sie auftaucht. Sie kam so gegen sieben Uhr abends. Ich rannte auf die Treppe und ging hinunter. Hallo, sagte ich wieder. Sie nahm ihre rosa eingefaßte Sonnenbrille ab und musterte mich. Ich fühlte mich unbehaglich. Hast du Lust auf einen Wein, fragte ich. Bist du bescheuert? wollte sie wissen und ging nach oben. Ich hörte, wie sie die Schlüssel herausholte und die Tür aufschloß. Ihre Tür war direkt gegenüber von meiner. Ich ging rein und stellte den Plattenspieler an. Die Boxen hatten einen Wackelkontakt, der Ton fiel andauernd aus, kam wieder, war wieder weg. Wie ein schlagendes Herz.

Am Morgen regnete es. Gut, dachte ich, geh ich zum Fluß. Ich trat auf die Treppe hinaus. Sie saß vor der Tür und schwenkte ihre Brille. Hallo, sagte ich. Sie sah mich haßerfüllt an. Was ist passiert? fragte ich. Die Tür ist zugeschlagen, antwortete sie, und es ist keiner da, ich sitz hier schon eine halbe Stunde. Du hättest rufen sollen, sagte ich und machte mich an dem Schloß zu schaffen. Nach zwanzig Minuten holte ich einen Schraubenzieher und brach es auf, sie bedankte sich und legte von innen die Kette vor. Ich ging nach Hause und machte mich mit demselben Schraubenzieher daran, den Plattenspieler zu reparieren. Die Platten lagen auf dem Tisch wie nicht abgeschickte Briefe.

Abends klingelte sie an der Tür. Hallo, sagte sie, kann ich reinkommen? Ja, nur zu, ich freute mich, wieso eigentlich? Bei dir läuft immer laute Musik, sagte sie. Und, soll ich sie ausmachen? Ach, nö, mich stört's nicht. Wohnst du hier mit deinen Eltern? fragte ich. Nein, bei meiner Oma, ich bin zu Besuch. Und bist du auch zu Besuch? ja, sagte ich, bei einem Freund, kennst du ihn? Ja, sagte sie, ein Vollidiot. Insgeheim stimmte ich ihr zu. Findest du die Musik gut? fragte sie wieder. Ja, sagte ich, aber wenn du willst, kann ich was anderes auflegen. Mir egal, sagte sie. Hast du Wein? Ja, aber keinen guten. Hast du überhaupt was Gutes?

Das ist Sticky Fingers, sagte ich zu ihr, als der Wein schon alle war; hör ich immer, wenn ich gut drauf bin, ich muß immer heulen dabei. Hm, sagte sie, sieht dir ähnlich. Du hast so eine Stimme, sagte sie zu mir, als ich zum ersten Mal gehört habe, wie du sprichst, hab ich gedacht, aber sei nicht gleich sauer, du bist ein Downie. Das kommt von der Erkältung, sagte ich, ich bin einfach erkältet. Willst du noch Wein? Sie nickte.

Nach der zweiten Flasche wurde ihr schlecht, sie war schnell betrunken geworden und schwieg die ganze Zeit, dann sagte sie – mir ist schlecht, ich brachte sie ins Bad und drehte die Sticky-Fingers-Platte um. Nach einer halben Stunde fand ich sie in der Wanne, sie duschte, war naß und total am Ende und ließ sich küssen.

Sie hatte weiße Kinderunterwäsche an. Lange durfte ich ihr nichts auszuziehen, aber sie ließ mich keine Sekunde von sich weg, nicht mal, um die Platte umzudrehen. Komm bloß nicht in mir drin, bat sie dann. Aber hallo, sagte ich, bei der Musik komme ich überhaupt nicht, wer kommt schon bei *Der Mond ist aufgegangen*. Idiot, sagte sie. Und krall dich nicht an meinen Haaren fest, verbot sie mir, und krall dich überhaupt nicht so fest. Andauernd verbot sie mir irgendwas, wobei sie mich keinen Augenblick losließ, nicht mal, um die verdammte Platte umzudrehen, diese fucking Sticky Fingers von Seite A auf Seite B zu wenden, die Platte war schon lange zu Ende, meine Musik war zu Ende, das genau wollte ich vermeiden, aber die Platte drehte sich nur und quietschte, wickelte die Dunkelheit auf ihre schwarzen Vinylrillen auf, wehmütig und monoton, bis ich es nicht mehr aushielt und mich nach dem Plattenspieler ausstreckte und den Arm erwischte, die Nadel fuhr über die Platte und grub sich tief ein, da war es natürlich aus. Wieder eine Aufnahme weniger. Gegen Morgen schlief sie ein, aber nur für einen Augenblick, stand dann auf und fing an, ihre kindlichen Dinge einzusammeln. Die Brille setzte sie mir auf. Die Welt kam mir warm und vinylen vor.

Ich brachte sie nach Hause, wir liefen über die leeren Straßen, und als uns ein zufälliges Auto überholte, sprang sie in den Schatten, sie wollte nicht, daß man uns zusammen sah. Ich war siebzehn, sie vierzehn, sie glaubte mir nicht, dachte, ich würde Schluß machen. Und so kam es auch.

4. Creedence Clearwater Revival. Up Around The Bend.
Unser Freund Roman mußte auf Expedition. Er war Historiker, und einmal im Jahr, im Sommer, fuhren sie alle auf Ex-

pedition, wohnten in Zelten und buddelten. Meistens versuchten die Expeditionsleiter, unseren Freund zu Hause zu lassen, da er sich gleich in den ersten Tagen über alle verfügbaren Alkoholvorräte hermachte und dann zum Duftwasser überging, dieses Mal allerdings sah es schlecht aus, es gab keinen, der buddeln konnte, und so mußte Roman auch mit. Nach einer Woche rief er an und bat mich, am Wochenende vorbeizukommen. Gut, sagte ich, du kannst mit uns rechnen. Bringt was mit, bat er noch, wenigstens Kölnischwasser. Gut, sagte ich, was für eine Sorte darf's denn sein? Was labere ich da eigentlich, dachte ich, und damit war das Gespräch beendet.

Zwischen Frühjahr und Herbst '92 waren wir eine große, fröhliche Familie gewesen. Schon damals sahen wir erbärmlich aus, aber das juckte uns nicht. Roman war der einzige von uns, der eine normale soziale Position einnahm, mit anderen Worten, er hatte eine Freundin. Das Mädchen war uns völlig zufällig untergekommen, sie hatte Roman seinerzeit irgendwo in der Stadt aufgelesen, ihn zu uns nach Hause geschleppt und war dann einfach bei ihm geblieben. Ihr Familienleben ging uns auf den Keks. Besonders nervte uns, wenn sie anfingen zu ficken und das, wie soll man sagen, vor unseren Augen, ja, vielleicht so, einfach vor unseren Augen, ungezwungen und unermüdlich, ihre Liebe war lang und traurig, traurig für uns, heißt das, wir wollten alle ein Mädchen, aber sie gehörte unserem Freund. Der Sommer brach an.

Bei befreundeten Straßenhändlern kaufte ich Alk. Sie hätten mir eigentlich nicht helfen müssen, wir waren nicht richtig befreundet, aber meistens ist das Geschäft der erste Schritt zu normalen menschlichen Beziehungen, ich bezahlte wie immer und bekam drei Einliterflaschen Sprit

Royal zu einem lächerlichen Preis, Dumping fand ich schon immer gut, in meinen Augen rechtfertigte Dumping die Existenz des kapitalistischen Modells, und genau das war hier der Fall.

Die Reise war sommerlich heiter, die drei Stunden im leeren Waggon, während draußen die Sonne und das Grün immer intensiver wurden, kreischten wir und gingen uns gegenseitig auf die Nerven, betrachteten die hitzeträgen Bahnhöfe und gingen von Tambur zu Tambur auf der Suche nach Tabak und Tiefe. Romans Freundin war auch mit, sie schwieg die Fahrt über, lachte etwas nervös, ihr gingen wir am meisten auf die Nerven. Sie hatte die Nase voll, nahm den Walkman aus dem Rucksack und klinkte sich aus. Was hörst du denn? wollte ich wissen, als die anderen Zigaretten suchen gegangen waren. Was? sie hatte nicht verstanden. Was du hörst? wiederholte ich laut. Sie nahm die Kopfhörer ab und setzte sie mir auf. CCR? fragte ich, wo hast du die denn her? Bei euch gefunden, in irgendwelchen Jeans. Du kramst in unseren Jeans rum? ich wollte es nicht glauben. Na, ihr klaut doch auch dauernd meine Unterwäsche. Mmh, sei nicht sauer, sagte ich. Hast du schon Sehnsucht nach Roman? Ja, hab ich, antwortete sie. Er vermißt dich auch, versicherte ich ihr, und legte vorsichtig das Päckchen mit dem Alkohol obenauf.

Die Expedition hatte sich oberhalb eines Flußufers niedergelassen, das Ufer fiel steil ab, der Fluß lag im Tal, das Panorama, das sich vom Ufer aus öffnete, war echt stark – bis zum Horizont zogen sich Wiesen und Buchten, und direkt am Horizont stand irgendein Kraftwerk. Die Sonne schien, und wenn man auf etwas keinen Bock hatte, dann auf Buddeln. Die Expedition wohnte in ein paar Holzhäusern, in der Mitte war die Küche, in einer Kiefer hing ein Lautsprecher. Wir fanden Roman. Er entdeckte seine Freundin, ging zu ihr und redete lange auf sie ein. Er sah müde aus.

Der Leiter der Expedition behandelte uns zurückhaltend. Wer sind die? fragte er Roman. Meine Freunde, antwortete er. Historiker? fragte der Leiter. Ja, Historiker, versicherten wir. Münzforscher, fügte ich aus irgendeinem Grund hinzu. Okay, der Chef verlor sofort das Interesse an uns, er wandte sich an seinen Stellvertreter, ist schon halb eins, ich muß in die Stadt, organisier das Mittagessen und dann die zweite Runde. Er stieg in den Dienstbus und fuhr weg. Die Historiker deckten den Tisch. Und luden uns ein. Wir holten eine Flasche Sprit Royal raus und kippten sie in den Kessel mit dem Trinkkompott.

Die Expedition machte keine zweite Runde. Die Historiker brachten statt dessen noch einen Kessel Trinkkompott. Wir holten noch eine Flasche Sprit Royal raus. Gegen sechs Uhr – das Mittagessen war in vollem Gange – setzten sich die Historiker aufs Fahrrad und fuhren in die umliegenden Dörfer, um Samogon zu holen. Sie waren vierzig Minuten weg, alle warteten gespannt, stellten sogar die Musik ab, die die ganze Zeit in den Bäumen gedudelt hatte, und schalteten warum auch immer das Radio ein, als könnte dort jemand was über unsere Freunde vermelden. Genau nach vierzig Minuten war fröhliches Fahrradklingeln zu hören – der stellvertretende Expeditionsleiter lenkte und trat die Pedale, auf dem Gepäckträger saß der Wirtschaftsleiter und hielt in jeder Hand ein Einmachglas Samogon. Unter den Historikern brach Euphorie aus, das Radio wurde ausgeschaltet. Gegen neun kam der Förster. Sie luden ihn ein, er bedankte sich und nahm Platz. Traurige Neuigkeiten, sagte er und unterbrach die betrunkenen Stimmen der Historiker. Im Lager nebenan geben sich Jäger die Kante, teilte er mit, das klang so, als hätte im Lager nebenan der Zweite Welt-krieg begonnen. Die sind noch nicht in dem Zustand wie ihr, fuhr er fort und trank, aber die machen ihr Ding. Irgend jemand hat ihnen gesagt, daß ihr hier seid, also stellt euch auf Besuch ein. Was ist denn mit denen, fragte ich, haben die Waffen? Nein, antwortete der Förster, Waffen haben sie nicht, aber ihr Wodka geht zu Ende. Was sind denn das für Jäger, sagte jemand. Betrunkene Jäger, antwortete der Förster, ich denke, eine Zeitlang wird sie der Sumpf aufhalten, da drüben ist nämlich Sumpf, aber dann müßt ihr sehen, ich hab euch jedenfalls gewarnt. Wir gossen ihm Kompott ein.

Eine Stunde später, es war schon dunkel, beschloß der Stellvertreter, noch einmal loszufahren. Wir versuchten lange, ihn davon abzubringen, aber er hörte nicht, setzte sich aufs Fahrrad, drehte eine Runde um das Lager und landete im Ausgrabungsfeld. Alle rannten hin, um ihn rauszu-holen. Dann verzogen sich die Historiker in ihre Hütten auf ein Schlückchen Kölnischwasser, in der Nacht kam der För-ster noch einmal zurück, sagte, daß die Jäger wohl nicht kä-men – sie seien im Sumpf steckengeblieben –, holte noch eine Flasche raus, und ich saß lange mit ihm am leeren Tisch, in den Hütten sangen die Historiker, über dem Tisch brannte ein helles Licht, der Wald war dunkel und voller Geister, der Sommer auf seinem Höhepunkt.

Gegen Morgen ging ich mir ein Bett suchen. Es war still. Das Lager war verwüstet, allein an Trinkkompott zu den-ken tat schon weh. Ich ging zur nächstgelegenen Hütte und sah hinein – im Schlafsack lag Roman mit seiner Freundin. Ich stand lange am Fenster, plötzlich drehte sie sich um und sah mich aufmerksam an. Die rauhe Armeedecke fiel ihr von den Schultern, aber sie zog sie nicht hoch, sie sah mich lange und ruhig an, als sähe sie mich im Traum. In diesem

Moment wünschte ich mir auch, daß sie mich im Traum sähe. Plötzlich trug der Wind ein Krachen heran, ich zuckte zusammen, der Lautsprecher explodierte förmlich, Creedence Clearwater Revival, erkannte ich sofort, das ist doch unser CCR, die Musik, die sie aus unseren Taschen gezogen hatte, es war der stellvertretende Expeditionsleiter, der verzweifelt versuchte, die Hochstimmung und Euphorie zurückzuholen, die noch vor ein paar Stunden im Lager geherrscht hatte und die ihm noch im Bewußtsein, noch in der Kehle steckte. Er war aufgewacht, in den Funkraum gegangen, hatte dort die Kassette unserer Freundin gefunden und eingelegt, in diesem Zustand hätte er auch sonst was hören können, aber das Schicksal hatte ihm eben Creedence hingeworfen, er stellte lauter und setzte sich an den langen, leeren Tisch mitten im Wald und hörte allein, als einziger im ganzen Wald, na ja, wenn man mich und die Jäger mal wegläßt, wenn sie überlebt hatten natürlich, diese wilden morgendlichen Creedence, die den Lautsprecher und unsere Köpfe zerfetzten, aber ihr Gebrüll erreichte niemanden außer ihm und mir, wie immer verbindet die Stille, hält uns zusammen, und nur von Zeit zu Zeit, zufällig, gelingt es einer wilden und heiseren männlichen Stimme, einen von uns nach draußen zu reißen, heraus aus den Kreisen, den Tod und Vergessen um uns ziehen, und nur derjenige von uns, dem es wenigstens ein einziges Mal gelingt, die Kreise zu durchbrechen und inmitten des grellen Klangs, des Schreis der tödlich Verwundeten, der schwachen und ewig mit irgendwas vollgepumpten Männer innezuhalten, eines Sommermorgens, unter taunassen Bäumen, der versteht, wie schwer das alles wiegt: seine Einsamkeit, sein überlastetes Gehör und seine unerwiderte Liebe. Ich holte die Reserveflasche Sprit Royal raus und setzte mich an den Tisch.

In der Zwischenzeit wandte sie sich vom Fenster ab, legte vorsichtig Romans Arm zur Seite und fühlte immer noch seine Wärme auf ihrer Haut, wickelte sich mit dem Kopf in die Armeedecke und versuchte einzuschlafen. Ich weiß nicht einmal, was sie geträumt hat.

5. Buddy Guy. Done Got Old. Sie läßt mir keine Ruhe, diese Radiogeschichte. Ich kehre immer wieder zu ihr zurück. Was hat er über die Arbeit des Radiosenders gesagt? Er hat selbst jedes Jahr Geld auf das Konto überwiesen, nicht viel, vielleicht hundert, zweihundert Eier. Wie viele werden sie gewesen sein, diese Eingeweihten, die den gemeinsamen und für jedermann offenen Radiosender finanziert haben? Man kann es ungefähr ausrechnen – die Lizenz, die Miete, die Steuern, Ausgaben für Technik –, wieviel braucht man pro Jahr, um so einen Sender am Laufen zu halten, wie viele heimliche und namenlose Helden mit einem tadellosen Musikgeschmack müssen in einer Stadt leben und kapieren, daß man um den eigenen Klangraum, mehr noch, um einen eigenen Raum kämpfen, ihn feindlichen Händen, fremden Lautsprechern entreißen muß; dafür muß man was lockermachen, echte Kohle, von den eigenen Ersparnissen, sonst kauft ihn garantiert jemand anders auf, und dann verlierst du ein weiteres Stück deines Territoriums, einen weiteren Eingangskanal für Musik, Rauch und Regen. Eine solche Anonymität hat alle Merkmale einer Kirche, einer frühchristlichen Sekte, die nach kommunistischen Prinzipien funktioniert – mit der totalen Ablehnung von Vermittlern, mit einer überspitzten Gewißheit, dem idealen Sender anzuhängen, der sich dank deiner unmittelbaren Beteiligung etabliert hat, den es dank deiner Beteiligung überhaupt erst gibt. Du zahlst zweihundert Eier und bekommst deine Musik, du weißt, daß es in dieser Stadt, auf diesen Straßen noch mehr solche wie dich gibt, du kennst keinen einzigen von ihnen, aber wenn dein Radio auch im nächsten Jahr noch auf Sendung ist, heißt das, sie sind alle hier in der Nähe – deine Brüder und Schwestern, die dich in deinem großen Protest gegen unbekannt unterstützen.

Wie sollte der ideale Sender sein? Wie jedes kommunistische Modell, wie jede Struktur, die mit den Begriffen Glauben und Religion zu tun hat, verlangt der ideale Sender die totale Einfachheit. In diesem überfüllten, mit kommerziellem Pop vollgestopften Äther einer Megapolis kann der ideale Sender kaum überleben, es klappt sowieso nicht, sich mit den Sponsoren zu einigen, diese Faschisten machen ihn mit ihrem eigenen Format tot, schikanieren dich für jeden gespendeten Cent und lassen dich bis zum Ende aller Tage für jeden Dollar schuften, den sie investieren, weil sie sich unter Kommunismus kostenlose Reklameblöcke vorstellen. Der ideale Sender kann sich auf Spendenbasis kaum lange halten, früher oder später verliert jede gute Christenseele den letzten Rest Geduld und Samaritertum und begibt sich auf Weiden, wo das Gras grüner und saftiger und die Steuern niedrig und übersichtlich sind. Es muß anders funktionieren.

Sollten Neophyten zu mir kommen, eine Gruppe von Neophyten, die sich nicht mit gemeinsamen Pflichten und Ritualen belasten, sollten sie zu mir kommen und sagen – Alter, wir können so nicht weiter leben, wir müssen etwas ändern, Alter, laß uns doch zum Beispiel den idealen Sender machen, los, mach du uns den Sender, wir machen mit, dann gehe ich ungefähr so vor: ich führe sie auf völlig unbesiedelte Territorien, ich bin sicher, daß es die noch gibt, man muß nur richtig suchen, ich werde sie vierzig Jahre lang führen, ich führe sie heraus mit einem tragbaren, batteriebetriebenen Transistor, damit sie all die Jahre hindurch nicht vergessen, wovor wir fliehen, was wir gemeinsam abschütteln wollen, und wenn Gott es satt hat, vor uns her zu ziehen und uns mit Manna und anderen humanitären Hilfslieferungen zu versorgen, uns schließlich ein Stück Luft freimacht, wenn unser verdammter Transistor endlich schweigt und nichts mehr empfängt, werde ich sagen – wir sind da, Brüder und Schwestern, wir sind am Ziel, macht Feuer und holt die Konserven raus.

Immer stärkere Isolation, immer weitere Entfremdung, immer tiefere Risse in der Luft, immer weniger Gesprächspartner, immer offenkundigere Ignoranz von alten Bekannten, Kommunikation ist eine grausame und undankbare Sache, die ihre Aktualität verliert, keiner lernt sie mehr, sieh zu, wie du aus dem leeren, dunklen Stollen herauskletterst, aus diesen engen und fest verschlossenen Kanalschächten, in die dich die Zeit und dein Wunsch, durchzukriechen, getrieben haben. Nach welchem Prinzip, nach welchen auf den ersten Blick unscheinbaren Anzeichen findest du Gleichgesinnte, potentielle Brüder und Schwestern, die bislang noch nichts von deiner Existenz ahnen? Kann die Auswahl der Songs oder die Lautstärke, in der sie gehört werden, oder der Grad der Abhängigkeit von ihnen so ein Prinzip sein? Offensichtlich schon. Das funktioniert ziemlich überzeugend – du und ich hören dieselbe Musik, unsere Abhängigkeit entwickelt sich in dieselbe Richtung, wir bekommen dieselben Medikamente, sind von denselben Helden enttäuscht, für uns endet alles gleichermaßen traurig, und vor allem bleibt es unbemerkt, weil keiner unseren musikalischen Vorlieben Beachtung schenkt, noch Bedeutung beimißt. Was ein Fehler ist.

Der ideale Sender kann eine Art Gemeindeleben sein. Oder kirchliches Leben, was im Grunde viele Ähnlichkeiten hat. Eine Gemeinde hat ihr eigenes Format, genügend Radioempfänger zu Hause, eine Gemeinde hört auf ihre ständig bekifften DJs, die die großen Risse in der Luft benutzen, um in eine andere Geometrie überzutreten, mit besserer Musik; das, was uns trennt, was dich und mich jeglicher Hoffnung beraubt, ist für sie nur eine zusätzliche Möglichkeit, der umliegenden Landschaft zu entschlüpfen, den schmalen und gefährlichen Pfad entlang zu laufen, der sich durch die schwarze Leere ihres Gedächtnisses und ihrer Vorstellung zieht, auf dem gespannten Seil zu gehen, unter apfelsinenfarbenen und lila Sonnen, die wir nicht einmal im Schlaf sehen können und die für sie so alltäglich und natürlich sind wie Kosmetik oder U-Bahn. Sie kehren durch die zerrissene Luft zur Gemeinde zurück, die sie erwartet, denn sie hält es nicht sehr lange aus ohne ihre Musik, ohne ihren kommunistischen Sender, der sie vereint und vom Rest der Welt trennt, sie an sich bindet und zu Auserwählten macht. Die DJs setzen die Kopfhörer auf, koppeln an den einen Klangraum an und beginnen sorgfältig – Schritt für Schritt, Minute für Minute – die Himmel über sich abzuhören, sich konzentriert in ihr Überfließen und Atmen einzuhören und die Himmelsoberfläche vorsichtig mit ihren langen, trockenen Fingern zu berühren, die nach Blut und Marihuana riechen, und mit den Händen über die Himmelsverkleidung zu fahren, die ausgebeult und fest ist wie der Bauch eines trächtigen Tieres, sich dabei den erogenen Himmelszonen immer weiter zu nähern, in deren Umgebung die Musik entsteht, die schönsten und reinsten Radio-wellen, die Radiowellen, nach denen die Gemeinde so lechzt, ohne die ihre Schwestern und Brüder, ihre Kinder mit den schwarzen Tätowierungen auf den Unterarmen und ihre Eltern mit den künstlichen Herzklappen in ihren warmen und verstaubten Zimmern erstickten; sie können nicht fehlgehen auf ihrer Suche, sie suchen Musik wie unterirdische Quellen, damit die Gemeinde nicht an der Austrocknung ihrer Organismen zugrunde geht, denn die Musik macht ihre Organismen und Körper feucht und geschmeidig wie jungen Kohl, aus ihren Körpern könnte man später Musikinstrumente machen, aber wer nähme diese Instrumente zur Hand, wer könnte sie stimmen?

Äußerlich hingegen sieht das ungefähr so aus: der Radiosender fällt durch ein eigenes Format auf, nimmt Sponsoren dazu und startet eine große Werbekampagne. Nach und nach gewinnt er Stammhörer, nach und nach erkennt man ihre Moderatoren an der Stimme und lädt sie zu verschiedenen Talk-Shows ein. Immer mehr Taxifahrer und Kioskbesitzer schalten den Sender ein. Die Gemeindemitglieder ahnen nichts von den vielen anderen Hörern, mehr noch, sie denken nicht einmal daran, bezahlen jedes Jahr eine bestimmte Summe zur Erhaltung ihres Lieblingssenders, sie haben die Gesamtkonzepte nicht verinnerlicht, häufig wissen sie nicht einmal, daß ihre geliebten DJs im selben Aufgang wohnen wie sie; sie schalten einfach das Radio ein und schließen sich sofort dem trächtigen Himmelstier an, indem sie seinen nervösen Atem in ihre Wohnung einlassen und denken, daß das eben Buddy Guy sei, ganz genau, das genau ist Buddy Guy.

6. Lou Reed. Berlin. Ich habe eine seltsame Frau kennengelernt. Irgendwo hat sie meine Mailadresse gefunden und mir geschrieben. Da standen nur ein paar Zeilen, hallo, schrieb sie, ich hab dein Buch gelesen. Ich finde Berlin auch toll. Und dann surfe ich noch gern. Seltsam, dachte ich, wo hat sie meine Adresse gefunden? Hallo, schrieb ich zurück, gehst du wirklich richtig surfen? Nein, antwortete sie, ich hab das anders gemeint, ich surfe nicht selbst, ich mag es einfach. Und was magst du? Wenn es so ist, antwortete ich, mag ich Masturbation. Für einige Tage war Funkstille.

Ist es dir schon einmal passiert, schrieb sie das nächste Mal, daß deine engsten Freunde dich plötzlich nicht mehr verstehen. Plötzlich? fragte ich nach, nein, das gab es noch nie. Was ist denn passiert? fragte ich, hast du dich mit deinen Schulfreunden gestritten? Ja, schrieb sie, habe ich. Ach, schrieb ich, das wird schon wieder, mach dir keinen Kopf. Was habt ihr denn da nicht richtig geteilt? Eure Schulbrote? Was denn für Schulbrote, schrieb sie beleidigt, ich gehe aufs College. Ihr werdet euch schon wieder vertragen, beruhigte ich sie, morgen gehst du in die Schule, ich meine ins College, und ihr vertragt euch wieder. Du hast es nicht kapiert, schrieb sie, in meiner Schule, ich meine im College, läuft alles normal und bei ihnen auch, zu Hause sind sie irgendwie komisch, reden morgens nicht, streiten andauernd. Wo denn morgens? Ich hatte es nicht geschnallt, im College? Was du nur dauernd mit dem College hast, antwortete sie, morgens ist morgens, wenn wir aufstehen und in der Küche Kaffee trinken. Moment mal, fragte ich zurück, was macht ihr – ihr trinkt Kaffee, heißt das, ihr wohnt zusammen? Ja doch, antwortete sie, ich hab dir doch geschrieben, daß es meine engsten Freunde sind. Wir schlafen zusammen. Ach so, sagte ich, sorry, und wie viele engste Freunde hast du? Zwei, antwortete sie. Und ich bin die dritte. Und was sagen eure Eltern? Unsere Eltern sagen nichts, es gefällt ihnen, daß wir gut lernen und uns gegenseitig unterstützen. Aha, sagte ich, ihr unterstützt euch. Ja, schrieb sie, wir unterstützen uns. Ich mag die beiden sehr. Und sie mich, glaub ich, auch. In welcher Hinsicht? wollte ich wissen. In positiver Hinsicht, antwortete sie. Es ist sehr praktisch, zu dritt zu leben, sie unterstützen mich, ich helfe ihnen. Vor einigen Monaten wurde ich sogar schwanger, aber dann habe ich das Kind verloren, ist eigentlich auch besser so – ich hatte keine Ahnung, von wem es war, blöde Situation. Stimmt schon, sagte ich, wenn du nicht weißt, von wem das Kind ist, das ist blöd. Und was ist jetzt passiert? wollte ich nun doch wissen. Keine Ahnung, schrieb sie, irgendwas hat sich in der letzten Zeit verändert, besonders mit einem von ihnen, mit Oleg. Sie sind wirklich sehr verschieden – der eine ist Mathematiker, der andere Sportler, eben dieser Oleg, er spielt Volleyball, in der Collegeauswahl, er hat schon ein Angebot von der Unimannschaft, ich denke, er hat seinen Studienplatz sicher. Und was hat sich verändert? Weiß ich nicht genau, Oleg hat sich verändert. Wir stören ihn plötzlich, er bleibt andauernd lange weg oder geht früh aus dem Haus, wir wohnen immer noch zusammen, schlafen zusammen, aber ich hab das Gefühl, daß es anders ist als früher, es hat sich etwas verändert, mit ihm hat sich eben was verändert, das ist sein Volleyball. Magst du Volleyball? Nein, antworte ich, kann ich nicht ausstehen. Ich auch nicht, ich mag Surfen. Hast du geschrieben, erinnerte ich sie. Wirklich? Na gut, also – er macht alles kaputt, keine Ahnung, warum, vielleicht macht er das nicht mit Absicht, aber er macht alles kaputt, mich macht das richtig fertig. Vielleicht bereitet er sich auf die Meisterschaft vor, versuchte ich sie zu beruhigen. Nein, die Meisterschaft ist schon zu Ende, das hat nichts mit Volleyball zu tun, hier geht es um etwas ganz anderes, das ist so ein komisches Gefühl, als würde jemand ein Stück aus deinem Ich reißen, dabei geht es nicht einmal um Sex, obwohl er im Bett gut ist, eigentlich schlafe ich mit beiden gern, aber darum geht es gar nicht, es geht darum, daß wir jetzt alle mies drauf sind, und ihm geht es auch nicht gut, vielleicht geht es ihm am schlechtesten von uns allen, aber er zeigt das nicht, weißt du, er will nicht, daß wir sehen, wie mies er drauf ist, er haut früh ab und spielt bis abends Volleyball, obwohl die Meisterschaft schon lange zu Ende ist, ich weiß einfach nicht, was ich machen soll, was denkst du denn? Und der andere, fragte ich, was ist mit dem? Mit dem zweiten? Der quält sich schrecklich, sitzt den ganzen Tag in der Küche, trinkt Milchkaffee und hört Musik. Und was hört er? fragte ich. Was? Ich glaube, Velvet Underground, genau – Velvet Underground. Und Lou Reed. Sitzt den ganzen Tag in der Küche und hört Lou Reed. Schrecklich, kennst du das? Nein, antwortete ich, kenn ich nicht, ich mag keinen Milchkaffee. Und Lou Reed magst du? Ja, Reed mag ich, antwortete ich, aber Milchkaffee nicht, verstehst du? Versteh ich, antwortete sie, und was soll ich machen? Hör mal, sie, also deine Freunde, sind nicht zufällig schwul? Nein, antwortete sie, ganz sicher nicht, ich habe immer zwischen ihnen geschlafen, Sachen haben die mit mir gemacht, soll ich es dir schreiben? Nein, laß mal, antwortete ich, schreib mir lieber über Surfen. Und überhaupt, ich glaube, ihr habt ein Problem, euer Volleyballspieler will euch vielleicht verlassen, mag wahrscheinlich keinen Gruppensex. Wieso das denn? fragte sie, früher mochte er es. Keine Ahnung, antwortete ich, vielleicht hat er euch ausgenutzt, jetzt ist er erwachsen und möchte dich mit niemandem teilen, oder er ist doch schwul und hat keinen Bock auf all das. Hast du darüber mal nachgedacht? Nein, noch nicht, gab sie zu. Dann denk mal drüber nach, riet ich ihr und blokkierte ihre Adresse.

Ein Schlappschwanz ist er, dachte ich, einfach ein Schlappschwanz, ihr reicher Schnösel, der College-Star, hat einfach keinen Bock mehr auf dieses echt verrückte Leben, auf die Nächte mit zwei genauso verrückten und perverstaffen Freunden in einem Bett, die mit ihm die Kondome und den Milchkaffee teilen, die im gleichen Rhythmus wie er atmen und schlafen, in Sachen Waffen, Liebe, Blutklumpen und Schweißdrüsen brüderlich mit ihm verbunden. Es ist nicht schwer, der Versuchung zu widerstehen, gegen den Mainstream zu schwimmen und anstelle einer abgedrehten, schmerzhaften und süßen Kollektivliebe einen sterilen Kollektivsport zu wählen, in unserem konkreten Fall Volleyball, klar ist das einfacher; anstatt mit seiner sechzehnjährigen Freundin zu schlafen, ihr die Pille zu kaufen und ihr morgens die Haare zu waschen, ist es viel einfacher, einen Studienplatz ohne Aufnahmeprüfungen abzugreifen, das mit Volleyball zu verbinden, sich in einen durchschnittlichen Vertreter der faschistischen bürgerlichen Gesellschaft zu verwandeln und sich das ganze restliche Leben über die Hochglanzmagazine aufzuregen, das ist einfacher, na klar, die meisten machen es so, genau dieses Verhalten gilt aus irgendwelchen Gründen immer noch als normal, sie macht es doch auch so – erst kriegt sie sich nicht ein mit ihrem Geheule, dann macht sie ihre Aufnahmeprüfungen, bekommt einen Studienplatz, heiratet, arbeitet im Büro, bringt ihre Kinder zur Welt, ohne die geringsten Zweifel hegen zu müssen, von wem sie sind, obwohl sie sich solche Zweifel wünschen würde, aber zu ihrem großen Bedauern gibt es sie nicht.

Der einzige, der aus dieser Situation mit Würde und Anstand herauskommen könnte, ist der Typ in der Küche, der Lou Reed gehört hat. Ihn verstehe ich, ich hätte an seiner Stelle auch Lou Reed gehört, Lou Reed, der alte Schwuli, erzählt wirklich wie kein anderer, wie hoffnungslos unsere Verhältnisse sein können, erklärt, wie du überleben kannst, ohne zu verzweifeln, daß du deine Freunde verlierst, wenn sie deinen alltäglichen Drive, das Tempo nicht aushalten, das du vorgibst, an dem Niveau deiner Abgeschiedenheit und Asozialität scheitern, sie springen unterwegs vom Trittbrett des Zuges, den du zuvor lange und hartnäckig beschleunigt hast. Ihn, diesen Typen, der vor Ausweglosigkeit Milchkaffee getrunken hat, kann man verstehen – am schlimmsten ist, wenn der Mensch, den du für deinen Bruder im Geiste und im Unverstand gehalten hast, sich als Schlappschwanz erweist, dem Druck der normalen Erwachsenenwelt nicht standhält, sich ihr unterordnet; und anstatt jede Nacht mit dir zusammen nett eure gemeinsame Freundin zu ficken, sitzt er in der von Teenagerschweiß geschwängerten Umkleidekabine und hört dem debilen Gesabber der Gleichaltrigen zu, die absolut nichts wissen über die dunklen und interessanten Seiten des Lebens, über die amoralische, kraftraubende Teenagerliebe, für die er sich so schämt und die er so krampfhaft loszuwerden versucht; und wenn er sie los ist, sitzt er lange in seinem leeren Zimmer und bemerkt nicht einmal, daß zusammen mit der Unmoral seine Fähigkeit, anderen zu vertrauen, verschwunden ist, daß das System seine Muskeln und Lungen gekonnt und berechnend ausgenutzt hat, daß das Leben um so attraktiver wirkt, je mehr du es dir anpaßt, daß alle Klassenkameraden ihn längst sitzen gelassen haben, allein in der Umkleidekabine, daß die Meisterschaft, die ihm so wichtig vorkam, längst zu Ende ist und er doch nicht Meister geworden ist und es auch niemals werden wird.

7. George Harrison. Hear me Lord. Mein Dialog mit dem Buddhismus riß zeitgleich mit der Niederlage der ukrainischen Revolution 2001 ab. Das sind Dinge, die zugegebenermaßen nichts miteinander zu tun haben, eine Große Buddhistische Oktoberrevolution ist für mich völlig unvorstellbar, es ergab sich einfach zufällig, daß in derselben Zeit, als die dürftigen und spärlichen revolutionären Massen sich das volksfeindliche Regime vorzuknöpfen gedachten, irgendwo in der Nähe, ganz zufällig, das wiederhole ich noch einmal, sporadisch Buddhisten auftauchten, und diese Ereignisse sind mir eben mit einer stark buddhistischen Färbung im Gedächtnis geblieben. Es ergab sich, daß ich im Jahr 2000 die buddhistische Gemeinde von Charkiw kennenlernte. Wir veranstalteten ein Anti-Kriegs-Konzert, damals hatte gerade der zweite Tschetschenien-Krieg begonnen, und da tauchten Mitglieder der buddhistischen Gemeinde auf. Sie kamen als orangerote Pioniergruppe, hielten sich eng beieinander, jeder versuchte, keine Lücke entstehen zu lassen. Wie eine richtige Pioniergruppe hatten sie Trommeln, die sie mit langen Holzstöcken schlugen, dabei Lärm und Chaos verursachten und auf ihrem Weg das mißtrauische Charkiwer Publikum verschreckten. Als die Buddhisten von unserem Konzert erfuhren, beschlossen sie, uns zu unterstützen, sie sagten, sie seien auch gegen den Krieg, boten ihre Hilfe an und zeigten ein Foto von ihrem Guru, der irgendwo in Tibet wohnte, aber ab und zu durch die Welt tourte und für die Ökumene kämpfte. In die Ukraine wollte man ihn nicht reinlassen, das nahm die Buddhisten schrecklich mit, und sie sahen darin die Merkmale eines volksfeindlichen Regimes, was – zu allem Unglück – der Wahrheit entsprach. Und womit könnt ihr uns helfen? fragten wir die Buddhisten. Wir können kommen, sagten sie, und ein Friedensgebet sprechen. Und was ist das für ein Gebet? Die Buddhisten stellten sich schnell in einer Reihe auf, holten ihre Pioniertrommeln hervor und begannen im Chor ihren rituellen Gesang. Das Friedensgebet war in russischer Sprache verfaßt und enthielt viele rhetorische Wendungen und Floskeln. Es erinnerte an den Eid des Sowjetsoldaten – etwa so, vor dem Antlitz meiner buddhistischen Genossen gelobe ich, für den Frieden zu kämpfen und die mir zur Nutzung anvertraute Militärtechnik pfleglich zu behandeln. Sie blieben, wie ich schon sagte, in der Gruppe, einzeln machten sie einen eher undefinierbaren Eindruck, sahen aus wie junge Sträflinge, die man in orangerote Röcke gesteckt und gezwungen hatte, ein Friedensgebet zu zelebrieren. In das religiöse Flackern ihrer Augen mischte sich der rötliche Schein der Schizophrenie. Ich fand sie gut.

Vor dem Konzert kam ein Vertreter des volksfeindlichen Regimes zu mir, der dort, in ihrem volksfeindlichen Regime, für den Dialog mit den Religionsgemeinschaften zuständig war. Sie erwarten hier Buddhisten? fragte er streng. Ja, Buddhisten, antwortete ich. Was haben sie vor? Einen rituellen Gesang darbieten, antwortete ich, also ein Friedensgebet sprechen. Aha, sagte er beunruhigt, ein Friedensgebet. Können Sie mir den Text geben? Hören Sie mal, sagte ich zu ihm, fordern Sie zu Ostern von der orthodoxen Kirche vielleicht auch die Gebetstexte an, um sich sozusagen zu überzeugen, daß *der Herr auferstanden ist* und dieses Jahr keine unliebsamen Überraschungen zu erwarten sind. Wißt ihr, er hatte seine Taktik geändert und rückte mir vertraulich auf die Pelle, ich verstehe euch nicht: ihr kämpft gegen das volksfeindliche System, also gegen uns – seine Stimme klang warm und gedämpft, Scheiß KGBler, wo lernen die das nur –, aber was wollt ihr mit den Buddhisten? Was heißt, was wir mit ihnen wollen, ich versuchte wegzurücken, sie sind für den Frieden. Also, ich zum Beispiel bin auch für den Frieden, sagte er. Aber rituelle Gesänge können Sie keine, wandte ich ein. Ich verstehe euch trotzdem nicht, fuhr er fort. Ihr ladet sie ein, abzocken müßt ihr die, sollen hübsch bezahlen, die Ärsche, wissen Sie, was die für Kohle haben? Nein, weiß ich nicht, gab ich zu. Der Typ nickte ein paar Mal traurig mit dem Kopf, was wohl soviel heißen sollte wie: Kohle haben die bis zum Abwinken.

Komisch, dachte ich – wahrscheinlich mag er die Vertreter der buddhistischen Gemeinde nicht, interessant zu wissen, wie er mit den anderen Gemeinden den Dialog führt, vielleicht mag er sie auch nicht? Vielleicht ist er Atheist? Oder noch schlimmer – Vertreter irgendeines Satanskults, vielleicht haben sie ihn wegen seiner satanistischen Vergangenheit zum Leiter der Abteilung für den Dialog mit den Religionsgemeinschaften ernannt, haben sich gedacht – uns steht auch ohne Religionsgemeinschaften die Arbeit bis zum Hals, in unserem volksfeindlichen Regime, delegieren wir diese Angelegenheit gleich an einen verdienten Satanisten, der wird denen schon die Hölle heiß machen, diesen Freimaurern. Er bekam also grünes Licht und schritt entschlossen zur Tat, betrat jeden Morgen sein Büro mit dem Kupferschild »Komitee für den Dialog mit den Religionsgemeinschaften«, auf dem Tisch lagen Okkultismus-Lehrbücher und eine Satansbibel, er begann seine Sprechstunde für die Vertreter der verschiedenen Religionsgemeinschaften. Wenn er in seinem Büro mit dem nächsten Siebten-Tag-

Adventisten allein war, stürzte er sich auf das wehrlose Opfer, fesselte es an Händen und Füßen und nahm zu prophylaktischen Zwecken verschiedene rituelle Handlungen an ihm vor. Das Opfer stieß Angstschreie aus, die Vertreter der anderen Religionsgemeinschaften, die im Korridor saßen und auf ihren Termin warteten, zogen nervös die Schultern hoch, dem letzten Besucher riß er Herz und Leber heraus, legte sie in eine große Plastiktüte vom Target-Supermarkt und machte sich im Bewußtsein der Pflichterfüllung auf den Heimweg. Die Wachposten an der Pforte salutierten ihm und sagten achtungsvoll – da schleppt Iwan Mychajlowytsch mal wieder seinen Schrott mit nach Hause.

Nachdem sie ihr Gebet abgesungen hatten, formierten sich die Buddhisten zu einem Zug und gingen zufrieden nach Hause. Der Trommelschlag hallte noch lange nach.

Im Sommer des darauffolgenden Jahres tauchten sie wieder auf und luden mich ein. Die Revolution erkannte ihre Niederlage an, die Reaktion feierte den vollständigen und unangefochtenen Sieg, ringsum alles Scheiße, lauter Arschlöcher, alle hatten sich vom volksfeindlichen Regime mit seinen Komitee-Fuzzis und Satanisten bestechen lassen, die Freunde machten sich nach und nach aus dem Staub, der Sommer war lang, aber der Herbst nicht mehr weit, ganz und gar nicht. Die Buddhisten riefen an und erzählten, daß sie einen Friedensstupa einweihen wollten, und luden mich dazu ein. Aha, dachte ich, wer ist denn da immer noch in Aktion, bleibt standhaft und hartnäckig, wer läßt sich den Schizo von keinem Regime austreiben, nicht einmal von so einem volksfeindlichen wie dem unserem. Mir gefiel der Ausdruck »Friedensstupa«, und so fuhr ich zur Einweihung hin.

Daß sie im Pionierlager lebten, wunderte mich gar nicht,

haut doch hin, dachte ich, ganz richtig, wo sollen sie denn sonst leben, wenn nicht im Pionierlager, sie erinnern dermaßen an eine Pioniergruppe, eine Pioniergruppe mit Namen »Höchstes Chakra«. Das Lager befand sich auf dem Gebiet des Charkiwer Waldparks, zu Sowjetzeiten gehörte es zu irgendeiner Fabrik, die war jetzt bankrott, das Lager verfiel, und so hatten es die Buddhisten besetzt. Und versuchten nun, sich dort zu verschanzen. Das volksfeindliche System, allen voran der uns schon bekannte Satanist Iwan Mychajlowytsch, bekämpfte sie mit allen Mitteln und wollte sie aus dem Lager in den dichten Kiefernwald oder besser noch auf das Territorium der befreundeten Russischen Föderation vertreiben. Die Buddhisten hielten sich tapfer, aber um den Geist zu stärken, errichteten sie auf dem Gelände des Pionierlagers einen Friedensstupa und luden zur Einweihung Vertreter der Massenmedien und befreundeter Organisationen ein. Wie sich herausstellte, war ich der Vertreter einer befreundeten Organisation, obwohl ich selbst nicht wußte, von welcher eigentlich.

Von der Chaussee aus führte ein Sandweg in den Wald. Ich stieg aus dem Bus und sah mich traurig um, wo soll denn hier, dachte ich, dieser Stupa sein? Aus dem Wald war lebhaftes Getrommel zu hören, aha, sagte ich mir.

Der Stupa war auf dem Sportplatz errichtet worden und erinnerte an eine Litfaßsäule, er war ungefähr zwei Meter hoch, und ich persönlich konnte ihn nicht mit Frieden in Verbindung bringen. Aber gut. Um den Stupa herum standen meine Buddhistenfreunde, die Trommeln bereithaltend, zwischen ihnen wuselten Medienvertreter herum, aus gebührendem Abstand betrachteten die Vertreter der befreundeten Organisationen das Geschehen. Zwei Sträflingsbuddhisten erblickten mich und kamen erfreut auf mich zu, Guten Tag, sagten sie, Friede mit Ihnen, das klang wie »Ficke mit ihnen«, danke, sagte ich, schön, daß Sie gekommen sind, es geht gleich los. Der Hauptbuddhist, ihr Pionierleiter sozusagen, winkte, und die Buddhisten begannen ihren Singsang. Sie sangen lange und inbrünstig und blickten dabei voller Liebe auf ihre Säule. Nach etwa fünfzehn Minuten hörten sie auf. Und jetzt, sagte der Pionierleiter, stellen wir uns alle im Kreis auf und sprechen ein Friedensgebet. Die Vertreter der befreundeten Organisationen liefen alle artig zur Säule. Putziger Stupa, dachte ich und ging zurück zur Chaussee. Aber Geld hatten die, glaube ich, trotzdem nicht.

8.   The Stooges. Real Cool Time. Woher kommen sie, und wohin verschwinden sie dann? Wer überprüft ihre Bewegung? Wer hilft ihnen in diesem Leben? Man muß ein Monster sein, um tagaus, tagein den täglichen Druck der beschränkten ukrainischen Gesellschaft, des blutigen Alltagslebens auszuhalten, in das sie so schlecht hineinfinden wie Musiker einer Beerdigungskapelle in ihre erste Trauermelodie. Diese Buddhisten, die glauben, mit der Errichtung ihrer Litfaßsäule inmitten des Pionierlagers ihrem ausgesperrten Guru, ihrem Himmelsbuddha näher gekommen zu sein, was hätte aus ihnen werden sollen, wären sie nicht bereit gewesen, die orangeroten Gewänder überzustreifen und die Pioniertrommeln zur Hand zu nehmen? Keine Ahnung, vielleicht ist wirklich zu jedem von ihnen im Traum ein Himmelsbuddha herabgestiegen, hat sich über das vollgesabberte Kopfkissen gebeugt und ihnen etwas eingeflüstert, vielleicht ist ihnen im Straßengewühl oder in der Parkdämmerung seine plumpe Jungengestalt erschienen, vielleicht haben sie ihn wirklich an irgendwelchen unscheinbaren Bewegungen oder an seiner Stimme erkannt, denn etwas mußte sie herausgerissen haben aus diesem endlosen, aufdringlichen Treiben, in dem sie sich langsam und erbarmungslos auf den Tod zu bewegten – einen schrecklichen, alltäglichen Tod, der keine Chance und keine Bedenkzeit läßt, etwas hat sie dazu gebracht, den Versuch zu wagen, die Straße an einer verbotenen Stelle zu überqueren, aber das ist vielleicht nicht die Hauptsache – jemand hat ihnen beigebracht, daß es keine verbotenen Stellen gibt, zumindest nicht auf dieser Straße.

George Harrison, dem viele geglaubt haben und der keinen verraten, keinen preisgegeben hat, Harrison hat hingebungsvoll Hymnen und Mantras gesungen, Gesänge für Frieden und Ökumene zelebriert, er kannte die verschiedensten Scharlatane, hat alle religiösen Gemeinschaften zu Hirngespinsten erklärt, kein Grund also, die Flatter zu kriegen, liebe deinen Nächsten, liebe deinen Buddha und mach es den anderen nicht schwer, ihren zu lieben, aber ob seine Worte reichen, um anzuhalten und diese Straße wirklich an einer verbotenen Stelle zu überqueren? Da habe ich meine Zweifel. Harrison ist natürlich ein cooler Typ, und das mit dem Buddha hat er schon ganz richtig verstanden, aber ich persönlich würde nicht allzu viel auf dieses ganze pazifistische Tralala geben, die Kunst hat nicht die Kraft, deine Biographie zu ändern, deine Biographie ändern Arme, die weitaus rücksichtsloser und geübter sind. Vielleicht sind das sogar die Arme von Buddha selbst.

Der Himmelsbuddha, ein lang gedienter Pionier, der schon ein gutes Dutzend Jahre lang in dem heruntergekommenen Pionierlager bei Charkiw lebt, in dem leeren Funkraum auf Pappkartons übernachtet, einmal pro Woche in die Stadt fährt und sich von Halbfertigprodukten aus dem Supermarkt ernährt, ein ewig junger Scout mit kahl geschorenem Schädel, der nachts unter dein Fenster tritt, sich Freunde und Jünger sucht und nachts zu ihnen flüstert – es gibt niemanden außer dir, es gibt keine Konventionen, keine Moral, nur dich und dein Gewissen, nur dich und dein Herz, das so schlägt, wie du ihm befiehlst, es gibt kein Sozium, es gibt kein Regime, keine Komitees und keine Presse, keine Herrschaft und keine Anarchie, keine Hindernisse und kein Ziel – nur dein Gewissen, nur deinen Penis und dein Herz, nur deinen rasierten Schädel und deine Stimme, mit der du alles sagen kannst, was du willst, was du für nötig hältst. Was zerfetzt Hunderte und Tausende Vertreter unserer gemeinsamen Gesellschaft, was macht sie so anders, anders als dich und mich? Sie sind sich selbst nicht bewußt, wie greifbar und nah die Grenze ist, an der das Leben in den Tod übergeht, denn wenn es nur um Buddhismus oder um das geistliche Leben der Gemeinde ginge, würden sie ums Verrecken nicht so lange ausharren in ihrem leeren Pionierlager, mit Tee und Nudeln, sie würden ums Verrecken nicht durchhalten auf den gegnerischen Straßen mit ihren bekloppten Trommeln und öden Gebeten. Es geht um das Feuer, das in ihren kahlen Schädeln lodert, genau so wie in den Schädeln und Lungen Tausender, Zehntausender anderer Verrückter in dieser Gesellschaft – Looser, Outsider, Bankrotteure, Pechvögel, Mitglieder religiöser Sekten und radikaler Parteien, Voodoo-Anhänger und Verehrer fernöstlicher Rituale, die fasziniert sind von den Ideen des Faschismus und Revanchismus, Groupies und aggressive Computerfreaks, Rechte, chronisch Kranke, sozial Unangepaßte, national Unbewußte, moralisch Schwache, auf ewig Verdammte.

Es geht nicht um Glauben und nicht um Religion, es hat nichts mit ihrer sozialen Position oder ihrer psychischen Instabilität zu tun. Es geht um ein Leben, in dem es lauter solche Figuren gibt, es geht um die Fähigkeit, sie zu erkennen, zu verstehen und zu unterstützen und ihre unmittelbare Überlegenheit in solchen Fragen wie Ehrlichkeit, Hingabe, Unbestechlichkeit anzuerkennen. Versuch dich an alles zu erinnern, was in deinem Leben gewesen ist, an alle, die dir über den Weg gelaufen sind, versuch alle Gespräche und Schilderungen, die Namen aller Städte und Automarken, die Melodien aller Radiosender und die Sequenzen aller Filme zu rekonstruieren – das Leben ist noch da und läuft nur wegen ihrer falschen Handlungen, wegen ihrer unvorhersehbaren Bewegungen weiter, mit ihren Fingern, gezeichnet von Verbrennungen und Tätowierungen, kratzen sie von der groben, hart gewordenen Oberfläche des Lebens wie von einer Litfaßsäule die ganzen Ablagerungen, die ganze Scheiße ab, die das Leben überwuchert, sie lassen es nicht steinhart werden und absterben, mit ihren von Tabak und Asche gelben Nägeln kratzen sie die alten, kranken Schuppen von den üppigen Seiten des Lebens, mit ihren grimmigen Fäusten schlagen sie auf seine Rippen und Nieren ein, sie schreien das Leben an: los, beweg dich, heb deinen fetten Arsch, Ruhe kannst du dir abschminken, vergiß das sorglose Alter, noch gibt es uns, noch gibt es unsere Musik, unsere Herzen und Schwänze, wir lassen dich nicht gemütlich verfetten, wir werden dir jeden Morgen die Ablagerungen abkratzen, dir die Scheiße abwischen, die Krätze abpulen, den Dreck und die alte Ölfarbe, und wenn sie uns auch für Looser halten, das Komitee für den Dialog mit den Religionsgemeinschaften uns bekämpft, wenn auch keiner unseren hingebungsvollen Singsang versteht – wir werden trotzdem die Straße an einer verbotenen Stelle überqueren, weil wir wie niemand sonst Gewißheit darüber haben, daß es auf dieser Straße, wie auf jeder anderen auch, keine verbotenen Stellen gibt!

Ich weiß noch, wie ich diese Aufnahmen zum ersten Mal hörte, mein musikfanatischer Onkel überließ mir ein paar CDs, keiner von meinen Freunden und Bekannten hatte solche CDs, solche CDs hörten in diesem Land nur Musikfanatiker wie er. Ich erinnere mich noch an den Schock, als ich die Aufnahmen zum ersten Mal hörte, ich hatte keine Ahnung, wer dieser Iggy Pop ist, verstand aber, daß seine Platten nicht umsonst in meine Hände geraten waren. Rückblickend hat meine ganze Kindheit in einem einzigen grellen, beklemmenden Sommertag Platz, sie ist vergleichbar mit langem und zärtlichem Sex von zehnjähriger Dauer, in diesem Sex, in diesen Erinnerungen erkenne ich den Geruch der Möbel, den Geruch der Teppiche, den Geruch der Kirschen, den Geruch des warmen Wassers im Sommer, den Geruch nach Benzin, den Geruch der geschmolzenen Eiswaffel, ich erkenne die leuchtende Farbe der Kleidung, die Spiegelungen des Autofensters, den Schatten des feuchten Morgengrüns, der hohen, kühlen Bäumen, die vor mir auf die Welt gekommen sind und demnach auch vor mir sterben müssen, ich erinnere mich an die Stimmen vor dem Fenster, an das Knirschen der Autoreifen im warmen Sand, an das Geräusch herabfallender Äpfel und auffliegender Vögel, ich erinnere mich an alles, an die Stille meines Zimmers, eine gleichmäßige Sommerstille, die nichts zerstören konnte, so dicht und stabil war sie, gut, sehr gut, bis in die pulsierenden Schläfen, bis in das Knacken der Finger, bis in das heitere Herzklopfen hinein erinnere ich mich, wie in dieser Stille, sie aushöhlend wie einen Baum, zerfetzend wie einen Stapel Zeitungen, in die Knie zwingend wie eine Kuh im Gemetzel, meine Musik entstand, ich erinnere mich, daß sie nicht genügend Platz fand in meiner Stille, in meinen Erinnerungen, im Gleichmaß des Sommertages, wie sie seine Umrisse zerstörte, an die scharfkantigen Scheiben des Aquariums stieß und sie zerschlug, wie das Wasser sich langsam nach draußen ergoß und überall hin quoll, wie mein Gedächtnis voll Wasser lief, explodierte und sich über die vorgesehenen Grenzen hinaus ausdehnte, deshalb kann das Gedächtnis keine Grenzen haben, deshalb formt deine Musik deine Biographie, korrigiert sie, zerbricht und verkrüppelt sie, deshalb gibt es in diesem Leben nichts als dich und deinen Sound, deshalb gibt es auf dieser Straße, wie auf jeder anderen auch, einfach keine verbotenen Stellen.

9. **Jethro Tull. Locomotive Breath.** Vor fünfzehn Jahren, zu Beginn der Neunziger, standen sie vor dem Tor, hinter dem sich das Leben in sein Gegenteil verkehrt. Sie ähnelten Aposteln, in Lederjacken und alten Stoffturnschuhen, schon morgens trafen sie sich am »Skwosnjak« zum Wein – an die Stelle haben sie jetzt ein beschissenes Restaurant hingesetzt, und ich habe verstanden, daß ihr Tor auch ungefähr da sein muß, irgendwo zwischen der Sumska- und der Dserzhinski-Straße, gleich neben dem KGB, was damit eigentlich nichts zu tun hat. Im Gegensatz zu ihnen habe ich mich keiner Sache auch nur angenähert, also auch nie gespürt, wie er ist – dieser schwarze Luftzug von der anderen Seite des Lebens, der Frischluft, Pappelstaub und die Seelen der depressiven Apostel hinter sich her in die süße Ausweglosigkeit zieht. Warum habe ich das nicht gepackt, denke ich

heute? Vielleicht habe ich nicht wirklich an das geglaubt, woran sie glaubten, ich hab mich einfach nicht getraut, meine Hände unter den brennenden Strahl der giftigen Säure zu halten, die sie einatmeten, sich gierig und ungeduldig reinzogen, die sie würgte und die sie auf die feuchten Charkiwer Fußwege der Polizei vor die Füße kotzten. Es tut nichts zur Sache, daß ich an langen, sonnigen Morgen Anfang der Neunziger denselben Wein trank und auch dieselben alten Turnlatschen trug, meine waren sogar noch älter. Meine alten Turnschuhe beweisen höchstens, daß ich ein Idiot war und mir einfach keine neuen kaufen konnte. Einen Luftzug von der anderen Seite des Lebens gab es hier überhaupt nicht.

Ich konnte nie richtig an das glauben, was sich um mich herum abspielte, es kam mir immer so vor, als sei das noch nicht der Anfang, nicht das wirkliche Leben, da erzählt mir nur einer, wie es weiter geht, wie alles mal aussehen wird, wenn sie die Dekorationen abnehmen und diese ganze Apparatur in Gang setzen. Im Unterschied zu ihnen, denen, die sich am Spiel beteiligt, das Blut und das Vergehen der Zeit gespürt haben, konnte ich mich nicht total, nicht hundert Pro auf die Relativität dieser Struktur einlassen, ich glaubte nicht richtig an ihre Verrücktheit, an ihre Unerlöstheit, mich hat die Leichtigkeit gestört, mit der sie sich und anderen das Leben verpfuscht, sich ihres eigenen Lebens beraubt haben. Mir kam es immer so vor, als sei das eine ziemlich intime Angelegenheit – sich des Lebens zu berauben, sie waren jedenfalls grundlegend anderer Ansicht, wollten alle ringsum – und in erster Linie natürlich sich selbst – überzeugen, daß man ihr Kreuz, ihre Abnormität, ihren Rock 'n' Roll leicht und freudig tragen kann und daß das größte Problem so einer Prozession die Frage ist, wo man Alkohol herkriegt. Ich blieb bei meiner Meinung. Von ihnen blieb fast keiner am Leben.

Es ist übrigens auch keine besonders schöne Situation, wenn du plötzlich und unheimlich schmerzhaft von deinen Helden, deinen Aposteln enttäuscht wirst, du hast ihnen zwar nicht richtig geglaubt, aber der Wille war zumindest da, und auf einmal ist die Zeit vergangen, genau, für dich ist die Zeit vergangen, für sie ist sie einfach zu Ende, und du empfindest für sie nichts als Haß, unverhohlenen, hautnahen Haß, jenseits des Tores heulen ihre Seelen und schlagen gegeneinander. In Wirklichkeit lag er, der Haß, schon damals in der Luft – vor fünfzehn Jahren, zu Beginn der Neunziger, auf allen diesen Konzerten mit der ätzenden Technik, in diesen Buden, in diesen Ecken und Löchern, in denen die starke Charkiwer Gegenkultur, die Charkiwer Rockschule hauste und aus denen sie größtenteils nicht herausfand. Wenn du als Siebzehnjähriger mit Aposteln zusammen bist und mit ihnen von einem Abendmahl zum nächsten ziehst, von einem Spätverkauf in den nächsten, verzeihst du ihnen weder ihr Altwerden, noch ihre – ganz natürliche – Erschöpfung, du verlangst einfach von ihnen, daß sie bis zum Schluß bei dir bleiben und auf denselben glühenden Kohlen stehen, auf denen auch du stehst, du hältst es für unerläßlich, sie jedes Mal daran zu erinnern – ich bin euch nachgefolgt, wißt ihr noch, damals, als ihr da standet und Wein trankt, an jenem Morgen vor fünfzehn Jahren bin ich euch nachgefolgt, obwohl ich erst siebzehn war und ihr schon Kinder hattet, ich habe euch geglaubt, als ihr sagtet, da gäbe es einen Luftzug, den man spüren kann, wenn man nur an der richtigen Stelle steht, wenn man sich an seinen Rock 'n' Roll hält, ich konnte nicht umhin, euch zu glauben, als ihr von der anderen Seite des Lebens erzählt habt, von der schwarzen, dicken Luft, die von Pappelstaub und dem Lärm kaputter Lautsprecher erfüllt ist, ich wollte euch glauben, und ich glaubte euch, und wagt jetzt bloß nicht, all das Gesagte zu widerrufen, wagt nicht, auf die feuchten Gehwege zu fallen, ich erlaube es euch einfach nicht, abzutreten und mich allein zu lassen, auf diesen glühenden Kohlen, auf die ihr mich mit euren beknackten apostolischen Botschaften geführt habt, steht auf, steht auf und bleibt bei mir, kommt bloß nicht auf die Idee, einen Bogen um das Feuer zu machen, ihr braucht nicht im Traum zu hoffen, ihr Arschlöcher, ich könnte euch, verdammt, bis an mein Lebensende in Ruhe lassen, solange das Feuer mein Herz und meine Lungen noch nicht ganz verzehrt hat, werde ich mit meinen alten Turnlatschen auf eure Nieren eindreschen, ich erwische euch in euren Gräbern, in die ihr so schnell und leicht abgehauen seid, ich hole euch aus euren Höhlen und Gewölben und schleppe eure toten Leiber über die staubigen Straßen von Charkiw, ich lade mir jeden von euch auf wie mein Kreuz, denn mir ist im Leben nichts geblieben als eure toten Körper, als euer apostolischer Eiter an meinen Fingern, als diese glühenden Kohlen unter meinen Füßen, von denen ihr, verdammt noch mal, nichts erzählt habt, vor deren Existenz ihr vergessen habt, mich zu warnen, kein Sterbenswörtchen habt ihr darüber verloren, kein einziges, nicht die kleinste Andeutung, verdammt!

Ich fühlte mich nie wirklich einbezogen in die großen und phantastischen Vorgänge, die sich die ganze Zeit um mich herum abspielten, ich mußte mich immer von dem distanzieren, was geschah, brauchte meine Vorgabe in Raum und Zeit, um all das als Unbeteiligter zu betrachten, um die kleinsten Details und Nebensächlichkeiten festzuhalten und abzuspeichern und sie, einmal festgehalten, vor fremden Augen zu schützen wie Brandwunden auf der Haut. Bei diesen dauernden Versuchen, alles festzuhalten, habe ich das Wichtigste verloren – meine Chance, das unsichtbare Tor zu durchschreiten, den Luftzug der Hölle zu spüren, mit neununddreißig Jahren zu verrecken, nachdem ich in dieser Zeit bereits alles erlebt habe, was es zu erleben gibt, natürlich hat es mir seinerzeit einfach an Mut und Kühnheit gefehlt, sie zu begleiten, ihnen zu folgen, als ich im nassen Sand die Abdrücke ihrer Turnschuhe entdeckte.

Mein ganzes Leben lang werde ich ihnen begegnen müssen, auf diese Gespenster aus der Vergangenheit stoßen, in dunklen Korridoren und U-Bahn-Unterführungen, in Taxis und Musikgeschäften, werde sehen müssen, wie das Leben sie kaputtgemacht, ihre Musik sie zerstört hat, wie schrecklich und abgerissen sie in dieser grausamen-gerechten Welt aussehen, ohne ihre heiligen Lederjacken, ohne Fahnen und Flöten, ohne den ganzen Underground und Rock 'n' Roll, durch den Fleischwolf gedreht, durch die Schornsteine der Krematorien gejagt, umgestülpt wie ein schwarzes T-Shirt, mit Pappelstaub im Haar, den der unsichtbare Luftzug von der anderen Seite herangetragen hat:

Junkie-Kostik, ein früherer Gitarrist, der davon träumt, seine Gruppe wiederzugründen, aber vorläufig mit einer Haschreserve in der Gesäßtasche seiner Kordjeans am Eingang eines Nachtklubs steht und ohne Eintrittskarten keinen reinläßt;

Maria, die Wahnsinnige, mit Hunderten Tonbandaufnahmen, mit allen Alben von T. Rex und Jethro Tull, in deren Zimmer es nach Katzen und Wahnsinn riecht;

der Typ aus dem Rockklub, der auf dem Bahnhof als Transportarbeiter schuftet und der jetzt, wenn er in eine spontane Jamsession gerät, nicht mal seine Gitarre stimmen kann, dieselbe, auf der er mehr als fünfzehn Jahre lang gespielt hat;

Sir, der im August plötzlich starb und jetzt im Kulturpalast der Eisenbahner liegt und beobachtet, wie seine Freunde sich von ihm verabschieden und den ganzen Tag seine Lieblingsmusik für ihn auflegen und dabei keine Ahnung haben, ob das die Musik ist, die er auf seiner Beerdigung hören wollte, und die vor allem nicht einmal wissen, wen man danach fragen könnte. Sie haben sich einfach nichts zu sagen in diesem Kulturpalast – sie wissen nicht, ob ihm die Musik gefällt, er hört seine Lieblingsmusik und weiß nicht, wen er hier bitten soll, sie endlich abzustellen.

10. **Sex Pistols. Anarchy In The U.K.** Ein halbes Jahr, das erhitzte Fleisch eines Lebens auf Straßen und Plätzen, nach all dem bleibt das Gefühl der Stille, das Gefühl eines ruhigen Fluges durch eine heiße, blaue Leere, leuchtende Sterne und kühle Wasser, die mit uns in Richtung Stille und Weisheit wandern, sind nur ein Teil von dem, was sich wirklich abspielt, ein sichtbarer, aber unvollständiger Teil. Unter der Oberfläche, der dunklen, dichten Schicht des Äußeren verbergen sich minimale, megarelevante Details, die leicht zu Boden sinken und dabei deinen Berührungen entgehen. Die Geschichten, die sich nur auf den ersten Blick ähneln, die zufälligen Gesichter, die du erfolglos aus deinem Gedächtnis zu verscheuchen suchst wie Heuschrecken aus dem Weizenfeld, die Namen, in der Dunkelheit gerufen, die Telefonnummern, in die Handflächen geschrieben, was wird aus ihnen, wenn sie außer mir keiner mehr braucht, wenn sie keiner beachtet – was soll damit werden? Zu wem werden

die Geister kommen, wenn ich weg bin, verlieren sie dann vielleicht ihre Fähigkeit, in der Luft aufzutauchen, sich an ihr festzuhalten, wie sie das jetzt tun? Wie stark hängen sie von uns ab, wie stark hängen sie mit uns zusammen? Vielleicht ist es umgekehrt, vielleicht bin ich es, der den Geistern nachjagt, der ihre tägliche Anwesenheit in seinem Leben braucht, sie kommen problemlos ohne mich aus, haben mich längst überlebt wie eine kurze Episode und erinnern sich gar nicht mehr an mich, und wenn sie bisweilen vor meinem Fenster entlangfliegen, geschieht das rein zufällig, ohne mich überhaupt wahrzunehmen. Kann schon sein.

Am schlimmsten wäre es, wenn ich plötzlich all das vergäße, das ist so ziemlich das einzige, wovor ich mich wirklich fürchte – zu vergessen, alles zu verlieren, was sich auf diese seltsame und unerwartete Weise ereignet hat, die Erinnerung zu verlieren, alles zu verlieren. Das, was im umliegenden Raum aufgelesen wird, woraus sorgfältig und geduldig die Bilder zusammengesetzt werden, ist nur für dich verständlich; wohin du ständig zurückkehrst und womit du versuchst, klarzukommen – all das liegt auf merkwürdige Weise ganz nah, fast an der Oberfläche, man braucht diese Oberfläche nur zu durchstoßen wie eine Konservendose, und siehe da: hier ist es – dein und mein Leben, dein und mein Blut, ein kurzer Luftzug folgt dir, und dieser Luftzug, diese Bewegung reicht vollkommen aus, um zu fühlen und zu verstehen, wie du aufgewachsen bist, wie du dich in das Leben verbissen hast, wie du es mit deinem Körper durchschlagen, dich auf Hügel gerettet hast und in schwarze Gruben gefallen bist, wie du im tiefen Schnee versunken und ins schwarze Augustwasser getaucht bist, an dem Luftzug, den du bei deinem Gang durch die Zeit erzeugt hast, kann man ablesen, wie sehr du das Leben geliebt hast und wie sehr dir deine Liebe da fehlt, wohin du anschließend verschwunden bist.

Ich schreibe dieses Buch im Mai zu Ende, während ich in meinem Zimmer im zweiten Stock sitze, ich sitze hier schon den vierten Monat, dieses Zimmer hat viel gesehen, ein paar Leichen wurden in dieser Zeit hinausgetragen, und die Tatsache, daß sie, diese Leichen, dann halbwegs wieder lebendig wurden und ins Leben zurückkehrten, spricht nicht für sie, sondern für das Leben. Ich sitze hier und beobachte, wie die Zeit an mir vorbeizieht. Sie versucht, das leise und unbemerkt zu tun, im großen und ganzen gelingt ihr das auch, es ist wirklich schwierig, sie zu beobachten, sie hat Übung und Ausdauer, im Unterschied zu mir kann sie warten und wird nicht müde von dem endlosen Zehren und Ziehen, und nur manchmal, wenn sie eine plötzliche und unvorsichtige Bewegung macht, reißt eine salzige Welle einen weiteren Zeugen fort, mit dem ich an ein und demselben Ufer gestanden habe.

Vor einigen Monaten starb ein Freund von mir, ein alter Dichter, ein fröhlicher Emigrant, der sein ganzes Leben lang sorglos durch die Welt zog, sich niederließ, wo es ihm gefiel, sich keinen Kopf um irgendwelche Unannehmlichkeiten machte, die die Welt ihm bereitete, und sich von allem die besten und saftigsten Happen herauspickte – Dichtung und Alkohol –, während er ein normales Leben, die Eingebundenheit in eine allgemeine Routine imitierte, sich in fremder und unverständlicher Umgebung durchaus wohlfühlte, im großen und ganzen aber doch auf Dichtung und Alkohol beschränkt blieb. Warum habe ich seine Abwesenheit in diesen zwei Monaten nicht gespürt, ich habe wirklich kein einziges Mal an ihn gedacht. Andererseits, was hätte das geändert? Er stand am selben Ufer wie ich, stand genauso wie ich im Dunkeln und blickte in die blaue Abwesenheit eines Bildes, und sein plötzliches Verschwinden betrifft wahrscheinlich keinen, er hatte seine Beziehungen zur Leere, ich habe meine. Darauf gründet sich das Prinzip der menschlichen Brüderlichkeit – alles, was du kannst, ist einfach, jemanden durch deine Anwesenheit zu unterstützen, alles Weitere hängt nicht von dir ab, aber auch du bist von allem anderen nicht abhängig. Gib gut auf die Wellen acht – eine davon ist für dich.

Wir sitzen auf dem Kennedy-Airport, und er sagt, daß sie mit ihrem Sohn, ich hau jetzt hier ab, nach New Jersey fliegen, zu irgendeiner Kommune, nach seinen Worten ist das eigentlich gar keine Kommune, sondern eine ehemalige Tabakfabrik, in der sich seinerzeit freie Künstler niedergelassen hatten, und die werden jetzt auf die Straße gesetzt, und nun wollen sie die letzte Ölung vornehmen, heute steigt das große Besäufnis, und wer überlebt, fliegt dann morgen auf die Straße. Er redet, und ich denke, daß es nicht gut ist, wenn der Sohn das alles sieht, es ist nicht gut, wenn Kinder in diesem Alter sehen, wie freie Künstler auf die Straße fliegen, meiner Meinung nach ist das keine sehr gute Erfahrung. Kinder sollten lieber sehen, wie freie Künstler Fabriken und Werke besetzen, wie Massen von freien Künstlern, zu denen sich auch verrückte Stadtbewohner, diverse Arbeitslose, Straßenräuber, Drogenhandler, Nutten – Nutten auf jeden Fall, darauf bestehe ich –, Skateboard-Fahrer und Alkoholiker zählen, wie also diese Massen Fabriken und Supermärkte besetzen, Büros und Antiquitätengeschäfte stürmen, es sich auf Ledersofas in Bankgebäuden bequem machen, in Galerien mit moderner Kunst ein Lagerfeuer entzünden und mehrtägige frohe Orgien veranstalten, die im kollektiven Delirium enden. Mit einem Wort, ein Kind sollte gesunde und starke Emotionen sehen, positive Erlebnisse, es ist nicht gut, die Kinderpsyche mit Bildern der sozialen und lebensweltlichen Niederlage von freien Künstlern zu traumatisieren, ein Kind sollte unter keinen Umständen von klein auf die Befürchtung haben, daß du in diesem Leben, in diesem Land jeden Augenblick auf die Straße geworfen werden kannst; und wenn du dich auf den Kopf stellst – keiner will mehr was von dir wissen mit deinen Bildern und deiner unabhängigen Lebensposition. Kinder müssen unter normalen Bedingungen aufwachsen, in einer normalen Gesellschaft, in der kein Bürohengst und kein Schnüffler die Nase in deine Papiere stecken, in der kein Staat, wie abgefuckt er auch sein mag, dir in deiner Tabakfabrik blöd kommen kann, was auch immer du da treibst, selbst wenn du Leichen zerlegst, sogar wenn es deine eigene Leiche ist – zerleg sie, wohl bekomms, Kinder sollten so früh wie möglich verstehen, daß potentiell jede Fabrik dafür da ist, besetzt zu werden und auf ihrem Gelände Sabbat zu feiern, wozu wurde sie sonst errichtet? Ein Kind, das von klein auf die ganze Überflüssigkeit und Sinnlosigkeit und Schädlichkeit des Systems erkennt, in das es durch den Willen des Schicksals geraten ist – so ein Kind hat keine schlechten Chancen, sich irgendwann irgendeiner Gruppe anzuschließen, und dann braucht man sich keine Sorgen mehr zu machen. Sorgen machen muß man sich eher um die, die sich nicht aus der Abhängigkeit der nächsten Bankfiliale befreien können, um die muß man sich wirklich Sorgen machen, denn aus ihren Reihen kommen die Serienmörder und die öffentlichen Politiker, freie Künstler gehen daraus nicht hervor.

Damit haben wir uns getrennt – sie flogen mit ihrem Sohn in die Fabrik, ich flog in mein Zimmer im zweiten Stock und hatte seine selbstgebrannten CDs und ein Kordjackett mit einem Rückenaufdruck dabei. An das Jackett war ich auf ziemlich interessante Weise gekommen, ich hatte es in einem Military-Shop gesehen, das Extra bestand darin, daß man einen Schriftzug aufdrucken lassen konnte, na, fragte mich der Verkäufer, ein junger Afroamerikaner, wie es so schön heißt, welches Bild willst du haben? Che? Nein, sagte ich, Che ist schon lange tot. Irgendwann sind wir alle tot, sagte er. Oh, da fällt mir ein, hier ist ein cooler Spruch: »Live fast, die young«. Willst du? Früh sterben? fragte ich, nein. Aber den Spruch kannst du draufmachen, auf jeden Fall besser als Che.

Okay, sagte er, macht noch mal zehn Eier.

Warschau, 16. 05. 2005.

Inhalt

Teil Eins. Wie schwarze Damenunterwäsche 11

   1. Eisenbahnunfälle 11
   2. Die Strapazen des ukrainischen Trampens 16
   3. Der schlechte Dichter Sosjura 21
   4. Freimaurer im Alltag 26
   5. Alles, was spannend ist 31
   6. Die wahre Biographie des Sängers Kobzon 36
   7. Ein Hotelzimmer für $ 2,99 41
   8. Auch diesmal hättest du sterben können 46
   9. Die Geister folgen meinem Haschisch 51
  10. Linker Marsch 57

Teil Zwei. Meine Achtziger 63

1981 Kino 63
1982 Agitpunkt 68
1983 Vergnügungspark 73
1984 Garage 78
1985 Krankenhaus 83
1986 Stadion 88
1987 Post 94
1988 Bierbrauerei 99
1989 Wehrlager 104
1990 Dächer 109

Teil Drei. Red Down Town   115

   1. Das Hotel »Charkiw«   115
   2. Das Scheiß-Lenin-Denkmal   120
   3. Die Staatsindustrie und ihr christlicher Kern   125
   4. Frühlingswind in den Seminarräumen   130
   5. Schewas Fuck off an den Kapitalismus   135
   6. Rolling Stones für die Armen   140
   7. Der feuchte Körper der Macht   145
   8. Während ich den Pionierpalast für immer
      verlasse   150
   9. Metrostation Tod   155
  10. Die Südseite des Nordens   160

Teil Vier. Live fast, die young   167
(zehn Tracks, die ich auf meiner Beerdigung hören möchte)

   1. Eric Burdon. Black On Black In Black   167
   2. Neil Young. Rockin' In The Free World   172
   3. Rolling Stones. Sister Morphine   177
   4. Creedence Clearwater Revival.
      Up Around The Bend   181
   5. Buddy Guy. Done Got Old   187
   6. Lou Reed. Berlin   192
   7. George Harrison. Hear me Lord   197
   8. The Stooges. Real Cool Time   202
   9. Jethro Tull. Locomotive Breath   207
  10. Sex Pistols. Anarchy In The U.K.   212

Osteuropäische Literatur
in der edition suhrkamp
Eine Auswahl

Juri Andruchowytsch. Das letzte Territorium. Essays. Aus dem Ukrainischen von Alois Woldan. Nachwort übersetzt von Sofia Onufriv. es 2446. 192 Seiten

Juri Andruchowytsch/Andrzej Stasiuk. Mein Europa. Aus dem Ukrainischen von Martin Pollak und Sofia Onufriv. es 2370. 160 Seiten

Zsófia Balla. Schönes, trauriges Land. Gedichte. Ausgewählt und aus dem Ungarischen von Hans-Henning Paetzke. es 2085. 106 Seiten

Bora Ćosić. Die Zollerklärung. Aus dem Serbischen von Katharina Wolf-Grießhaber. es 2213. 153 Seiten

László Darvasi
- Eine Frau besorgen. Kriegsgeschichten. Aus dem Ungarischen von Heinrich Eisterer, Terézia Mora und Agnes Relle. es 2448. 184 Seiten
- Herr Stern. Novellen. Aus dem Ungarischen von Heinrich Eisterer. es 2476. 227 Seiten

Karl Dedecius. Poetik der Polen. Frankfurter Vorlesungen. es 1690. 135 Seiten

Ljubko Deresch
- Die Anbetung der Eidechse oder Wie man Engel vernichtet. Aus dem Ukrainischen von Maria Weissenböck. es 2480. 200 Seiten
- Kult. Roman. Aus dem Ukrainischen von Juri Durkot und Sabine Stöhr. es 2449. 259 Seiten

Mircea Dinescu. Exil im Pfefferkorn. Gedichte. Ausgewählt, aus dem Rumänischen übersetzt und mit einem Nachwort versehen von Werner Söllner. es 1589. 115 Seiten

István Eörsi. Der rätselhafte Charme der Freiheit. Versuche über das Neinsagen. Aus dem Ungarischen von Anna Gara-Bak, Péter Máté, Gregor Mayer, Angela Plöger und Hans Skirecki. es 2271. 198 Seiten

Bohumil Hrabal. Die Bafler. Erzählungen. Ausgewählt und aus dem Tschechischen von Franz Peter Künzel. es 180. 128 Seiten

Oleg Jurjew. Spaziergänge unter dem Hohlmond. Kleiner kaleidoskopischer Roman. Aus dem Russischen von Birgit Veit. es 2240. 134 Seiten

Imre Kertész
- »Heureka!« Rede zum Nobelpreis für Literatur 2002. Aus dem Ungarischen von Kristin Schwamm. Bearbeitung Ingrid Krüger. es-Sonderdruck. 32 Seiten
- Schritt für Schritt. Drehbuch zum »Roman eines Schicksallosen«. Aus dem Ungarischen von Erich Berger. es 2292. 184 Seiten

Hanna Krall. Schneller als der liebe Gott. Mit einem Vorwort von Willy Brandt. Aus dem Polnischen von Klaus Staemmler. es 1023. 152 Seiten

Ryszard Krynicki. Wunde der Wahrheit. Gedichte. Herausgegeben, aus dem Polnischen übertragen und mit einem Nachwort versehen von Karl Dedecius. es 1664. 136 Seiten

Endre Kukorelly. Die Rede und die Regel. Erzählungen. Aus dem Ungarischen von Hans Skirecki. es 2128. 173 Seiten.

Stanisław Lem. Dialoge. Aus dem Polnischen von Jens Reuter. Mit einem Nachwort des Autors. es 1013. 319 Seiten

Ilma Rakusa
- Love after Love. Acht Abgesänge. es 2251. 58 Seiten
- Von Ketzern und Klassikern. Streifzüge durch die russische Literatur. es 2325. 236 Seiten

Mykola Rjabtschuk. Die reale und die imaginierte Ukraine. Mit einem Nachwort versehen von Wilfried Jilge. Aus dem Ukrainischen von Juri Durkot. es 2418. 175 Seiten

Michail Ryklin. Mit dem Recht des Stärkeren. Die russische Kultur in Zeiten der gelenkten Demokratie. Aus dem Russischen von Gabriele Leupold. es 2472. 239 Seiten

Werner Söllner. Kopfland, Passagen. es 1504. 121 Seiten

Andrzej Stasiuk
- Die Mauern von Hebron. Aus dem Polnischen von Olaf Kühl. es 2302. 160 Seiten
- Über den Fluß. Erzählungen. Aus dem Polnischen von Renate Schmidgall. es 2390. 189 Seiten.
- Wie ich Schriftsteller wurde. Versuch einer intellektuellen Autobiographie. Aus dem Polnischen von Olaf Kühl. es 2236. 144 Seiten

NF 349/3/10.07

Dubravka Ugrešić
- Die Kultur der Lüge. Aus dem Serbokroatischen von Barbara Antkowiak. es 1963. 303 Seiten
- My American Fictionary. Aus dem Serbokroatischen von Barbara Antkowiak. es 1895. 224 Seiten

Serhij Zhadan. Geschichte der Kultur zu Anfang des Jahrhunderts. Gedichte. Aus dem Ukrainischen von Claudia Dathe. es 2455. 81 Seiten

NF 349/4/10.07